U0132968

电子货币与货币政策有效性研究

上海市学术著作出版基金

博士文库

电子货币与货币政策有效性研究

周光友 著

世纪出版集团 上海人民出版社

序

　　本书是在周光友的博士论文基础上修改而成的,也是作者攻读博士学位期间研究成果的精华。借助"上海市哲学社会科学学术著作出版基金"资助出版的好机会,将这一研究成果展现给读者。我作为他的导师,对他在电子货币与货币政策研究这个新兴领域的有益探索和所取得的成果深感欣慰,但更让我钦佩的是他在研究电子货币时对传统货币理论发起挑战的勇气和面对困难克服阻力的精神。

　　这是一本值得一读的好书,并不是因为它已经形成了比较成熟的理论和提供了唾手可得的好方法,而是因为它对电子货币这个新事物的研究和探索及所建立的创新思维模式,可以让读者感到耳目一新。当然,对一个全新领域的认识和研究不是一蹴而就的,需要一个长期的过程,甚至要几代人的努力,才能形成完整的理论。当然,本书的研究还有很多不足,甚至是缺憾,但是,我认为完美并不一定是最美,达到完美时可能已经迂腐,世间万物如此,学术理论也不例外。而我们追求的应该是新的视角,新的思想,以及开辟一个对现实有引领和指导作用的新领域,我认为这是本书努力的目标。

　　本书以电子货币为视角,将电子货币引入货币政策有效性的分析框架,系统深入地研究了电子货币对货币供给、货币需求、货币政策工具、货币政策中介目标及货币政策效应的影响,揭示了电子货币与货币供给和货币需求及货币政策传导机制之间的相互关系和内在机理。在研究方法上,较多的使用了实证研究的方法。研究的结果也更具说服力,并能为决策部门提供可靠而明确的依据。

电子货币是新事物,电子货币产生和发展以来,已经改变了人们的支付方式和生活习惯,也给传统的金融理论带来了前所未有的挑战。对电子货币及相关问题的研究也引起了国内外学术界和政府部门的广泛关注。但对电子货币及其对传统金融理论带来的影响方面的争论从未停止过,很多问题至今也尚未达成共识。作者在研究过程中也面对了各方面的挑战,也有专家提出了不同的意见和看法,甚至完全反对的观点,加之电子货币本身的复杂性及已有研究的基础相对薄弱,在其研究过程中要面对的困难和阻力是我们难以想象的。

本书研究的内容是货币政策理论研究的重要组成部分,其中,货币政策有效性也是货币政策研究的一个重点和难点,许多问题是受到国内外金融界广泛关注、激烈争论的焦点,并且至今尚未取得一致性的结论。同时电子货币本身的虚拟性决定了研究的难度,本书将二者结合起来,将电子货币引入货币政策有效性的理论分析框架进行研究,难度更大。因此,本书肯定还存在很多不足。为此,希望同行和读者提出宝贵的意见和建议,也期待有更多的专家和学者关注和研究电子货币相关的问题,并在此领域取得更大的突破。

2009 年 6 月

目 录

电子货币与货币政策有效性研究

第一章
绪　　论

一、研究背景与意义

从货币发展的历史来看,货币先后经历了实物货币、金属货币、纸币与电子货币等不同的发展阶段。20世纪末,信息技术、计算机网络技术的发展日新月异,金融创新层出不穷,全球经济金融一体化发展趋势势不可挡,货币形态演变的速度明显加快,各种各样的电子货币应运而生,人类社会正经历着从纸币向电子货币过渡的关键时期。目前,电子货币的发行、流通仍在一定程度上依赖于传统通货,其信用是以发行机构的信用为保障,只具有有限法偿地位,是有限流通的货币,尚无独立的信用创造能力。但是,随着电子货币在现实生活中尤其是在虚拟空间中的广泛应用,将促进网络空间经济活动的进一步发展,这反过来又会加深人们对电子货币的信任程度,增强其普遍接受性,从而加速电子货币对传统通货的取代,并促使其逐步脱离与实体货币的关系。一旦电子货币完全取代了一般的通货,成为未来经济中新形式的货币,货币就完成了从信用货币向虚拟货币的过渡。而这种未来的完全虚拟的电子货币的币材是无形的,其发行和流通也将虚拟化,不需要有任何载体。这时,货币将变为只是一个抽象的计价单位,它的性质和职能均会发生改变,而不再是我们现在常说的固定充当一般等价物的特殊商品。

电子货币是信息技术和网络经济发展的内在要求和必然结果。作为货币形态演变最新形式的电子货币逐步取代传统通货已经成为一种不可逆转的世界性发展趋势。电子货币的产生被认为是继中世纪法币对铸币取代以来,货币形式发生的第二次标志性变革。由于与纸币等其他传统的货币相比,电子货币具有成本低、独立性强、移动方便快捷、易分割和安全性高等优势,因而被广泛接受,并将最终取代纸币。虽然这种以崭新技术支撑的货币形式将改变人们的生活方式和支付习惯,给人们带来全新的感受和便利,但与此同时,电子货币的发展必将对传统的货币金融理论提出挑战。因此,随着电子货币的快速发展,中央银行在金融调控与监管中无疑将面临许多新的风险。正因如此,电子货币问题受到了各国央行的普遍关注。十国集团(the Group of Ten Countries, G10)的中央银行官员于1996年就提出了要对电子货币方案和产品的演变进行监控并提出应该在必要时采取正确的行动。这些官员还要求国际清算银行尽可能地在全球基础上对电子货币产品的发展进行定期的监控。而国际清算银行(Bank of International Settlements, BIS)亦应十国集团的要求于2000年5月和2002年11月出版了两期《电子货币发展调查》(*Survey on Electronic Money Developments*),以及于2004年3月出版了一期《电子货币和互联网及移动支付发展的调查》(*Survey of Developments in Electronic Money and Internet and Mobile Payments*)。

由此可见,随着电子货币的快速发展,对电子货币进行深入、全面的研究已成为当前各国中央银行和学术界普遍关注的热点和焦点问题之一。关于电子货币对货币政策有效性影响的研究是电子货币对货币政策影响研究的一个重要组成部分。本书研究的目的在于:从电子货币对货币政策影响的理论分析入手,将电子货币引入货币政策有效性的理论分析框架,通过对电子货币与货币供给、货币政策工具、货币政策中介目标及货币政策效应的相关关系进行实证研究,揭示电子货币与货币政策有效性之间的内在机理。其研究的意义在于:研究电子货币对货币政策有效性的影响,其研究成果有助于中央银行进一步认识电子货币对电子货币与货币供给、货币政策工具、货币政策中介目标及货币政策效应的影响,为中央银行在制定和实施货币政策时提供科学合理明确的理论依据,这对中央银行选择合理的货币政策中介目标、准确评价货币政策效果和提高货币政策的有效性均有着重要的指导作用。因此,研究电子货币对货币政策有效性的影响这一选题有重要的理论价值和现实意义。

二、电子货币及其相关概念的界定

(一)电子货币概念的界定

1. 电子货币的定义

一般来说,电子货币(electronic money)又被称为网络货币(network money)、数字货币(digital money)、电子通货(electronic currency)等,是 20 世纪 90 年代后期出现的一种新型支付工具。与纸币出现后的一段时期内,各类银行券同时流通的情况相似,目前的电子货币基本上是各个发行者自行设计、开发的产品,种类较多。已经基本成形的电子货币包括:赛博硬币(cybercoin)[1]、数字现金(digicash)、网络现金(netcash)、网络支票(netcheque)等系统。尽管各种不同电子货币的具体形式差异较大,但在基本属性方面完全一样,具有传统纸币体系所包含的大部分货币性质,而又不以实物形态存在。

在传统的货币理论中,可以根据货币的职能或者本质从不同的角度给货币下定义,然而,迄今为止,电子货币也没有一个统一明确的定义。虽然电子货币发展尚处于初期阶段,但有关电子货币定义的争论从来没有停止过,可以预见,随着电子货币的发展,它的定义也会不断延伸和演变,但从已有的定义来看,其基本内容也大同小异,只是从不同的角度来对电子货币下定义。日本学者岩崎和雄、左藤元则在《明日货币》一书中给电子货币的定义如下:"所谓电子货币是指'数字化的货币',举凡付款、取款、通货的使用、融资存款等与通货有关的信息,全部经过数字化者,便叫做电子货币。"可以看出,这种定义较为宽泛。姜建清在其《金融高科技的发展及深层次影响研究》一书中将电子货币定义为:"电子货币就是将现金价值通过二进制数码(0,1)的排列组合预存在集成电路芯片内的一种货币,是适应人类进入数字时代的需要应运而生的一种电子化货币。"而姚立新对电子货币的描述为:"电子货币,也称数字货币,是以电子信息网络为基础,以商用电子机具和各类交易卡为媒介,以电子计算机技术和通信技术为手段,以电子数据(二进制数据)形式存储在银行的计算机系统中,并通过计算机网络系统以电子信息传递形式实现流通和支付功能的货币。"较之前两种定义,这种定义更为详细具体。在国际上,比较权威的定义是巴塞尔委员会1998年发布的。巴塞尔委员会认为:"电子货币是指在零售支付机制中,通过销售终端、不同的电子设备之间以及在公开网络(如互联网)上执行支付的'储值'和预付支付机制"。[2]所谓"储值"是指保存在物理介质(硬件或卡介质)中可用来支付的价值,如智能卡、多功能信用卡等。这种介质亦被称为"电子钱包",它类似于我们常用的普通钱包,当其储存的价值被使用后,可以通过特定设备向其追储价值。而"预付支付机制"则是指存在于特定软件或网络中的一组可以传输并可用于支付的电子数据,通常被称为"数字现金",也有人将其称为"代币"(token),由一组组二进制数据(位流)和数字签名组成,持有人只需要输入电子货币编码、密码和金额,就可以直接在网络上使用。

由此可见,目前对电子货币定义产生争议的原因在于从不同的角度和范围对电子货币进行界定,有的学者从货币的职能和本质属性方面进行界定,有的则从使用方式及形式上进行界定。然而,不论哪一种定义都有其合理性,只不过是他们的侧重点有所不同而已。根据上述分析,我们认为,可以把电子货币分为狭义和广义的电子货币,巴塞尔委员会对电子货币的定义是狭义的界定,广义的电子货币应该是指计算机网络为基础,以各种卡片或数据存储设备为介质,借助各种与电子货币发行者相连接的终端设备,在进行支付和清偿债务时,使预先存放在计算机系统中的电子数据以电子信息流的形式在债权债务人之间进行转移的,具有某种货币职能的货币。为了便于研究,本书采用广义的定义。

2. 电子货币的种类

根据巴塞尔委员会的定义,目前可把很多电子支付工具划归为电子货币,为了更好地认识这些工具,可以按不同的标志将它们分为几类:

(1) 按照载体不同,电子货币可以分为"卡基"(card-based)电子货币和"数基"(soft-based)电子货币。顾名思义,"卡基"电子货币的载体是各种物理卡片,包括智能卡、电话卡、礼金卡等等。消费者在使用这种电子货币时,必须携带特定的卡介质,电子货币的金额需要预先储存在卡中。"卡基"电子货币是目前电子货币的主要形式,发行"卡基"电子货币的机构包括银行、信用卡公司、电信公司、大型商户和各类俱乐部等,其支付流程如图1.1所示。

"数基"电子货币完全基于数字的特殊编排,依赖软件的识别与传递,不需特殊的物理介质。只要能连接上网络,电子货币的持有者就可以随时随地通过特定的数字指令完成支付,其支付流程如图1.2所示。

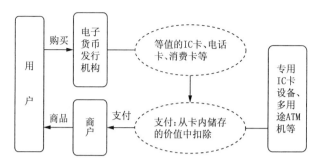

图1.1 "卡基"型电子货币支付流程图

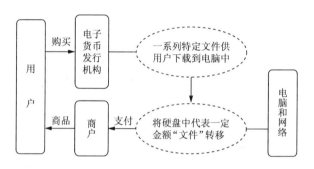

图1.2 "数基"型电子货币支付流程图

(2) 按照电子货币替代的对象不同,可将它分为现金替代型电子货币和存款替代型电子货币两种。所谓现金替代型电子货币是指电子货币取代传统货币时,替代现金并使流通中的现金相应减少的那部分电子货币;而存款替代型电子货币则是指电子货币对传统的存款货币进行替代时,使存款转化为电子货币的那部分电子货币。然而,需要说明的是,电子货币对传统现金和存款的替代并不是简单的替代,它不仅改变了货币的存在形态,而且还会改变货币的属性、职能和作用。

3. 电子货币的属性及其与传统货币的区别

从货币的属性来看,电子货币除了具有货币的一般属性外,与纸币体系相比,它还具有一些特有的属性:一是电子货币在充当交易媒介时,需要一定的物理设备辅助,才能完成媒介商品交易的支付过程;二是目前电子货币的存在是以传统的货币为基础的,也就是说,电子货币的"价值性"依赖于现行货币并与之保持等额的兑换关系。

电子货币除自身具有的上述特性外,由于它与现行的中央银行货币体系(通货)相比,它是利用电子网络手段作为商品交易的媒介。因此,电子货币在性质上与现行的货币存在着明显的区别。

首先,电子货币是内在货币(inside money)。所谓内在货币是指,货币的持有者对货币的发行者拥有法律上的赎回权,即货币的持有者可以将其持有的货币"卖回"给货币的发行者,换回同等的等值物。货币的价值就是它实际可兑换的其他商品价值量;与内在货币相对应的是外在货币(outside money),所谓外在货币是指货币所代表的价值量不是通过与其他价值量达成某种内在对比关系来形成,而是由市场外部力量强性规定。由此可见,目前电子货币还完全依赖于传统的内在货币,而中央银行货币体系就是典型的外在货币,中央银行不需要为其发行的货币承担随时"赎回"的责任。

其次,电子货币的发行和流通具有低成本的特点。与现行的纸币相比,由于电子货币发行过程不依赖任何物理设备,电子货币具有虚拟性的特点,其本质是一组特定的数据信息。因此,电子货币的"运输"成本几乎为零,在电子货币进行流通管理时也不需支付大量保管和清点费用,在作为商品交易媒介时,由于其支付不受时间、空间的限制,因此,它的交易效率很高,也不存在资金占压滞留与多次清算的问题。

最后,电子货币的支付具有"非自由"性。所谓"非自由",是指电子货币在支付时必须借助一定的电子设备,不能像纸币一样"随心所欲"的直接流通。由于支持电子货币的设备种类较多,目前主要是多用途ATM机。这种多用途ATM机不仅可以完成存取款工作,而且还可以进行转账和在线支付。但是,交易双方并不能决定ATM机的设置地点,这在很大程度上影响了电子货币的便携性。因此,开发和推广便携式支付机是今后要解决的关键问题之一。

(二)货币政策有效性的界定

货币政策有效性是指货币政策能否影响实际总产出,即货币是否中性,而货币政策有效性的强弱则是指货币政策对实际总产出的影响是否显著,即货币对实际总产出影响的程度或大小。在西方货币经济理论中,货币政策是否有效取决于三个前提条件:第一,货币是否能系统地影响产出;第二,货币与产出之间是否存在稳定联系;第三,货币当局是否能够控制货币,货币与产出之间的联系主要是实证检验问题。而货币当局对货币的控制能力常常取决于货币层次,并且也能够从实证检验中得到大致判断。因此,判断货币政策的有效性最终取决于对货币是否能够系统影响产出的分析。

传统的货币政策政策理论一般认为,影响货币政策有效性的因素主要有:中央银行的独立性、货币发行权的控制、货币的供求、货币政策工具的选择、货币政策中介目标的选取、货币政策传导机制的完善、制度因素及其他因素等。在电子货币条件下,电子货币对上述各个影响货币政策有效性的因素均有不同程度的影响。由此可见,电子货币对传统货币理论及货币政策的影响是广泛而深入的,电子货币正是通过对这些因素的影响来影响货币政策有效性的,因此,电子货币对货币政策有效性的影响是不容置疑的。

同样,在电子货币条件下,电子货币与货币政策有效性之间是否存在相关关系,或者说电子货币对货币政策有效性是否会产生影响,如何回答这个问题以及证明这个问题是判断电子货币条件下货币政策是否有效的关键。由于电子货币是通过对影响传统货币政策的因素进而影响货币政策有效性的,因此,只要电子货币对传统的影响货币政策的因素产生影响,就可以视为它会对货币政策有效性产生影响,反之,它就不会对货币政策有效性产生影响。本书正是基于这样的思想,通过深入分析电子货币对货币政策有效性的影响因素来说明电子货币是如何影响货币政策有效性的,进而揭示电子货币与货币政策有效性的内在联系。

(三)货币流通速度的界定

所谓货币流通速度就是一个时期中货币的流量与该时期中货币平均存量的比率,也就是单位货币在考察期内流通的平均次数。[3]

货币流通速度是货币经济学的一个重要问题,这不仅涉及货币需求以及货币供给政策的调整,而且其本身的变化一方面是宏观经济环境变化的结果,另一方面反映出宏观经济的许多问题。但目前无论理论界还是各国政府决策层,对货币流通速度的测算或预测,以及由此对货币供应量的决定,其理论依据不外乎传统的交易型货币数量公式 $MV = PQ$ 和收入型货币数量公式 $MV = PY$,其中 M 为货币数量,V 为货币流通速度,P 为交易商品的价格,Q 为商品交易量,Y 为名义收入。

货币流通速度在实际计算过程中,由于计算基准不同,分别可以产生多个概念,比如以商品交易总额为基准,对应的是货币的交易流通速度;以国民收入为基准,得到的是货币的收入流通速度。以此类推,可以分别得到货币的国民生产总值流通速度、货币的国内生产总值流通速度、货币的永久收入流通速度、货币的最优流通速度、货币的最终销售流通速度、货币的中间交换流通速度等等,其中使用比较多的是货币的交易流通速度和收入流通速度。但由于计算数据搜集和经济解释差别不大的原因,往往不需要加以分别计算,同时这些概念也曾经受到凯恩斯、马吉特等人的攻击。因此,本书在计算过程中也只采取了其中一个速度指标,即货币的 GDP 流通速度来代替整个货币流通速度的指标,只不过在研究过程中将其在 M0,M1,M2 三个层次上分别展开。

三、研究思路与方法

(一)研究思路

首先,本书在全面回顾国内外相关文献的基础上,对已有研究成果进行了分类、归纳和评价,提出了本书研究的主要问题;其次,从传统货币层次划分的理论依据分析入手,将电子货币引入传统的货币定义分析框架,深入分析了电子货币对货币定义、货币结构及货币供给的影响,为进一步研究打下了理论基础;再次,将电子货币引入货币政策有效性的理论分析框架,用实证和理论相结合的方法系统和深入地分析了电子货币对货币供给、货币政策工具、货币政策中介目标及货币政策效应的影响,从而揭示电子货币与货币政策有效性的相互关系和内在机理;最后得出了本书的基本结论,并提出了提高货币政策传导效率和货币政策有效性的对策建议。

(二)研究方法

首先,以实证分析为主,定性分析与定量分析相结合的研究方法是本书最主要的方法。迄今为止,国内外对电子货币发展与货币政策有效性相关性的研究还处于起步阶段,对它的研究只是在研究电子货币对中央银行的影响或电子货币对货币政策影响的一些理论分析中有所涉及,但这种研究不仅不系统,而且还停留在纯理论的定性分析上,而利用实证分析的方法对二者相互关系的研究相对缺乏。有鉴于此,本书在研究电子货币对货币政策有效性的影响时,尽可能通过实证分析方法来增强说服力,这也是本书与其他同类研究相比一个突出的特点。

其次,比较分析法是本书最主要的研究方法之一,它贯穿于全书。一是在比较电子货币与传统货币具有不同特性的基础上,研究电子货币与其他支付工具的区别,以及不同类型的电子货币所具有的货币的职能和性质,为电子货币对货币政策有效性影响的研究打下基础。二是将引入电子货币后的货币政策有效性理论进行比较,得出电子货币是如何影响货币供给、货币政策工具、货币政策中介目标的。三是本书在研究过程中注意与国外发达国家进行比较,根据我国电子货币发展的阶段性特征,对我国电子货币与货币供给、货币政策工具、货币政策中介目标相关性进行实证研究,使研究具有较强的针对性,同时避免了片面性。四是将电子货币引入一些具有代表性的传统货币理论模型,得出新的模型,对传统的货币理论模型与新模型进行比较分析,并赋予新的货币政策涵义,使之在电子货币条件下更符合实际。

最后,本文还采用先进的研究手段和方法。随着电子计算机和信息技术的发展,各种研究手段日新月异,各种统计软件(如 Eviews、SAS 等)层出不穷,这些都必将会提高数据处理的准确性和效率,也将为得出更有价值的研究提供了技术保障,因此,在研究过程中对这些新技术和新手段的使用是不可或缺的,本书也不例外。本书在研究的过程中,特别是进行实证研究时,也采用了目前国内外比较流行的统计软件对数据进行分析和处理。

四、研究内容与结构安排

(一)研究内容

本书的主要内容有:

第一章是绪论。在本章中阐述了本书的研究背景、目的与意义,说明了本书的研究方法、研究思路及结构安排。在此基础上，对电子货币、货币政策有效性及货币流通速度等相关的概念进行了界定。

第二章是理论回顾及文献述评。本章是本书研究的理论基础。在本章中，首先回顾了国内外的货币政策有效性理论及学术界对此问题的不同观点。其次，对国内外的相关文献进行综述。最后对各种观点进行综合评价。并提出本书研究的问题。

第四章是电子货币对货币供给的影响。本章是本书研究的重要内容之一。在本章中系统深入地研究了电子货币对货币供给结构的影响、电子货币与货币供给的外生性和内生性之间的相互关系、电子货币与基础货币的可控性及其对货币乘数的影响。

第五章是电子货币对货币政策工具及中介目标的影响。在本章中，在对电子货币对货币政策工具（如存款准备金政策、再贴现政策及公开市场操作）及其对货币政策中介目标（基础货币、货币供应量及利率等）影响的基础上，提出了电子货币条件下选择货币政策中介目标的建议。

第六章是电子货币对货币政策传导效应的影响。这也是本书的一个主要内容。在这一章中深入地研究了电子货币对货币政策传导机制、货币政策时滞及微观经济主体预期及货币流通速度的影响。

第七章是结论及进一步研究的方向。在本章中总结了本书的研究结论，提出了中央银行提高货币政策传导效率，选择货币政策中介目标及加快货币流通速度等相关的建议，最后提出了今后研究的方向。

（二）结构安排

本书的结构安排如图 1.3 所示。

电子货币与货币政策有效性研究

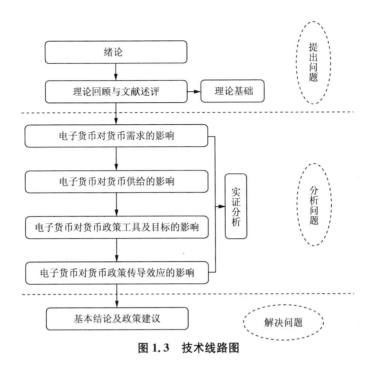

图 1.3　技术线路图

五、主要创新点

由于与国内外已有的文献不同,本书不仅仅停留在纯理论层面的定性分析上,而是通过定性与定量相结合的方法对电子货币与货币政策有效性的相互关系进行实证研究,这是本书与其他研究成果相比最大的区别,也是本书的一大特色。基于此,本书在以下几个方面有所创新:

(1)本书首次以电子货币角度系统深入地研究了电子货币对货币政策有效性的影响,弥补了此领域国内研究的空白,在国外已有的文献中也非常少见,只是在分析其他问题时有所涉及,而没有对此问题进行专门的研究。在研究时主要采用了实证研究的方法,这是与已有文献相比一个比较突出的特点。从国内外已有相关文献来看,大多数相关研究均以定性分析为主,从定量的角度来研究此问题的文献很少,把定性分析与定量分析结合起来对电子货币与货币政策有效性的研究则更少,并且已有的研究不仅不系统,而且还停留在纯理论的定性分析上。因此,本书在研究过程中注重定性分析与定量分析相结合的综合方法的同时,重点突出实证研究的方法。

(2) 尝试性的将电子货币作为一个变量引入货币政策有效性的理论分析框架,通过对传统的货币供给和货币需求理论和模型(如货币乘数模型)进行修正,得出更能反映电子货币条件下的新模型。通过大量的实证研究,初步回答了电子货币是如何影响货币定义、货币供求、基础货币、货币乘数及货币政策工具的,通过对电子货币条件下的货币政策有效性与传统货币政策有效性进行比较研究,揭示了电子货币与货币政策有效性的相互关系和内在机理,试图重构电子货币条件下货币政策有效性的理论分析框架,为中央银行选择货币供应量作为货币政策中介目标提供了理论保障。

(3) 选取我国电子货币相关的统计数据,在对影响基础货币变动因素进行描述性统计分析的基础上,选取电子货币影响基础货币的相关变量,构建了线性回归模型,对电子货币与基础货币可控性的相关性进行实证分析,研究结果表明:电子货币加大了中央银行控制基础货币的难度。选取我国 1990 年至 2006 年电子货币的样本数据,以同期的狭义货币乘数和广义货币乘数为因变量,以现金漏损率和电子货币替代率作为自变量,建立计量经济模型,对电子货币与货币乘数的相关性进行了统计检验,实证结果表明,电子货币对货币乘数有了放大效应,同时增强了货币乘数的内生性。

(4) 采用协整理论分析方法,选择电子货币相关统计数据和指标,对电子货币与货币流通速度的相关性进行了统计检验,创造性地提出了电子货币在对传统货币替代时存在两个明显的替代效应:一是替代加速效应,即电子货币对传统货币替代的同时加速了货币流通速度;二是替代转化效应,即电子货币对传统货币替代的同时,不仅加快了不同货币层次之间的转化速度,而且通过电子货币的这种作用使传统货币由流动性较低的货币层次转化为流动性较高的货币层次,使传统货币具有"相对稳定性",从而降低了货币流通速度。在我国,电子货币具有明显的初期阶段的特征,电子货币对货币流通速度的影响取决于两个效应共同作用的结果,电子货币的替代转化效应明显强于替代加速效应。因此,电子货币并没有加快我国的货币流通速度,反而导致了货币流通速度的下降,这与大多数学者的认为电子货币会加快货币流通速度的研究结论相反。本书的研究结论不仅可以说明我国现阶段电子货币发展的阶段特征,也可以从电子货币的角度来解释改革开放以来我国货币流通速度长期下降的原因。

注 释

[1] 赛博硬币(cybercoin)是由赛博现金(cyber cash)推出的网上电子支付系统。与电子现金(e-cash)不同,用赛博硬币进行支付时资金并不真正转入客户 PC 机中的账户或者赛博现金的电子钱包,而是通过一个在赛博现金银行设立的代理账户对交易情况进行记录,在交易额累积到一定程度时再通过电子自动清算所(Automatic Clearing House, ACH)按差额款项进行在线电子支付清算,提高了电子支付的清算效率,加速了网上货币流通,这是一种很有前景的电子信用货币。

[2] BIS, "Risk Management for Electronic Banking and Electronic Money Activities [R]," 1998.

[3] 米尔顿·弗里德曼等:《货币数量论研究》,中国社会科学出版社 2001 年版,第 191 页。

第二章
理论回顾与文献述评

货币政策是否有效的问题一直是宏观经济学领域的热点问题。尤其 20 世纪 70 年代以来新古典综合经济学受到现实的严峻挑战后,关于货币政策有效性的争论更是如火如荼。然而无论争论以何种形式展开,落脚点始终在于货币能否影响产出,并因此形成了货币政策无效论与有效论两种不同见解。[1] 在西方货币理论文献中,货币政策有效性问题特指货币政策能否影响产出等真实经济变量,而与能否促进经济增长并无必然联系。一般来说,货币政策有效性问题就是指货币政策在特定的金融环境和制度条件下,货币当局运用特定的政策工具与政策手段,通过特定的传递机制,能否稳定地影响实际产出,从而达到货币当局预期的政策目标。简言之,货币政策有效性的争论就是关于货币是否是中性的。货币政策是否有效取决于三个条件:第一,货币能够影响产出;第二,货币与产出之间存在稳定联系;第三,货币当局能够控制货币。因此,判断货币政策的有效性,首先必须分析货币能否影响产出。

一、货币政策有效性的争论

对于货币政策有效性的争论,本书将各学派的理论划分为无效论和有效论两种。

(一)货币政策的无效论

认为货币政策是无效的,主要有古典学派和理性预期学派。

1. 古典学派的观点

法国经济学家让·巴·萨伊是斯密思想的追随者,也是古典经济学思想最具代表性的人物之一,他提出的"供给自行创造需求"定理认为,经济进行不需要国家干预就能顺利地达成自动均衡。古典学派的这一理论是以"萨伊定律"为基础,并以完全竞争为前提的。首先,根据萨伊定律,货币的唯一职能是充当商品交换的媒介。若货币数量增加,则人们的货币支出也会增加。但在充分就业条件下,商品供给量并不增加,这样,货币数量的增加必然使一般物价水平同比例上涨。其次,在完全竞争条件下,工资、物价和利率均可自由伸缩。古典学派认为,劳动的需求是劳动的边际产出的函数,而劳动的供给是实际工资的函数,凡愿意接受现行工资和现行劳动条件的劳动者都可找到工作。如果存在失业,则通过劳动者之间的自由竞争,货币工资必然下降,直到实现充分就业为止;物价的自主升降可调节商品的供求,故总供给恒等于总需求,普遍的生产过剩不可能出现;利率的自由升降可调节资本供求,即调节储蓄和投资,使储蓄全部转化为投资。这样,劳动力市场、商品市场和资本市场都会自动趋于均衡。也就是说,货币供应的增减只会引起货币工资和物价水平按同一比例升降,实际工资则不变,产出和就业也不变,货币政策无效。因此在古典经济理论的货币经济中,货币政策是没有地位的,货币政策当然是无效的。

2. 理性预期学派的观点

以卢卡斯(R. Lucas)为代表的理性预期学派,基于工资价格完全可伸缩和理性预期的假定,提出宏观政策完全无效论。按照理性预期学派的观点,经济主体以一切可能获得的信息对未来进行合乎理性的预测,这种预期尽管不一定完全准确,但误差是随机的,其平均值为 0。因此,政府的任何反周期政策都会被理性预期的作用所抵消,如经济萧条时期,政府采取扩张性货币政策来刺激经济、就业和需求的增加,在存在理性预期的情况下,企业家会很快从有关渠道掌握信息并形成扩张预期,了解到需求增加是扩张性货币政策造成的,并且这种扩张过程会继续下去。于是,企业家会及时提高价格而不是产量;其他经济主体也会采取预防性措施,工人要求提高工资,消费者提前购买,商业银行提高利率等。扩张性货币政策最终只是导致价格水平、利率水平等名义变量的上升,实际产量和就业水平没有增加,货币政策无效。退一步讲,即使政府采取出其不意的政策,使人们的预期出现误差,从而对产出、就业等实际变量产生影响,这种影响也是暂时的。因为人们会很快意识到自己预期和决策的失误,并迅速进行调整,一旦人们作出理性预期,货币供应量变动所产生的影响也会随之消失。并且,这种变化无常的宏观政策反而会造成经济的不稳定。[2]

(二)货币政策的有效论

1. 瑞典学派的观点

瑞典学派的开创者维克塞尔否定了"萨伊定理"。他认为,既然个别商品的价格决定于它的供给与需求,那么一般价格水平也就应该决定于全部商品的供给与需求。一种个别商品需求大于(或小于)供给时,其价格将上升(或下降),那么一般价格水平上升(或下降)也一定是由全部的总需求大于(或小于)总供给所引起的。因此,价格水平的波动与一个社会商品总量需求与总量供给不一致有关,所以,萨伊定理不正确。维克塞尔本人打破了传统经济的"二分法",从而开创了货币经济研究的新局面。

维克塞尔提出了"自然利率"的概念,并将这个概念与货币利率进行区别。他的自然利率是一种均衡利率,主要包括三个条件:一是货币利率与自然利率相等;二是资本的需求与供给平衡,即投资与储蓄相等;三是商品的一般价格水平稳定不变。从他的理论中,我们不难得出他对货币政策的态度。因为,当货币利率与自然利率相等时,投资与储蓄相等,从而总需求与总供给相等。整个经济处于均衡状态,价格水平也稳定不变;若货币利率低于自然利率,投资将增加、总需求也将增加,整个经济处于扩张和膨胀阶段,假如这时有未经使用的资源存在,则产量、就业和价格都将增加;反之,只有价格上涨,而没有产量和就业的增加。相反,当货币利率处于自然利率之上时,则投资将下降总需求也相应地减少,整个经济处于收缩时期,价格水平、产量和就业都将呈下降趋势。因此他认为,政策措施的关键就在于调整这两种利率使之趋于一致,而对两种利率变动的机制和因素来说,自然利率由客观的生产过程和实物资本的供求关系决定,而货币利率或银行利率则由银行自主决定,因此人们唯一可行的政策措施就是由中央银行通过调整银行利率来使之与自然利率一致,从而达到稳定物价的目的。

2. 传统凯恩斯主义的观点

凯恩斯认为,在存在经济失业的情况下,由于名义(货币)工资具有向下调整的刚性,如果没有有效需求(社会意愿消费和意愿投资的总和)的足够增长,依靠市场机制并不能使经济立即恢复充分就业状态,而可能较长时间处于低于充分就业的均衡状态。

凯恩斯指出,由于边际消费倾向小于1,就业量的增加带来的产出增加并不能被相应的消费增加所全部吸收,如果作为有效需求重要构成部分的投资没有相应增加,就意味着部分产出由于没有对应的需求而难以出售,就业量的增加就无法实现。所以,根据凯恩斯的有效需求理论,整个社会意愿的投资数量对总就业量和总产出具有决定性的作用。因此,货币政策能否促进产出和就业增长,取决于货币政策能否有效地刺激意愿投资进而有效需求的增长。投资数量取决于利息率与资本边际效率之间的对比关系,资本的边际效率则取决于资本资产的供给价格和它的预期收益,利息率由货币市场上反映货币数量与利息率之间关系的流动性偏好曲线和货币供应量决定。在凯恩斯的理论体系中,货币数量的改变(货币政策)主要是通过对利息率的作用而对有效需求(进而产出和就业)的数量发生影响的,这种影响的数量或程度(货币政策是否有效性)取决于人们的流动性偏好、资本的边际效率、消费倾向、工资和价格可变程度。凯恩斯认为,在充分考虑了影响资本边际效率的长期预期状态在短期内改变的重要性之后,仍然有理由把利息率当作至少在正常条件下能影响投资的重大因素,虽然并不是决定性的因素。在正常条件下,一方面,影响资本边际效率的长期预期状态比较稳定;另一方面,人们的流动性偏好还未达到绝对的水平,货币需求具有有限的利率弹性,货币供应量的增加能够引起利息率的下降,从而能够刺激投资的增长。所以,凯恩斯认为货币政策在正常条件下是有效性的(理论有效),货币政策可以通过改变利率息来影响投资和有效需求,进而对产出和就业产生重要影响。但是,在严重的经济危机时期,依赖货币供应量的扩张来刺激就业和产出的货币政策可能是无效的,因为在经济危机时期,投资者对未来具有悲观预期,由长期预期状态决定的资本边际效率达到了极低的水平,如果利息率不能降到充分低于资本边际效率的程度,投资者并不会增加投资;与此同时,利息率却不能无限制的降低,而是存在一个极限水平,因为,"当利息率已经降低到某种水平时,流动性偏好几乎变为绝对的,其含义为:几乎每个人都宁愿持有现款,而不愿持有债券,因为,债券所能得到的利息率太低。在这一场合,货币当局会失掉它对利息率的有效控制。"这就是所谓的"流动性陷阱"。所以,在经济危机时期,扩张性货币政策刺激产出和就业增长的能力极为有限(理论无效),货币当局难以单纯运用货币政策实现既定的宏观经济目标(实施无效)。凯恩斯肯定了正常条件下货币政策是有效的,但他同时指出,货币政策作用的发挥具有太多不确定性,特别是在经济危机时期,凯恩斯首先对仅仅用货币政策来控制利息率的成功程度表示怀疑,但他特别强调的是各种资本边际效率的市场估计值可能具有过分大的波动性,以至利息率任何可能实现的改变都不足以抵消这些波动。其中的政策含义是,在经济危机时期,用货币政策刺激就业和产出存在诸多不确定性因素,货币政策难以对实际经济产生影响,货币政策是无效的。[3]

3. 新古典综合派的观点

继凯恩斯主义之后,西方经济学出现了新古典综合派,他们假定劳动力市场的货币工资是刚性的,但并没有同样地假定商品市场中的价格也是刚性的。因此,新古典综合派即坚持了凯恩斯主义经济"非均衡"的观点,又回归了古典经济的"商品市场出清"的观点。因为,新古典综合派存在着一个明显的不对称的特点,即假定了货币工资是"刚性",又假定了商品市场的价格水平是具有"弹性"的新古典综合模型的不对称性引起了西方经济学界的普遍不满。因此,西方经济学界有两种思路来克服,第一种思路是保留商品市场的价格水平是具有"弹性",而修正货币工资是"刚性"的观点,坚持这种思路的主要以弗里德曼和卢卡斯为代表,也就是新古典宏观经济学的发展方向;另一种思路是修正商品市场的价格水平是具有"弹性",而保留货币工资是"刚性"的观点,这一派主要坚持了凯恩斯的基本信条,主要代表人是巴罗和格罗斯曼,这也就是新凯恩斯主义的发展方向。

4. 新古典宏观经济学的观点

弗里德曼认为,在短期内,由于人们预期的通货膨胀率与上一期一致,也就是说,厂商和劳动者都只看到自己的产品或价格的上涨而未能有时间去观察整个社会的劳务的价格的上涨,也即存在着"货币幻觉",结果劳动者愿意提供更多的劳务,厂商愿意提供更多的产品,因而,社会的就业增加,货币政策有效。然而,在长期中,厂商和劳动者会发现自己的产品和劳务的价格在考虑通货膨胀以后并未上涨,人们也在长期内不会出现预期失误或货币幻觉,因此失业率将保持在"自然失业率"上,以需求管理为宗旨的货币政策因而无效,反而会造成通货膨胀。弗里德曼在关于什么是货币政策力所能及的历史中认为,第一位的也是最重要的教训是,货币政策能够防止货币本身成为振动的一种根源;第二件事情是,为经济提供一个稳定的环境。

卢卡斯认为在货币经济中,货币最重要,货币政策是调节国民经济的主要的甚至是唯一的手段。而在理性预期学派看来,由于货币是中性的,因而从总体上看,无论松的或紧的货币政策都是无效的。如果政府实行的货币政策是突然的,公众"不能预期到",则政策可能会发生预期的效果。但是,公众会对政府的政策有警觉,并对政府的政策形成预期,因而政策达不到预期的效果。

5. 新凯恩斯主义经济学的观点

新凯恩斯主义经济学目前仍然处在发展中,因而其并没有建立一个完整的体系,它实际是多个分支、多种学术观点拼台在一起的、有关反对经济自由主义思想、捍卫凯恩斯基本信条的松散联合。可以把它们分为三个主要的支派,即名义刚性学派、实际刚性学报和非刚性学派。

因为新古典宏观经济的政策无效论是建立在市场出清和理性预期的两个基本假定上的,因而新凯恩斯主义从反驳这两个假设条件人手。

新凯恩斯主义者认为:新古典宏观经济学家关于对价格的理性预期将导致工资和价格同时变化从而抵消价格变化对总供给的影响的说法。至少在短期中有问题。现实的经济情况非常复杂,我们难以在短期中形成理性预期,在这个"短期"的调整过程中,总供给量是向右上方倾斜的,而不是垂直的。因此,只要有不垂直的供给曲线,供给对价格就是有弹性的,从而总需求与总供给相等会出现非充分就业的情况,从而通过调整总需求,可以达到充分就业时的产出。新凯恩斯主义都承认这种结论,市场并非能自动出清,实际产量和就业量能经常波动,并且具有非瓦尔拉斯均衡性质,名义总需求的冲击可以造成非自然失业,造成实际就业量和产量的波动。名义工资—价格刚性理论在解释名义总需求冲击的实际效应问题时起着主要的作用,实际工资—价格刚性理论在解释非自愿失业时起着主要的作用。他们认为,当工资为非均衡工资时,由于工资具有黏性,这种黏性不是不可以调整,只是调整缓慢。非刚性理论不是用工资—价格刚性来解释市场非出清,如信贷配给理论认为,信贷市场是个信息不完全的市场,贷方和借方的信息是不对称的。作为借方的厂商与作为贷方的银行相比,所掌握的信息要多些。银行一般只能根据项目的平均收益来判断厂商的投资收益,但无法从众多申请贷款的厂商中判断哪些有较高的还贷概率,哪些想拖欠贷款。因而银行一般将贷款利率定得较低,低于市场出清的均衡利率水平。由于贷款利率较低,对信贷资金的需求大大增加,以致远远超过供给,为了解决信贷资金供需之间的矛盾,只有以信贷配给的方式出清市场。在此基础上,新凯恩斯主义主张政府对经济建立一定程度的干预,以弥补市场机制的不足。

二、国内外相关文献述评

电子货币是计算机技术和信息技术高速发展以及金融创新的产

物,由于它出现的时间较短,特别是在我国,从第一张银行卡的发行至今还不到 20 年的时间,因此,对理论界来说它还是一个新鲜事物。虽然自从电子货币产生伊始,国外电子货币发展相对较快的西方发达国家就开始了对它的研究,但由于电子货币产生的时间较短以及它自身所具有的特性,使得研究电子货币的文献相对缺乏,在不多的研究成果中,研究的重点也主要集中在电子货币的风险和监管上。而从电子货币的角度来研究电子货币对货币政策有效性影响的文献可谓凤毛麟角,有关的研究文献主要散见于国际清算银行(BIS)、国际货币基金组织(IMF)、十国集团(G10)等国际组织发表的报告以及一些学者、研究人员发表的学术论文。本节分为三部分,首先是对国外文献的综述,其次是对国内文献的综述,最后对国内外文献进行综合评介。

(一)国外相关研究文献综述

由于国外电子货币产生较早,发展速度较快,对电子货币的研究文献也相对较多,研究文献主要来自国际组织和专家、学者发表的学术论文。

1. 国际组织的相关研究

国际清算银行是对电子货币研究较早的国际组织之一,它的一些报告和政策建议对电子货币的研究奠定了基础。由 BIS 和 The Group of Computer Experts 于 1996 年 8 月共同出版的《电子货币的调查》(*Survey of Electronic Money*)一文对电子货币的产生和发展、电子货币的特征、交易过程、电子货币对货币供给及货币流通速度的影响、电子货币所产生的安全问题及其风险的控制等问题进行了初步探讨,认为在保证电子货币产品安全的前提下,它对提高支付体系的效率和加快货币流通速度有很大的促进作用,并对如何控制电子货币的风险提出了一些对策建议。[4]BIS(1996)在《电子货币的发展对中央银行的含义》(*Implications for Central Banks of the Development of Electronic Money*)这份报告中,对电子货币的定义和特征进行讨论的基础上,分析了影响电子货币发展的因素、电子货币对货币供求及货币政策的影响及导致电子货币增加的原因,并提出了发展电子货币及中央银行的应对措施。[5]BIS于2001年11月出版了题为《电子货币发展的调查》(*Survey of Electronic Money Developments*)的另一份报告。该报告在2000年报告的基础上进一步对82个国家电子货币发展和应用的情况进行了详细介绍,并提出了电子货币发展过程中存在的问题及中央银行控制货币供应其相应量的对策建议。[6]之后又于2004年4月出版了题为《电子货币和互联网及移动支付发展的调查》(*Survey of Developments in Electronic Money and Internet and Mobile Payments*)的报告。该报告在对电子货币的定义、发展状况进行了讨论的基础上,对电子货币的网上支付以及电子货币对货币政策影响的问题进行了分析,认为电子货币的存在已经对货币供应和货币流通速度的影响越来越明显。[7]佐藤节弥和约翰·霍金斯(Setsuya Sato and John Hawkins, 2001)在介绍世界主要的21个国家电子货币应用情况后,分析了电子货币对传统金融市场、金融中介以及支付制度的冲击,认为电子货币的存在必然会对基础货币、货币乘数及货币流通速度产生的影响,进而影响货币供应量。[8]CPSS和G10(1996)的报告在介绍电子货币的基础上,分析了电子货币对货币供求的影响及电子货币带来的安全问题[9]。BIS(1997)的电子货币工作报告从电子货币的特点分析入手,分析了电子货币潜在的风险、法律环境、监管问题以及跨国问题等。[10]BIS(1996)在论述银行与金融市场发展时对电子货币的发展情况进行了详细介绍。[11]

BCBS(1998)在《电子银行和电子货币活动的风险管理》(*Risk Management for Electronic Banking and Electronic Money Activities*)这份报告中,详细分析了电子货币存在的风险及其类型,并提出了如何控制电子货币风险的措施。[12]BIS(2000)出版的题为《电子货币发展的调查》(*Survey of Electronic Money Developments*)的报告中介绍了不同类型的电子货币产品在世界主要国家的发展及应用的状况，指出了电子货币将对货币供给和货币流通速度产生影响。[13]

此外，欧洲中央银行(1988)在《电子货币报告》中，认为随着私人部门电子货币发行量的增加，它将减弱中央银行对货币量的控制能力，进而影响到货币政策，这一现象已被西方发达国家的中央银行所关注。[14]

2. 国外学者的相关研究

伯申腾和赫布因克(Boeschoten and Hebbink，1996)运用三种不同的方法，分别估计了电子货币对通货需求的影响，并利用长期政府债券的收益率乘以通货发行额减少的价值，并对主要国家铸币税收入减少的数额进行了推算，说明了电子货币的存在会降低中央银行对基础货币的控制能力。[15]詹姆斯·A.多恩(James A. Dorn，1996)认为，由于电子货币的存在及其对货币流通速度的影响，降低了中央银行控制基础货币的能力。[16]

所罗门(Solomon，1997)在研究电子货币对货币总供给的影响时，认为应将电子货币的发行数量直接计入货币总量，这样就带来了货币乘数的显著增加，他假设如果原来的货币供给量是 M1、M2、M3，加入电子货币后的货币供给量的定义是 M1*、M2*、M3*，那么无论是在哪一个货币层次上，货币供给的总量都将加入电子货币的发行量。[17]

马里蒙、尼科利尼和特列斯(Marimon，Nicolini and Teles，1998)分析了电子货币对货币政策的冲击，电子货币会降低铸币税收入和导致均衡通货膨胀率的下降，从而降低中央银行对基础货币的控制能力。[18]贝雷特森(Berentsen，A.，1998)从电子货币对货币需求的影响分析入手，讨论了电子货币条件下中央银行货币政策的执行以及电子货币对货币有效性的影响。他认为电子货币会对货币需求产生影响,并对这种影响的过程进行了分析,同时还考虑了电子货币的准备金率,提出了电子货币对现金的替代会引起货币总供给的变化,不同的电子货币准备金率会带来不同的变化,贝雷特森考虑的是电子货币对现金的替代而未考虑其对存款的替代作用。[19]

辛格(Supriya Singh,1999)认为,如果能更好地理解和运用电子货币,将会提高基于电子货币和电子商务的效率,提高货币流通速度,并对如何运用电子货币和提高电子货币的效率提出了一些建议。[20]弗里德曼(Friedman,1999)认为中央银行控制利率的能力主要取决于对存款准备金的实际需求,这种实际需求的显著下降,必然使中央银行对利率的控制能力明显减弱。[21]此外,弗里德曼(Friedman,2000)在对伍德福德的观点进行批判的基础上,认为虽然电子货币会加大中央银行控制货币供应量的难度,但并没有削弱中央银行对商业银行的控制能力,由于经济中的市场主体相信中央银行有能力通过调整市场利率来使金融市场按照中央银行的意愿运行,从而发挥中央银行的作用。[22]

弗里德曼(Freedman,C.,2000)在有准备金需求和无准备金需求时,电子货币对中央银行货币政策实施的影响进行了分析,并预测了中央银行货币政策的未来。[23]伍德福德(Woodford,2000,2002)认为电子货币产品的广泛使用使商业银行在中央银行的准备金明显减少并不一定表明中央银行的控制力相应的减弱,中央银行可通过货币政策影响利率进而影响商业银行的行为,并对不同中央银行制度下的中央银行所面临的情况进行了详细的分析。[24][25]伍德福德认为,虽然电子货币能明显地减少商业银行对中央银行准备金的需求,但这并不意味着中央银行不能影响短期利率。[26]

迪亚斯(Joilson Dias,2001)从社会福利的角度对电子货币会给中央银行货币政策造成的冲击进行了讨论,并利用简单的理论模型对巴西的情况进行了实证研究,认为作为一种支付手段,电子货币的使用将增加社会福利和对货币产生大量的需求。[27]博森(Bossone,2001)认为随着电子货币的发展,电子货币将降低交易成本,银行和非银行的服务需求将增加,传统的银行业将受到挑战,电子货币也将影响到中央银行制定和实施货币政策,从而影响货币政策有效性。[28]

约翰·霍金斯(John Hawkins,2002)讨论了电子货币对货币政策的影响,认为电子货币会使中央银行的资产和负债项目缩减,中央银行难以控制商业银行的行为,导致中央银行降低了对基础货币的控制能力,同时电子货币也会对金融市场和货币政策有效性产生影响,从而影响到货币政策的有效性。[29]伯克(Berk,2002)认为电子货币的发展将会对中央银行产生明显的影响,它将替代中央银行发行的通货和传统银行的存款,特别是明显地减少了商业银行在中央银行的准备金需求,从而影响基础货币。[30]雷迪(Reddy,2002)讨论了电子货币的定义和特征、分析了电子货币条件下中央银行资产负债表的变化及其对货币政策的影响,认为电子货币的存在缩减了中央银行的资产负债规模,使中央银行的铸币税收入下降,从而影响中央银行对货币供给的控制能力。[31]斯托特和格罗韦(Cláudia Costa Storti and Paul De Grauwe,2002)讨论了电子货币对最佳货币区域可能带来的影响,认为电子货币会使最佳货币区域扩大,会加快货币流通速度,从而影响中央银行货币政策的实施。[32]贝雷特森(Berentsen,2002)讨论了电子货币对货币需求及其过程、货币流通速度、准备金需求、中央银行货币控制权及货币政策有效性的影响。[33]萨多尼(Sardoni,2002)讨论了货币与电子货币的区别、商业银行和非银行发行电子货币两种情况下的简单货币模型及其效应、电子货币的作用及其对货币体系的影响,并对中央银行的货币政策和货币的未来进行了展望。[34]苏利文(Sullivan,2002)认为,随着电子货币的广泛使用,将限制中央银行货币供给的控制能力、使货币流通速度加快、铸币税收入减少、货币乘数发生变化等。[35]

戈麦斯(Gormez,2003)讨论了电子货币与自由银行的联系及其对中央银行的含义,认为电子货币的存在导致货币支付范围的扩大和支付效率的提高,电子货币的发展进一步推进了货币相关方面的变化,并有利于解决存在的货币问题,并认为电子货币对货币的不同作用有着不同的影响。[36]詹森(Janson,2003)从两个方面讨论了电子货币的发展及其对货币政策的影响,一是电子货币会导致自由银行的产生吗?二是如果是这样,电子货币会对中央银行货币供应量的控制带来挑战吗?通过讨论,认为电子货币会对电子货币和中央银行货币政策带来影响。[37]

福格尔斯罗姆和欧文(Fogelstrom and Owen,2004),通过对美国2001年银行客户资金情况的调查发现,电子货币发行主体的多元化,特别是私人部门大量发行货币将导致中央银行资产的减少,它将会阻碍中央银行控制货币政策的能力,中央银行在制定货币政策时必须加以关注。[38]

此外,国外学者关于电子货币对货币政策影响的主要观点中,大多数学者都认为,电子货币将削弱目前货币政策的效果。但是,他们对于削弱程度的判断却存在明显的分歧,即这种削弱究竟是有限的,还是从根本上抵消货币政策效果。下面是国外学者的几种不同观点。

本杰明·弗里德曼(Benjam Friedman)认为,电子货币的发展会取代对基础货币的需求,从而削弱甚至阻碍货币政策与家庭、企业支出之间的联系。因为货币政策的实施是通过改变公众持有的基础货币量来调控最终产出的。公众持有电子货币越多,央行调控基础货币对经济的影响就越小,一旦公众完全使用电子货币进行交易,基础货币量的变动就难以影响公众对货币的需求,央行也不能通过货币乘数来有效地影响经济活动。基础货币需求的减少还会导致央行国债交易规模的缩小，进而大大削弱央行调控利率的能力。[39]

查尔斯·古德哈特(Charles Goodhart)认为，虽然电子货币可能替代基础货币，但是这种替代并不完全。例如，非法经济活动离不开现金交易，因为使用电子货币很容易被警方发现。即使非法经济活动的货币需求达到最小化，甚至完全消失，社会对基础货币的需求依然存在。因为财政部门所征收的税款仍来源于基础货币，而不能是没有基础货币支撑的、由私人部门发行的电子货币。从个人和企业税占国民收入很大比重的现实来看，不管电子货币发展到什么程度，社会对基础货币的需求仍然不可低估，央行还是能够通过它所控制的基础货币量把经济活动纳入其所希望的轨道。因此，电子货币的发展不会明显削弱货币政策的有效性。

默文·金(Mervyn King)的观点比较激进。他认为，20世纪是央行发展的黄金时期，央行作用的重要性被前所未有地凸显出来，尤其是在信用纸币取代商品货币之后。但是，随着电子货币逐渐替代基础货币，央行作为基础货币供给者的垄断地位开始下降。因为随着电子支付网络的发展，商业银行不再需要基础货币就能满足结算账户的平衡需要，一旦电子货币完全替代基础货币，货币政策就将失去稳定经济的作用，央行也只能退出操纵货币政策的舞台。[40]

查尔斯·弗里德曼(Charles Freedman)的观点恰好与金相反。他认为，历史上央行的出现，并作为最后贷款人发挥了稳定经济的极大作用。目前，央行在办理银行间的支付结算，防范金融风险方面仍然具有无可比拟的优势，各国金融机构都愿意接受，并依赖央行的这个作用。电子货币的出现，虽然可以打破央行对货币供给的垄断，但不会威胁央行的银行支付结算办理者和最后贷款人的地位。所以，央行的货币政策仍然会在社会经济运行中发挥其独特的重要作用。[41]

（二）国内相关研究文献综述

虽然，与西方发达国家相比，我国电子货币的发展相对滞后，但近年来它的发展速度有明显加快的趋势，主要表现在电子货币的发行量逐年增加、使用范围更加广泛、对现金及银行存款的替代效应越来越明显。同样，电子货币的产生和发展必然会改变我国人民的消费习惯和支付方式，对我国的经济系统和对货币政策有效性也将产生深远的影响，它也成为近年来金融研究的一个焦点和热点，因此，近年来国内学者对此也进行了广泛深入的研究，并得出了一些有价值的成果。国内关于电子货币对货币政策影响的观点散见于一些学者的文章中，其中有代表性的观点是：

王鲁滨（1999）从电子货币的需求和供给、金融监管、金融体系等方面进行了研究，提出了我国发展电子货币的建议。[42]尹龙（2000）在对电子货币的定义、特征进行讨论的基础上，从电子货币对中央银行的独立性、货币供求、货币政策以及对电子货币的监管等方面进行了研究，并提出了一些政策建议。[43]董昕、周海（2001）在分析电子货币对货币需求时认为，电子货币的替代作用使流通中的现金减少，加快了货币的流通速度，也使利用现金进行交易的次数减少，如果支付数字化现金脱离银行账目，货币政策的关键因素—对中央银行的货币需求量将减少。[44]赵家敏（2000，2001）分别讨论了电子货币的使用将使得货币乘数发生变动从而产生货币创造，并进行了关于电子货币对货币政策影响的实证分析，以及网络经济对消费者流动性偏好、货币流通速度和货币政策中介目标的影响等问题。[45]谢平、尹龙（2001）认为电子货币的发展将对货币供求理论和货币政策的控制产生影响。[46]

陈雨露、边卫红（2002）认为电子货币的发行将会同时替代流通中的现金和银行存款，降低存款准备余额，其认为先前的货币乘数 $M =$

$\dfrac{C+D}{R+C}$（C、D、R 分别代表现金、存款和存款准备金）将因为电子货币的发行转化为 $M=\dfrac{C'+D'+EM}{R'+C'}$（$EM$ 代表电子货币发行数量），上式分子和分母同除以 D，转化为 $M=\dfrac{(C'+EM)/D'+1}{R'/D'+C'/D'}$，其认为电子货币将会对现金和存款同时替代，也就是说，电子货币发行的数量将等于现金和存款的减少量，上式中 R'/D' 将不会变化。陈雨露认为电子货币对现金的替代大于对存款的替代，所以 C'/D' 相比较 C/D 有一定的降低，同时分母中 $(C'+EM)/D'$，将肯定大于 C/D，所以货币乘数将显著增大。[47]

杨路明、陈鸿燕（2002）在分析电子货币对货币政策中介目标可测性和可控性影响时认为，电子货币的发展，正在使中介目标的合理性和科学性日益下降。在可测性方面，货币数量的计算与测量，正受到电子货币的分散发行、各种层次货币之间迅捷转换、金融资产之间的替代性加大、货币流通速度加快等各方面的影响。在可控制方面，来自货币供给方面的变化，加上货币流通速度的不稳定和货币乘数的影响，使货币量的可控性面临着挑战。[48]

蒲成毅（2002）结合中国货币供应的实际，探讨了数字现金对货币供应和货币流通速度的影响。他认为货币流通速度在初期（以 $V0$ 为主）将随 $M0$ 趋向减少而呈下降的态势，而在后期 E，VE 都将趋向增大，$M1$ 的总量却将因其流动速度的极快以及向 $M0$ 转化的总趋势，将导致其形态留存时间极短而总量趋向降低，则货币流通速度（以 VE 为主）将转而呈上升趋势，即货币流通速度变化特征呈 V 字形。[49]

李羽（2003）认为电子货币不应当 100% 的加入到货币供给中，这样会带来重复的计算，应当考虑到电子货币发行的储备发行率，因为电子货币的发行者需要一定的纸币储备以备付，所以 $ME=(1-t)$（预付卡金额＋借记卡金额＋数字现金＋数字支票）。[50]胡海鸥、贾德奎（2003）指出电子货币将减少公众对央行基础货币的需求,削弱以货币供给量为基础的货币政策效果,甚至可能使其失去作用。他认为我国使用电子货币在短期内可以提高货币政策的效果,但从长期来看货币数量调控效果也会下降。[51]张红、陈洁（2003）对电子货币发展给宏观调控带来的新问题、新挑战进行了分析和探讨。他们认为建立在信息革命基础上的网络经济,使网络银行和电子货币得到迅速发展,并对传统金融业产生了深刻影响。网络金融已成为目前金融业发展的主流,电子货币必将在金融业发展中发挥巨大的作用。同时,也将给金融业发展带来极大的变革与挑战。面对变革与挑战,中央银行必须采取具体的对策与措施,以期为网络金融营造一个稳定有序的运作空间。[52]褚俊虹等（2003）通过对货币的流通手段与价值尺度职能的分析,认为国家政权在铸币税及经济调控权的诱惑下,垄断了交易媒介发行权而导致货币两大职能的统一。但在电子货币取代纸币的情况下,货币乘数将由电子货币流通速度内生决定,可以趋向于极大甚至无穷大,国家政权获取铸币税与经济调控权的模式因而失效,并将最终导致货币两大职能的分离及传统货币概念的消失。[53]

靳超、冷燕华（2004）认为电子化货币作为一种媒介工具时央行通货和流通起到了一定的作用,将更多的货币纳入到银行系统乘数创造的过程之中,从而总体上增大了货币乘数。如果允许发生借贷,电子货币将作为一种相对独立的货币形式参与并增加货币总供给,其存量的大小将与其储蓄率和流转次数密切相关。[54]杨文灏、张鹏（2004）在分析了电子货币对货币供求及货币政策影响的基础上,认为电子货币的发展对传统货币供求与货币政策都提出了新的挑战,它是在一定程度上削弱了国家对经济的宏观调控能力。为此,中央银行应加强对货币构成的研究,把目光从传统上的控制货币供应量转移到对电子货币发行、流通的监督和制定法规上来,以适应电子货币对传统金融体系的挑战,并提出了针对性的政策建议。[55]李成、刘社芳(2004)认为电子货币是信息技术和网络经济发展的必然结果,作为货币最新形式的电子货币逐步取代传统货币已成为一种趋势,使得从货币发行权、货币政策有效性及监管机制等方面对传统中央银行制度面临的严峻挑战进行讨论,为此,提出了需要掌握电子货币运动规律,完善金融法规和监管,鼓励金融创新竞争和加强国际间的金融合作等建议。[56]韩留卿(2004)认为随着互联网的进一步发展,有形货币将进一步被电子货币所取代。由于电子货币在研发、营运等方面与传统货币显著不同,对金融机构的经营、中央银行的货币政策等必然带来影响,如会导致货币乘数增大等。在电子货币的冲击下,通过利率程序进行货币政策的操作要优于对基础货币量的操作。[57]

周光友(2005)认为,电子货币加大了中央银行控制基础货币的难度,从而增强了货币供给的内生性:电子货币使影响基础货币的因素复杂化;电子货币通过对准备金和现金两方面的影响来影响基础货币,从而加大了货币供给的内生性;电子货币使货币供给的内生性增加,并改变了中央银行控制基础货币的渠道;随着电子货币的发展,它对基础货币的影响越来越大,从而使货币供给的内生性越来越明显。[58]

唐平(2005)认为,电子随着全球网络经济的迅速发展,电子货币逐渐深入人们的日常生活,并对货币供给和货币需求产生了一定的影响。电子货币对货币供给的影响主要表现在货币乘数上,具体表现在影响货币乘数的几个变量上:电子货币促使通货比率趋于下降,总准备金比率增加,而其对定期存款比率的影响则变得更加模糊。电子货币的广泛使用,同时使不同货币需求动机间的边界变得不再明显,且货币的平均流通速度不断加快[59];他还从货币供给和货币需求两方面建立模型,深刻地剖析了电子货币对中央银行货币政策的影响。他认为,为了促进电子货币的健康发展,防范和消除其可能带来的不利影响,中央银行在全新的货币政策环境中,应该通过监管尽快建立新的良好有效的货币政策实施机制。[60]

王倩、纪玉山(2005)认为当前世界各国的私人部门都在竞相研发电子货币并逐步走向实用化,电子货币的私人发行使它不再仅仅是货币形式的转化,还会对货币供应机制产生重大冲击,其分散发行所催生的竞争性货币供应格局潜存着货币发行量失控的风险;其对传统货币的替代通过扩大商业银行的信用创造功能增加了狭义货币供应量;其不断创新及低套现成本使货币供应统计量失效。[61]

周光友(2005)认为,电子货币的产生与发展已经给传统的货币金融理论带来了极大的挑战。通过对引入电子货币的存款货币创造过程的实证分析,修正了传统存款乘数模型,并对新模型的政策含义赋予了新的解释。[62]

章晶(2005)认为,电子货币作为一种金融创新,在我们的经济生活中发挥着越来越重要的影响,并探讨了电子货币对货币乘数的影响,认为随着电子货币的普及,货币乘数会逐渐变大。[63]

黄晓艳等(2005)针对电子现金与货币总量的关联互动问题,通过货币理论研究明确界定电子现金理论内涵与货币总量计量标准,分析基于不同准备金要求的电子现金与货币总量的关联机制,并运用Vensim软件构建仿真模型,重点研究有法定准备金要求的条件下变量间因果关系演变的动态规律,以丰富和完善电子现金的研究理论与方法,为中国电子现金发展与调控提供理论依据。[64]

王倩(2005)认为,如何界定电子货币这一新型货币的性质并分析其职能,是个有争议的理论问题,在界定电子货币的货币属性,分析其价值尺度、流通手段、支付手段、储藏手段和世界货币等职能,以及分析其内在价值时,应依据马克思主义货币观。电子货币虽然是一种竞争性货币,但它并没有内在价值。电子货币的出现并没有推翻符号货币是一般等价物,其本身并不具备内在价值这一传统理论。[65]

詹斌(2005)认为,在网络技术进步和电子商务快速发展的两驾马车共同推动下,电子货币正在动摇传统支付手段的支配性地位。电子货币的发展对社会经济来说是一把"双刃剑",它在带来巨大好处的同时,也带来了引发金融风险的潜在因素。这一风险对经济处于高速发展期的我国,其危害程度更大,我国金融监管当局要积极地研究防范对策,更好地规范和驾驭这一货币形态演变的最新形式。[66]

周光友(2006)将电子货币引入货币政策的分析框架,深入分析了电子货币发展对货币政策有效性的影响:电子货币降低了中央银行对基础货币的控制能力;削弱了传统货币政策传导途径的效用;增大了货币政策传导时滞的不确定性。[67]

黄燕君、陈鑫云(2006)认为,随着电子货币应用范围的不断扩大,电子货币对经济发展及宏观调控产生着越来越重要的影响,使中央银行的金融监管面临前所未有的挑战。因此,中央银行应审时度势地改变监管方式与调控手段,以适应电子货币时代金融调控的需要。[68]王剑(2006)分析了电子货币在不同发行条件下时货币体系产生的影响,发现其影响的程度与方式极大地取决于发行主体、发行机制的设里,进而提出了在目前电子货币占市场份额还很小,对货币体系、货币政策影响有限的情况下,央行等监管者的工作策略应重点放在发行主体的认定与监管、法制建设等方面。[69]刘向明、李玉山(2006)认为电子货币的产生和发展对货币的结构、内涵及货币供给和需求带来了巨大冲击,使得货币政策的有效性可能失去作用的基础;电子货币的发展也带来了监管方面的问题,应对电子货币带来的挑战,需要中央银行转变政府职能,建立一套有效的监管体系和审慎的监管机制,以保证既能鼓励电子货币的发展和创新,又能将可能的风险控制在合理范围内,并发展和完善电子货币时代的货币政策运行机制。[70]

周光友(2007)选择我国电子货币及货币流通速度相关统计数据和指标,对电子货币与货币流通速度的相关性进行的统计检验表明,电子货币在对传统货币替代时存在两个明显的替代效应:替代加速效应和替代转化效应。两个效应的作用具有明显的阶段性特征,但电子货币对传统货币的取代并没有加快货币流通速度,反而导致了货币流通速度的下降,这与大多数学者的研究结论相反。[71]

梁立俊(2006)就电子货币发行对央行和商业银行资产负债表的影响进行了会计分析,结果发现:目前商业银行发行的电子货币其实是现金替代物,不会对央行货币发行权造成冲击;商业银行通过资产增加发行电子货币,在一定条件下可以获得铸币税收入,但对央行的冲击仅限于逻辑上的存在;对央行垄断货币发行权形成真正冲击的,是可以无限背书的电子本票和电子支票。[72]

周光友(2007)选取中国1990至2004年电子货币的样本数据,以及电子货币与货币乘数相关的变量,建立计量经济模型,对电子货币与货币乘数的相关性进行了统计检验。实证结果表明:电子货币对货币乘数具有放大效应,增强了货币乘数的内生性,加大了中央银行控制货币供给的难度,从而降低了货币政策的有效性。[73]周光友(2007)以电子货币为视角,选择我国电子货币及货币流通速度相关统计数据和指标,对电子货币与货币流通速度的相关性进行了统计检验,认为电子货币发展对货币流通速度具有显著的影响。[74]

门洪亮(2007)认为,电子货币的发行与传统的货币供给机制有很大差别,在网络经济下电子货币的供给有两种形式:一是电子货币仅作为支付手段时的供给机制;二是电子货币作为银行一般性负债时的供给机制。网络经济下电子货币的供给完全是一种竞争性的市场行为,随着电子货币的发展,必将对传统的由中央银行垄断货币,供给的机制提出挑战。[75]

周光友(2007)认为,电子货币的产生与发展已经给传统的金融理论带来了极大的挑战,也给中央银行制定和实施货币政策产生了明显的影响。他以电子货币为视角,选取我国电子货币的样本数据及与货币乘数相关的变量,通过建立计量经济模型,对电子货币与货币乘数的相关性进行了统计检验,实证结果表明:(1)电子货币的存在放大了货币乘数的效应;(2)电子货币加剧了货币乘数的波动,致使货币乘数的稳定性下降从而增加了货币乘数的内生性;(3)货币乘数的变动加大了中央银行控制货币供给的难度,从而降低了货币政策的有效性。[76]

此外,国内涉及电子货币对货币供应及货币流通速度影响研究比较重要的文献还有:在尹龙著的《网络金融理论初论:网络银行与电子货币的发展及其影响》一书及其博士论文《网络银行与电子货币——网络金融理论初探》中,对电子货币的定义、种类、属性及电子货币与其他传统的支付方式的区别进行了专门的讨论。[77][78]赵家敏在她的专著《电子货币》一书中也对电子货币的相关问题进行了较为系统的阐述。[79]另外,在最近几年出版的一些金融和电子商务的教科书中,都把电子货币作为一个重要的内容写入其中。比如吴以雯编著的《网络金融》、黄达主编的《金融学》等著作都有专门的章节对其介绍。[80][81]

(三)综合评价

从国内外研究现状看,目前,随着电子货币的快速发展,电子货币对传统金融理论带来的影响相关方面的研究得到了世界各国政府和学术界的普遍关注,研究的成果也层出不穷,这些成果为本项目进一步研究提供了保障。然而,遗憾的是,由于电子货币的产生和发展对理论界来说它还是一个新鲜事物。虽然自从电子货币产生伊始,国外电子货币发展相对较快的西方发达国家就开始了对它的研究,但由于电子货币产生的时间较短以及它自身所具有的特性,使得研究电子货币的文献相对缺乏。在不多的研究成果中,主要又集中在电子货币发展对中央银行的独立性、货币的供给和需求、货币政策影响的某一个方面的分析上,但绝大多数是定性的分析,而用实证分析的方法研究电子货币发展与货币政策有效性的文献在国内外都极为少见,在国内可以说基本上是一个空白。

从已有的研究成果看,大多数学者都认为电子货币的产生和发展必然会对中央银行的地位、货币政策效应、甚至传统的金融理论带来前所未有的挑战,在这一点上理论界已达成了共识。但在电子货币对传统金融理论、中央银行独立性以及货币政策有效性的影响程度等方面还存在争议。具体来说,已有的研究尚有明显得不足:一是定性分析较多,定量分析较少,缺乏说服力;二是电子货币技术层面的研究较多,理论层面的研究较少;三是在研究电子货币对传统金融理论影响的文献中,虽然涉及电子货币对货币政策的影响,但没有把电子货币作为影响货币政策有效性的主要因素进行分析。因此,从总体上看,对此问题尚缺乏系统、深入的研究。这些不足也是今后研究的方向和重点。

注　释

［1］谢平、廖强:《当代西方货币政策有效性理论述评》,《金融研究》1998 年第 4 期。

［2］黄秋如、张小青:《西方货币政策有效性理论述评》,《广西社会科学》2004 年第 1 期。

［3］方阳娥、张慕濒:《理论有效性与实施有效性:西方货币政策有效性理论述评》,《经济评论》2006 年第 2 期。

［4］BIS, "Survey of Electronic Money［R］," BIS and The Group of Computer Experts, 1996, www.bis.org/pub1/cpss18.pdf.

［5］BIS, "Implications for Central Banks of the Development of Electronic Money［R］," Basle, 1996, p.33, http://www.eldis.org/static/DOC2027.htm.

[6] BIS, "Survey of Electronic Money Developments[R]," BIS 2001, www. bis. org/publ/cpss48. pdf.

[7] BIS, "Survey of Developments in Electronic Money and Internet and Mobile Payments [R]," 2004, www. bis. org/publ/cpss62. pdf.

[8] Setsuya Sato and John Hawkins, "Electronic Finance: an Overview of the Issues," 2001, BIS Paper No. 7, www. bis. org/publ/bispap07a. pdf.

[9] The Committee on Payment, Settlement Systems and the Group of Ten Countries, "Security of Electronic Money[R]," 1996, www. bis. org/publ/cpss18. pdf.

[10] BIS, "Electronic Money," 1997, www. bis. org/publ/gten01. pdf.

[11] BIS, "International Banking and financlal Market Developments[R]," 1996, www. bis. org/publ/r_qt0006. pdf.

[12] BIS, "Risk Management for Electronic Banking and Electronic Money Activities [R]," 1998, http://www. bis. org/publ/bcbs35. pdf.

[13] BIS, "Survey of Electronic Money Developments[R]," BIS, 2000, www. bis. org/publ/cpss38. pdf.

[14] European Central Bank, "Report on Electronic Money[R]," 1998, www. ecb. int/pub/pdf/other/emoneyen. pdf.

[15] Boeschoten, Hebbink, "Electronic Money, Currency Demand and the Seignorage Loss in the G10 Countries[R]," 1996, www. dnb. nl/dnb/pagina. jsp? pid.

[16] James A. Dorn(ed.), *The Future of Money in the Information Age*, 1996, www. ebookpars. com/ebooks/futureofmoney. pdf.

[17] Solomon. E. H, *Virtual Money*, Oxford University Press, 1997.

[18] Ramon Marimon, Juan Pablo Nicolini and Pedro Teles, "Electronic Money: Sustaining Low Inflation?" 1998, http://ideas. repec. org/p/fth/euroec/98-15. html.

[19] Berentsen, A. , "Monetary Policy Implications of Digital Money," 1998, *Kyklos* [J], vol. 51, No. 1, pp. 89—117.

[20] Supriya Singh, "Electronic Money: Understanding its Use to Increase the Electiveness of Policy," 1999, *Telecommunications Policy* [J], 23(1999):753—773.

[21] Friedman, B. M, "The Future of Monetary Policy: The Central Bank as an Army with only a Signal Corps?" 1999, *International Finance* [J], 2:3, pp. 321—338.

[22] Friedman, B. M. , "Decoupling at the Margin: the Threat to Monetary Policy from the Electronic Revolution in Banking," 2000, *International Finance* [J], 3:2, pp. 261—272.

[23] Freedman, C. , "Monetary Policy Implementation: Past, Present and Future-will Electronic Money Lead to the Eventual Demise of Central Banking?" 2000, *International Finance* [J], 3:2, pp. 211—227.

[24] Woodford, M. , "Monetary Policy in a World without Money," 2000, *International Finance* [J], 2:3, pp. 29—60.

[25] Woodford, M. , "Financial Market Efficiency and the Effectiveness of Monetary Policy," 2002, *Economic Policy Review* [J], Federal Reserve Bank of New York, vol. 8 No. 1, pp. 85—94.

[26] Woodford, M. , "Monetary Policy in the Information Economy," 2001, *Economic Policy for the Information Economy* [J], Kansas City: Federal Reserve Bank of Kansas City, pp. 297—370.

[27] Joilson Dias, "Digital Money: Review of Literature and Simulation of Welfare Improvement of This Technological Advance," 2001, Department of Economics State University of Maringa [J], Brazil, www. in3. dem. ist. utl. pt/downloads/cur2000/papers/S18P04. PDF.

[28] Biagio Bossone, "Do Banks Have a Future? —A Study on Banking and finance as We Move Into the Third Millennium," 2001, *Journal of Banking & Finance* [J], 25(2001), pp. 2239—2276.

[29] John Hawkins, "Electronic Finance and Monetary Policy[R]," 2002, Papers, No. 7, www. bis. org/publ/bispap07k. pdf.

[30] Berk, J. M. , "Central Banking and Financial Innovation, A Survey of the Modern Literature," 2002, *Banca Nazionale Quarterly Review* [J], No. 222, September, pp. 263—297.

[31] Y. V. Reddy, "Report of the Working Group on Electronic Money[R]," 2002, Reserve Bank of India, Mumbai, www. ecb. int/pub/pdf/other/emoneyen. pdf.

[32] Claudia Costa Storti and Paul De Grauwe, "Electronic Money and the Optimal Size of Monetary Unions," 2002, www. econ. kuleuven. be.

[33] Aleksander Berentsen, "Monetary Policy Implications of Digital Money," 1998, *International Review of Social* [J], http://ideas. repec. org/a/bla/kyklos/v51y1998i1p. 89—117. html.

[34] C. Sardoni, "Money in the Time of Internet: Electronic Money and its Effects," 2002, www. ecb. int/pub/pdf/other/emoneyen. pdf.

[35] Susan M. Sulliva, "Electronic Money and Its Impact on Central Banking and Mone-

tary Policy," 2002, www. hamilton. edu/academics/Econ/workpap/04_01. pdf.

[36] Yuksel Gormez, "Electronic Money Free Banking and Some Implications for Central Banking," 2003, The Central Bank of the Republic of Turkey, Research Department March 2003(First Draft: September 2000), www. tcmb. gov. tr/research/discus/dpaper63. pdf.

[37] Nathalie Janson, "The Development of Electronic Money: Toward the Emergence of Free-Banking?" 2003, www. mises. org/asc/2003/asc9janson. pdf.

[38] Christopher Fogelstrom, Ann L. Owen, "Monetary Policy Implications of Electronic Currency: An Empirical Analysis," 2004, *Hamilton College*, *Working Paper*, www. academics. hamilton. edu/economics/home/workpap/04_01. pdf.

[39] Benjamin M. Friedman, "The Future of Monetary Policy: the Central Bank as Army with only a Signal Corps? " *NBER Working Paper 7420*, http://www. nber. org/papers/w7420,p. 6.

[40] King, Mervyn, "Challenges for Monetary Policy: New and Old," 1999, *Bank of England Quarterly Bulletin* [J], 39:397—415.

[41] Charles Freedman, "Monetary Policy Implementation: Past, Present and Future—Will the Advent of Electronic Money Lead to the Demise of Central Banking Survive the Monetary policy," 2000, www. worldbank. org/research/interest/confs/upcoming/papersjuly11/freedman. pdf.

[42] 王鲁滨:《电子货币与金融风险防范》,《金融研究》1999 年第 10 期。

[43] 尹龙:《电子货币对中央银行的影响》,《金融研究》2000 年第 4 期。

[44] 董昕、周海:《网络货币对中央银行的挑战》,《经济理论与经济管理》2001 年第 7 期。

[45] 赵家敏:《论电子货币对货币政策的影响》,《国际金融研究》2000 年第 11 期。

[46] 谢平、尹龙:《网络经济下的金融理论与金融治理》,《经济研究》2001 年第 4 期。

[47] 陈雨露、边卫红:《电子货币发展与中央银行面临的风险分析》,《国际金融研究》2002 年第 1 期。

[48] 杨路明、陈鸿燕:《电子货币对中央银行货币改革的影响及对策》,《财经问题研究》2002 年第 8 期。

[49] 蒲成毅:《数字现金对货币供应与货币流通速度的影响》,《金融研究》2002 年第 5 期。

[50][51] 李羽:《虚拟货币的发展与货币理论和政策的重构》,《世界经济》2003 年第 8 期。

[52] 张红、陈洁:《电子货币发展给宏观调控带来的新挑战》,《财贸经济》2003 年第 8 期。

[53] 褚俊虹等:《货币职能分离及其在电子货币环境下的表现》,《财经研究》2003年第8期。

[54] 靳超、冷燕华:《电子化货币、电子货币与货币供给》,《上海金融》2004年第9期。

[55] 杨文灏、张鹏:《电子货币对传统货币领域挑战与对策研究》,《金融纵横》2004年第8期。

[56] 李成、刘社芳:《电子货币带来的制度挑战和思考》,《上海金融》2004年第6期。

[57] 韩留卿:《电子货币对中央银行货币政策影响研究》,《河南金融管理干部学院学报》2004年第5期。

[58] 周光友、邱长溶:《电子货币与基础货币的可控性研究》,《学习论坛》2005年第7期。

[59] 唐平:《电子货币对货币供给与需求的影响分析》,《河南金融管理干部学院学报》2005年第1期。

[60] 唐平:《电子货币对货币政策的影响研究》,《上海金融》2006年第7期。

[61] 王倩、纪玉山:《电子货币对货币供应量的冲击及应对策略》,《经济社会体制比较》2005年第4期。

[62] 周光友:《电子货币、货币创造与货币政策有效性》,《郑州航空工业管理学院学报》2005年第3期。

[63] 章晶:《论电子货币对央行货币乘数的影响》,《中南民族大学学报(人文社会科学版)》2005年第5期。

[64] 黄晓艳等:《电子现金与货币总量的关联分析及其模型研究》,《预测》2005年第5期。

[65] 王倩:《马克思主义视角的电子货币属性和职能分析》,《当代经济研究》2005年第9期。

[66] 詹斌:《我国电子货币发展的金融风险及对策》,《安徽建筑工业学院学报(自然科学版)》2005年第6期。

[67] 周光友:《电子货币发展对货币政策传导机制的影响》,《工业技术经济》2006年第11期。

[68] 黄燕君、陈鑫云:《电子货币:需求、影响和中央银行角色转换》,《浙江大学学报(人文社会科学版)》2006年第6期。

[69] 王剑:《电子货币的发行主体与监管策略研究》,《上海金融学院学报》2006年第3期。

[70] 刘向明、李玉山:《电子货币的发展对宏观金融调控的影响及其对策》,《宁波大学学报(人文社科版)》2006年第3期。

[71] 周光友:《电子货币发展对货币流通速度的影响》,《经济学(季刊)》2006年第4期。

[72] 梁立俊:《商业银行电子货币发行影响央行货币发行权的会计分析》,《上海金融》2006 年第 11 期。

[73] 周光友:《电子货币的货币乘数效应:基于中国的实证分析》,《统计研究》2007 年第 2 期。

[74] 周光友:《电子货币视角下货币流通速度下降原因的实证分析》,《财经理论与实践》2007 年第 1 期。

[75] 门洪亮:《电子货币供给机制分析》,《华东经济管理》2007 年第 2 期。

[76] 周光友:《电子货币发展、货币乘数变动与货币政策有效性》,《经济科学》2007 年第 1 期。

[77] 尹龙:《网络金融理论初论:网络银行与电子货币的发展及其影响》,西南财经大学出版社 2003 年版。

[78] 尹龙:《网络银行与电子货币——网络金融理论初探》,西南财经大学博士论文 2002 年。

[79] 赵家敏:《电子货币》,广东经济出版社 1999 年版。

[80] 吴以雯:《网络金融》,电子工业出版社 2003 年版。

[81] 黄达主编:《金融学》,中国人民大学出版社 2004 年版。

电子货币与货币政策有效性研究

第三章
电子货币、货币需求与货币政策有效性

　　供求关系是市场经济的基本关系,供求规律也是市场经济的客观规律。货币也有供给和需求,在电子货币条件下也不例外。由于货币供给理论与货币需求理论是现代货币理论中最基本也是最重要的两大理论,而电子货币对货币政策有效性的影响也主要是通过电子货币对货币供给和货币需求的影响表现出来。因此,在分析电子货币对货币政策有效性的影响时,必须对电子货币对货币供给和货币需求进行全面的分析和深入的研究。就总体而言,电子货币对货币需求影响的研究主要集中在以下三个问题:一是电子货币对人们持币动机的影响;二是电子货币如何决定或影响货币需求的各种因素;三是电子货币条件下货币需求量的变动对实际经济活动的影响。

　　在本章中,将电子货币对货币需求及货币政策有效性影响的研究分为以下几个部分:一是货币需求理论的回顾;二是电子货币对货币需求稳定性影响的理论分析;三是选取我国相关数据就电子货币对货币需求的影响进行实证研究。

一、货币需求理论的回顾

经济学意义上的货币需求不同于社会学或心理学意义上的需求——一种主观的、一厢情愿的占有欲,而是社会各经济主体(包括企业单位、事业单位、政府部门、个人)在其财富中能够并且愿意以货币形式持有而形成的对货币的需求。一般而言,货币需求是指社会各部门在既定的收入或财富范围内能够而且愿意以货币形式持有的数量。在现代高度货币化的经济社会里,社会各部门需要持有一定的货币去媒介交换、支付费用、偿还债务、从事投资或保存价值,因此便产生了货币需求。货币需求通常表现为一国在既定时间上社会各部门所持有的货币量。

(一)交易方程式(费雪方程)

交易方程式可表示为:

$$MV = PQ$$

在公式中,P 的值取决于 M、V、Q 三个变量的相互作用,M 是由模型以外的因素决定的;V 由于制定因素在短期不变,可视为常数;Q 对产出水平常常保持固定的比例,也大体上不变,因此,P 的值特别取决于 M 数量的变化。它认为,流通中的货币数量对物价具有决定性作用,而全社会一定时期一定物价水平下的总交易量与所需要的名义货币量之间也存在着一个比例关系 $1/V$。

费雪的交易方程式认为,流通中的货币数量对物价具有决定性作用,而全社会一定时期一定物价水平下的总交易量与所需要的名义货币量之间也存在着一个比例关系 $1/V$。

（二）剑桥方程式

剑桥方程式可用公式表示为：

$$M = KPY$$

其中，Y 为总收入；P 为价格水平；K 为以货币形式持有的财富占名义总收入的比例。M 为名义货币需求。

这一理论认为货币需求是一种资产选择行为，它与人们的财富或名义收入之间保持一定的比率，并假设整个经济中的货币供求会自动趋于均衡。剑桥方程式试图回答个人意愿持有货币的数量。这一理论认为货币需求与人们的财富或名义收入之间保持一定的比率，并假设整个经济中的货币供求会自动趋于均衡。剑桥方程式对货币需求的研究有重要的发展，开创了研究货币需求的四个新视角。

比较两个方程可见：$K = 1/V$

两个方程的差异：一是对货币需求的侧重点不同；二是费雪方程式注重货币支出的数量与速度，而剑桥方程注重货币持有的存量占收入的比例；三是两个方程强调的货币需求决定因素有所不同。

（三）凯恩斯的货币需求理论

凯恩斯继承了剑桥学派的分析方法，从资产选择的角度来考察货币需求。所不同的是，凯恩斯对人们持有货币的动机进行了详尽的分析并进而得出了实际货币需求不仅受实际收入的影响，而且也受利率影响的结论。这一结论蕴含着另一个重要的含义，即货币流通速度也是受利率的影响，因而是多变的。凯恩斯将人们持有货币的动机，称为流动性偏好，所以凯恩斯的货币需求理论也被称为流动偏好论。

凯恩斯对货币需求的研究是从对经济主体的需求动机的研究出发的。凯恩斯认为，人们对货币的需求出于三种动机：

1. 交易性需求

货币的交易性需求是指企业和个人为了应付日常的交易而愿意持有一部分货币。货币的交易性需求是由于货币的交易媒介职能而导致的一种需求。

凯恩斯认为,虽然货币的交易需求也受到其他一些次要因素的影响,但他主要还是取决于收入的大小。

2. 预防性需求

货币的预防性需求是指企业或个人为了应付突然发生的意外支出,或者捕捉一些突然出现的有利时机而愿意持有的一部分货币。

根据凯恩斯的观点,货币的预防性需求也是同收入成正比的。

3. 投机性需求

凯恩斯关于货币的交易性需求的分析和古典经济学家们的观点没什么不同;他关于预防性货币需求的分析虽然强调了不确定性在货币需求中的作用,但由于它和交易性需求一样,也主要取决于收入的大小,所以上述区分并未对传统的货币需求理论构成实质性的冲击。

在货币需求的三种动机中,由交易动机和谨慎动机而产生的货币需求均与商品和劳务交易有关,故而称为交易性货币需求(L_1)。而由投机动机而产生的货币需求主要用于金融市场的投机,故称为投机性货币需求(L_2)。

而货币总需求(L)等于货币的交易需求(L_1)与投机需求(L_2)之和。对于交易性需求,凯恩斯认为它与待交易的商品和劳务有关,若用国民收入(Y)表示这个量,则货币的交易性需求是国民收入的函数,表示为 $L_1 = L_1(Y)$。而且,收入越多,交易性需求越多,因此,该函数是收入的递增函数。对于投机性需求,凯恩斯认为它主要与货币市场的利率(i)有关,而且利率越低,投机性货币需求越多,因此,投机性货币需求是利率的递减函数,表示为 $L_2 = L_2(i)$。但是,当利率降至一定低点

之后,货币需求就会变得无限大,即进入了凯恩斯所谓的"流动性陷阱",这样,货币需求函数就可写成:

$$L = L_1(Y) + L_2(i) = L(Y, i)$$

也就是说,货币的总需求是由收入和利率两个因素决定的。

在凯恩斯的货币需求分析中,当货币需求发生不规则时会出现所谓的"流动性陷阱",它是凯恩斯分析的货币需求发生不规则变动的一种状态。凯恩斯认为,一般情况下,由流动偏好决定的货币需求在数量上主要受收入和利率的影响。其中交易性货币需求是收入的递增函数;投机性货币需求是利率的递减函数,所以,货币需求是有限的。但是当利率降到一定低点之后,由于利息率太低,人们不再愿意持有没有什么收益的生息资产,而宁愿以持有货币的形式来持有其全部财富。这时,货币需求便不再是有限的,而是无限大了。如果利率稍微下降,不论中央银行增加多少货币供应量,都将被货币需求所吸收。也就是说,利率在一定低点以下对货币需求是不起任何作用的。这就像存在着一个大陷阱,中央银行的货币供给都落入其中,在这种情况下,中央银行试图通过增加货币供应量来降低利率的意图就会落空。

(四)弗里德曼的货币需求理论

1956 年,在对货币数量论的一片反对声中,弗里德曼发表了它的名作《货币数量说——新解说》,从而标志着现代货币数量论的诞生。按照弗里德曼的观点,货币数量说是"原始货币需求的理论。它不是产出、或货币所得、或价格水准的理论"。所以,货币数量论的表述是从货币需求入手的。

1. 弗里德曼的货币需求函数

(1) 研究的出发点。

弗里德曼继承了凯恩斯等人把货币看成一种资产的观点,从而把货币需求当作财富所有者的资产选择行为加以考察。与凯恩斯不同的是,弗里德曼并不把资产选择的范围仅限于货币和债券之间,而是把债券、股票,以及各种实物都列为可替代货币的资产,从而使资产选择的范围大大扩大,并从中得出了与凯恩斯主义者截然不同的结论。

(2)影响财富所有者持币愿望的因素。

首先,是财富总量。由于财富很难加以统计,所以必须用收入来代表。但是弗里德曼认为,现期收入容易受经济波动的影响,因此必须用持久性收入来作为财富的代表。所谓持久性收入,是指消费者在较长一段时期内所获得的平均收入。

其次,财富在人力与非人力形式上的划分。所谓人力财富,是指个人的谋生能力。人力财富向非人力财富的转化,会由于制度方面的约束而受到很大限制,所以人力财富的流动性较低。因此,人力财富在财富总额中占较大比例的所有者将试图通过持有较多的货币来增加其资产的流动性。弗里德曼据此认为,人力财富对非人力财富的比率(或者非人力财富占总财富的比率)是影响货币需求的重要因素。

再次,持有货币的预期报酬率。它包括两部分:持有存款的利息收入和银行为支票存款提供的各种服务。值得指出的是,弗里德曼通常将货币定义为 M2。

然后,其他资产的预期报酬率,即持有货币的机会成本。它也包括两部分:首先是任何当期的所得或所支;其次是这些资产项目价格的变动而引起的资本利得或损失。

最后,其他因素。如财富所有者的特殊偏好等。它们在短期内可以被视为是不变的。

货币需求函数为 $M = f\left(P, r_b, r_e, \frac{1}{p} \cdot \frac{\mathrm{d}p}{\mathrm{d}t}, W, Y, u\right)$。该式中,

M 表示名义货币需求量，P 表示物价水平，r_b 表示债券的预期收益率，r_e 表示股票的预期收益率，$\frac{1}{p} \cdot \frac{\mathrm{d}p}{\mathrm{d}t}$ 表示物价水平的预期变动率，也就是实物资产的预期收益率，W 表示非人力财富占总财富的比例，Y 表示名义恒久性收入，u 表示影响货币需求的其他因素。

虽然都是从资产选择的角度来讨论货币需求，但是弗里德曼的货币需求理论却与凯恩斯的货币需求理论有着明显的不同。首先，资产选择的范围不同。其次，弗里德曼没有像凯恩斯那样把货币的预期报酬率视为零，而是把它当作一个会随着其他资产预期报酬率的变化而变化的量。以上两点不同，使他们对货币需求函数的看法截然不同。

2. 现代货币数量论

从弗里德曼的货币需求函数如何能得出名义收入受货币数量决定的货币数量论观点呢？

首先，弗里德曼的货币需求函数暗含着这样的结论：那就是货币需求对利率并不敏感。这是因为利率的变动往往是和货币的预期报酬率同向变动的。由于影响货币需求的是货币和其他资产之间的相对报酬率的高低，所以当货币的预期报酬率与其他资产的预期报酬率同向变动时，货币需求将相对保持不变。即影响货币需求的主要因素实际上只是持久性收入。

其次，弗里德曼认为，货币需求函数本身是相当稳定的，它不会发生大幅度的位移。

由以上两点便可直接得到以下的结论，即货币流通速度是稳定的、可以预测的。

由上式可以看出，只要货币需求是稳定的、可以预测的，那么货币流通速度就是稳定的、可以预测的。只要货币流通速度是稳定的、可以预测的,当货币供给发生变化时,我们把货币流通速度的预测值代入交易方程式,就可以估计出名义国民收入的变动。因此,货币供给是决定名义收入的主要因素的货币数量论的观点仍然能够成立。

由此可见,现代货币数量论与传统货币数量论有两点明显的不同:第一,货币流通速度不再被假定为一个固定的常数,而被认为是一个稳定的、可以预测的变量。第二,它放弃了传统货币数量论所认为的实际国民收入保持不变,从而价格与货币供给同向同比例变动的观点,而认为在短期内实际国民收入也将随货币数量的变化而有所变化,至于其变动的程度则要视其他条件而定。

通过以上分析可以看出,弗里德曼的货币需求理论和凯恩斯的货币需求理论存在着较为尖锐的对立,因而两者之间展开了长期的争论。

(五)马克思的货币需求理论

马克思的货币需求理论集中反映在其货币必要量公式中。马克思的货币必要量公式是在总结前人对流通中货币数量广泛研究的基础上,对货币需求理论的简要概括。

马克思的货币必要量公式为 $M = PQ/V$。

马克思认为,商品价格取决于商品的价值和黄金的价值,而价值取决于生产过程,所以,商品是带着价格进入流通的;商品价格有多大就需要多少金币来实现它;商品与货币交换后,商品退出流通,黄金却留在流通中,可使其他的商品得以出售,因此,货币流通速度可以度量。由此,执行流通手段的货币必要量=商品价格总额/货币流通速度。这一公式表明:货币的需要量与货币流通速度成反比;与商品数量和商品的价格水平成正比。

马克思认为,纸币流通条件下,货币量与价格的关系是:纸币是金属货币的代表,纸币所以能流通,因为有政府的强力支持。流通中的金属货币需要量是一定的,纸币的流通量无论多大,都只能代表流通中需要的金属货币量,所以,单位纸币所代表的金属货币量会随着纸币流通量的增加而减少。在金属货币流通的条件下,流通所需要的货币量由商品的价格总额决定;在纸币作为唯一的流通手段的条件下,商品的价格水平会随着纸币的流通量的增加而上升。

马克思首先以完全的金币流通为假设条件来进行分析。依此条件,他做出了如下论证:首先,商品价格取决于商品的价值和黄金的价值,而商品价值取决于生产过程,所以商品是带着价格进入流通的;其次,商品的价格、数量决定了用以实现它的流通所需的金币的数量;最后,商品与货币交换后,商品退出流通,货币却留在流通领域媒介其他商品的交换,从而一定数量的货币流通几次,就可以媒介几倍于它的商品的交换。

其中,商品价格总额等于商品价格与待售商品数量的乘积。因此,一定时期内,货币量的增减变动取决于价格、流通中的商品数量和货币流通速度这三个因素的变动。它与价格、流通中的商品数量成正比,而与货币流通速度成反比。马克思的货币必要量公式具有重要理论意义,它揭示了商品流通决定货币流通这一基本原理。但由于马克思的货币必要公式是以完全的金币流通为条件和基础的,因此还有一些问题需要引起注意:一是马克思的货币必要量公式强调商品价格由其价值决定,商品价格总额决定货币必要量,而货币数量对商品价格无决定性影响。这个论断适用于金属货币流通,而不适用于纸币流通。二是直接运用这个公式测算实际生活中的货币需求,还存在许多操作上的困难。也就是说,货币必要量公式只能是理论分析中的一个定性的量,而非实践中可以测量的值。三是马克思货币必要量公式反映的是货币交易性需求,即执行流通手段职能的货币需要量,不包含执行支付手段、贮藏手段职能的货币需求。

二、电子货币与货币需求的稳定性:理论分析

随着电子货币的不断发展和普遍使用,它对货币需求的稳定性产生了较大的影响:电子货币使货币需求的目标变量及函数中各个决定变量发生改变;它还通过对微观主体货币需求动机、货币流通速度等的影响来影响货币需求的稳定性。货币需求稳定性的下降必然会降低货币政策有效性,这一切都对货币政策的制定形成了新的挑战。

(一)电子货币对货币需求的目标变量及函数决定变量的影响

货币需求目标变量是货币需求研究对象的实证定义。在 20 世纪 70 年代以前,由于货币作为一种固定充当一般等价物的特殊商品,其交换媒介的功能在不断加强,加之由于预测货币需求量是研究货币需求的一个重要目标,这就要求目标变量必须明确且易于统计和计量。另外,由于中央银行在制定货币政策时,必须找出目标变量与函数中所包括的变量之间的相互关系,才能做到有的放矢,这就要求中央银行能够直接或间接地控制货币需求函数的目标变量,而符合这些条件的,在当时的情况下就是 M1。因此,在 20 世纪 70 年代以前,在选择货币需求目标变量时大多数学者主张以 M1 为主。但在电子货币条件下,由于电子货币具有高流动性及实时交易的特点,它的存在使各种金融资产(不同货币层次)之间的界限淡化以及它们之间的相互转化更为容易,这就会造成货币层次的不稳定。因此,如果仍按照传统的货币需求目标变量进行统计,必然会产生很多问题,也会造成统计误差,从而降低了货币需求存量与变量函数之间的稳定性。

弗里德曼在进行货币需求分析时,虽然也采用凯恩斯主义常用的

一般均衡分析方法,但他的分析更加细致。弗里德曼认为"货币是购买力的暂时栖息场所",因此,他采用的货币总量口径为广义货币。他认为,货币并不仅仅是狭小范围内的金融资产的替代物,而且是包括不动产、金融资产,甚至人力资本在内的所有资产的替代物。他开始就假设货币同其他任何资产一样,能够给其持有者提供劳务流量,这些劳务可以是货币收益,也可以是流动性便利、安全感等。个人财富总额是决定货币需求的一个主要因素。这里的财富不仅包括实物及诸如货币、债券、股票等各种金融资产(这些称为非人力财富),而且包括人力财富。我们知道,债券只不过是一种对未来利息收入的要求权,股票是一种对来自某些资本设备未来收入的要求权,而人具有生产能力,即他在未来可以具有劳动收入,并将这一收入出售后作为货币持有,这样,在这些资产交易和未来劳动收入之间并没有太大的经济差异,因而财富应当包括未来劳动收入的现值,即人力财富。非人力财富几乎可以无限制地进行替代,但人力财富和非人力财富的替代可能性是有限的,对于把非人力财富作为限制货币需求的因素是否比把全部财富作为限制货币需求的因素要好一些这个问题,弗里德曼利用非人力财富与人力财富的比例作为一个补充变量。由于财富是不可测量的,因而弗里德曼用"恒久性收入"来代替财富,因为他认为财富无非是各种未来预期收入的贴现值。"恒久性收入"是影响个人据以调整他们计划持有货币的一个变量,它比现期收入的稳定性好,但如何来衡量永久性收入呢?弗里德曼用了一个自适应性预期来预期"恒久性收入"。

假设 Y_t 代表实际收入,Y_t^e 代表 t 时刻对 $t+1$ 时刻 Y_t 的预期值,根据自适应性预期理论有:

$$Y_t^e - Y_{t-1}^e = \lambda(Y_t - Y_{t-1}^t)$$

将这一方程迭代下去得到:

$$Y_t^e = \lambda Y_t + \lambda(1-\lambda)Y_{t-1} + \lambda(1-\lambda)^2 Y_{t-2} + \cdots + \lambda(1-\lambda)^n Y_{t-n} + \cdots$$

由此可以看出,与以往货币需求理论的一个重大区别是弗里德曼采用的不是现期收入而是"恒久性收入"。现代货币需求函数对货币需求的进一步分析,其货币需求函数的基本形式如下:

$$\frac{M}{P} = f\left(Y, W, r_m, r_b, r_e, \frac{1}{p}\frac{\mathrm{d}p}{\mathrm{d}t}, u\right) \qquad (3.2.1)$$

其中,$\frac{M}{P}$ 代表实际货币需求,Y 代表实际国民收入(作为总财富的代表),W 代表非人力财富占总财富的比率;r_m、r_b 和 r_e 分别代表货币、债券和股票的预期名义收益率;$\frac{1}{p}\frac{\mathrm{d}p}{\mathrm{d}t}$ 代表预期的物价变化率;u 代表影响货币需求的扰动因素。

由于债券、股票和实物资产被弗里德曼列为货币的主要替代品,因而它们的收益就成为持有货币的机会成本。设债券、股票的市场利率分别为 r_b 和 r_e,由于它们还有资本增值或损失,因而它们的收益率可以近似地表示为 $r_b - \frac{1}{r_b}\frac{\mathrm{d}r}{\mathrm{d}t}$ 和 $r_e - \frac{1}{r_e}\frac{\mathrm{d}r_e}{\mathrm{d}t}$,实物资产的收益取决于物价水平的变动,即 $\frac{1}{p}\frac{\mathrm{d}p}{\mathrm{d}t}$。尽管,各种资产的收益率是独立变量,但在实际情况下,它们其中的一种收益率的变化显然也会引起其他收益率的变化,从而使各种收益率一起变动,因而可选择一种具有代表性的收益率 r 代表各种收益率进入货币需求函数。这个收益率 r 是组成财富的所有资产收益率的加权平均数,而且这些收益率有一些已经包括在货币需求函数中了。

除了上述变量,弗里德曼还把人力财富与非人力财富的比例 h 也作为补充变量进入货币需求函数。另外,他还选择了一个混合变量 u,它反映了偏好习惯等因素的变动,而且在某种程度上,这些因素与不确定性等客观条件相联系。

最终得到下面的货币需求函数形式:

$$\frac{M}{P} = f\Big(Y,\ r - \frac{1}{r}\frac{\mathrm{d}r}{\mathrm{d}t},\ \frac{1}{p}\frac{\mathrm{d}p}{\mathrm{d}t},\ h,\ u\Big) \qquad (3.2.2)$$

限制条件为:

(1) $\dfrac{\partial(M/P)}{\partial Y} > 0$,即实际恒久性收入越高,货币需求越多;

(2) $\dfrac{\partial(M/P)}{\partial\big(r - \frac{1}{r}\frac{\mathrm{d}r}{\mathrm{d}t}\big)} < 0$,即其他资产的收益率越高,持有货币的机

会成本越高,货币需求越少;

(3) $\dfrac{\partial(M/P)}{\partial\big(\frac{1}{p}\frac{\mathrm{d}p}{\mathrm{d}t}\big)} < 0$,即通货膨胀率越高,货币需求越少;

(4) $\dfrac{\partial(M/P)}{\partial h} > 0$,即人力财富的比例越大,将其转移为非人力财

富就越困难,因而货币需求就越大。

进一步分析上述各方程式可以观察到,由(3.2.1)式中的 W、r_m、r_b、r_e 和(3.2.2)式中的 $r - \frac{1}{r}\frac{\mathrm{d}r}{\mathrm{d}t}$ 的变化,所引起的对货币需求的变化,属于投机性需求。在货币需求理论中,投机动机的货币需求是指人们为了增加资本利息或避免资产损失,及时调整资产结构而形成的对货币的需求。它强调的是货币的价值储藏职能,即货币是资产的一种形式,是资产投资的一种方式,从而要从持有货币中获利。

我们知道,在现实经济生活中,由于现金和活期存款不生息或很少生息,因此持有它们的机会成本很高,而持有其他资产可以带来更高的回报,那么人们为什么还要以货币形式持有财富呢? 如前所述,电子货币的存在,使各种金融资产之间界限淡化的同时,还使它们之间的相互转化更为容易,这就可以在很大程度上满足人们的流动性偏好,人们就

没有必要持有大量的现金和存款这类低收益的金融资产来满足流动性的需要。这样,人们就可以将大量的货币转化为收益率较高的金融资产,从而改变了人们持有货币的动机,引起货币需求构成的变化。因此电子货币使货币的交易性动机和预防性动机减弱,投机性动机增强,表现为用于商品和劳务交易的货币需求下降,而用于投机获利的货币需求上升。

从货币需求稳定性的角度分析,由于用于商品和劳务交易的货币需求受规模变量 a(主要是收入 y 和交易量)的影响较大,规模变量短期内的相对稳定性决定了此种货币需求具有可以预测和相对稳定的特点,即(货币需求函数公式)中的 $f_1(y)$、(3.2.2)式中的 $\frac{\partial(M/P)}{\partial Y}$ 相对稳定。而投机性货币需求主要取决于机会成本和个人预期等因素,市场利率的多变性和人们心理预期的复杂性、非理性,导致了投机性货币需求具有多变和不稳定的特征,即(货币需求函数公式)中的 $f_2(r)$、(3.2.2)式中的 $\dfrac{\partial(M/P)}{\partial\left(r-\dfrac{1}{r}\dfrac{\mathrm{d}r}{\mathrm{d}t}\right)}$ 不稳定。

由此可见,尽管对于弗里德曼的货币理论存在较多争议,但对其提出的货币需求函数式却是基本得到肯定的。一般的观点是将上述货币需求函数中的全部变量划分为规模变量、机会成本变量和其他变量。电子货币对这三类变量的影响主要表现在,电子货币使这三类变量在货币需求函数中的地位与作用发生一定程度的改变,它使用于商品和劳务交易的货币需求的相对比重下降和投机性货币需求的相对比重上升后,不同表达形式的货币需求函数的稳定性都有所下降,从而降低了货币需求的稳定性。

首先,在测定规模变量对货币需求量影响的常用模型中,如果用 λ 表示一定收入条件下公众必须至少持有的货币量,用 φ 表示收入弹性系数,电子货币降低了支付手段和储藏手段之间的转化成本,加快了转化速度,结果使 λ 和 φ 都有变小的可能,从而使得规模变量在货币需求函数中的作用相对弱化。

其次,在电子货币大规模普及之前,交易支付手段和储藏手段之间的转换成本较高,速度较慢,公众出于便利的考虑倾向于持有一定的货币量,只有闲置余额才会考虑其机会成本,电子货币使得其他金融资产变现速度加快,转化成本下降,资产流动性大大提高,因此在一定的收入水平下人们会减少交易需求量,扩大闲置余额,从而机会成本变量发挥作用的空间扩大,增强了机会成本变量在货币需求函数中的地位与作用。

最后,从其他变量来看,随着电子货币的不断发展,在它的冲击下,金融制度也必然会发生深刻的变化,各微观经济主体逐渐对金融市场和金融制度的微小变化都十分敏感,使得在货币需求函数中制度变量的作用越来越明显。[1][2]

(二)电子货币条件下微观主体的货币需求动机对货币需求稳定性的影响

货币需求目标函数值取决于函数中变量的变化,而函数变量的变化又受各微观经济主体货币需求动机的影响。凯恩斯的货币需求理论认为,人们持有货币的动机有三种,即交易动机、预防动机和投机动机。将三种动机的货币需求函数统一起来,可得到如下的货币需求函数:

$$M = M_1 + M_2 = L_1(y) + L_2(r) \qquad (3.2.3)$$

其中,L_1 是交易需求和预防需求的合并,统称交易性的货币需求,是实际收入 y 的增函数;L_2 是投机性需求,是利率 i 的减函数。交易动机的货币需求和预防动机的货币需求都是收入的增函数,可表示为:

$$L_1 = ky$$

其中,L_1 表示基于交易动机和谨慎动机的货币需求量,y 表示国民收入,k 表示出于上述两种动机所需货币量与名义收入的比例关系,y 与 L_1 正相关。

而投机动机的货币需求则受利率水平影响,是利率的递减函数,与利率水平呈负相关关系,可表示为:

$$L_2 = -hi$$

其中,L_2 表示投机动机的货币需求量,i 表示利率水平,h 表示货币需求关于利率的反映系数,可以看出,利率 i 的变化 L_2 与成负相关变化。

因此,货币需求方程 M 可表示为:

$$M = F(L_1, L_2)$$

在电子货币流通和使用后,货币的流通速度将会加快,其流动性也得到增强,货币周转周期将大大缩短。因此,在短期内,人们为交易动机和预防动机所预留的货币量占名义收入的比例将减少,即系数 k 将减小,相应的为此两个目的而产生的货币需求量也将减少。但是,大量的资金将随时准备着从原有的状态流向资金回报率更高的部门和行业,即系数 h 对货币需求的影响增强。因此,利率的微弱变化都会导致 L_2 的大幅度的变化,从而投机动机的货币需求将得到加强。因而,在总的国民收入和利率水平不变的情况下,在电子货币流通的市场中,人们的手持货币量将减少。

在此,我们用"基于交易动机的货币需求模型"来分析货币的需求。这个模型是鲍莫尔和托宾在凯恩斯货币需求理论的基础上提出来的。现在我们试图用这个模型来分析电子货币应用对人们货币需求,特别是基于交易动机的货币需求有什么影响。鲍莫尔-托宾模型基于下面

电子货币与货币政策有效性研究

的假设：

　　某个消费者在一定时期内有 X 元收入，以固定的利率 I 存入银行，为维持平时交易支付的需要，需从 X 元收入中支取 C 元现金持有。若在将银行存款变现的过程当中，该消费者往返于银行的成本是 F 元，则往返银行于银行的次数为：$n = \dfrac{X}{C}$。平均现金需求余额是 $\dfrac{C}{2}$，该消费者的收益 R 可以用下式表示：

$$R = \left(\frac{X-C}{2}\right)I - F\left(\frac{X}{C}\right) \qquad (3.2.4)$$

其中，$\left(\dfrac{X-C}{2}\right)I$ 是平均存款保有量的利息收入，$F\left(\dfrac{X}{C}\right)$ 是银行往返成本。

　　消费者为使其收益最大化，他将选择最佳的现金持有水平。公式(3.2.4)等号两边对现金 C 求导，并令之等于 0，得：

$$\frac{\mathrm{d}R}{\mathrm{d}C} = \frac{\mathrm{d}\left(\frac{1}{2}(X-C)\right)I}{\mathrm{d}C} - \frac{\mathrm{d}\left(\frac{1}{C}FX\right)}{\mathrm{d}C}$$

$$\frac{\mathrm{d}R}{\mathrm{d}C} = -\frac{1}{2} + \frac{FX}{C^2} \qquad (3.2.5)$$

令

$$-\frac{1}{2} + \frac{FX}{C^2} = 0$$

求得 C，

$$C = \sqrt{\frac{2FX}{I}} \qquad (3.2.6)$$

　　这个公式给出了保持收益最大化的最佳现金需求余额。它的含义是：第一，现金的交易需求与利率之间呈负相关关系，即利率越低现金需求余额越大;第二,现金的交易需求与收入正相关,收入越多现金需求余额越大;第三,现金的交易需求与银行往返成本正相关,成本越低现金需求余额越小。

那么,如果电子货币大规模地应用,必将引起现金需求余额的减少。由于电子货币的储值、支付终端等设备的完善和普及,使人们能够方便地存取电子货币并进行交易,而不必像存取现金那样需要经常往返于银行,因此,电子货币的出现将使消费者的交易成本降低。由于交易成本的大大降低,消费者将会选择增加存款和交换现金的次数,以减少无利息收入的现金的持有量,所以,基于交易需求的货币需求将下降。

根据以上分析可知,电子货币的广泛使用将会导致交易性货币需求的下降。由于电子货币的高流动性和交易低成本的特性,它在满足人们流动性偏好的同时,为了不降低金融资产持有者的收益,人们就会为了追逐高额的回报而持有收益率更高的金融资产,从而引起货币需求结构的变化。然而,电子货币对各种货币需求动机的影响是不同的,它在削弱交易性动机和预防性动机的货币需求的同时,增加了投机性动机的货币需求。也就是说电子货币使用于商品和劳务交易等经常性的商业性货币需求下降,而使用于可给持有人带来较高收益率的金融资产的投机性的货币需求上升。但由于交易性和预防性的货币需求受到收入和交易量等规模变量的限制,并且这种规模在短期内是难以改变的,这就决定了交易性动机和预防性动机的货币需求在一定时期内是可以预测和相对稳定的,因此,$L_1(y)$ 是相对稳定的。而影响投机性货币需求的因素较多,除了受到机会成本和个人预期等因素的影响外,市场利率、心理预期及非理性都会造成货币需求的不稳定,因此,$L_2(i)$ 是不稳定的。而这种交易性和预防性货币需求的相对稳定及其在货币需求中的比重下降和投资性货币需求的不稳定及其在货币需求中的比重上升都会造成货币需求的不稳定。[3]

但是,以上分析暗含的假设是货币的不同用途之间存在明确的界限,且这种界限是相当稳定的。交易动机和预防谨慎动机受收入影响而投机动机受利率影响。但是电子货币将对这一假设产生威胁:由于人们可以随时随地以几乎为零的交易费用进行货币用途之间的转换,各种需求动机之间的边界已不再明显,投资结构之间的可变性也大大增强了。换言之,电子货币已使 L_1 和 L_2 合二为一,将可能受到利率和收入两方面的影响。

(三) 货币流通速度变化与货币需求稳定性

货币流通速度建立起了一国货币供给与国内生产总值之间的联系,是经济中的关键变量。货币流通速度与货币需求密切相关。货币流通速度会对货币政策执行产生关键和明显的影响。根据货币数量论的观点,货币流通速度是一个相对固定的量(即为常数),所以货币需求就取决于名义国民收入。货币流通速度的影响因素包括制度因素、交易技术、利率、预期通货膨胀率、收入水平、金融创新等。因此,货币流通速度不仅取决于制度、交易技术等因素,还取决于货币需求的动机。

从著名的欧文·费雪交易方程式中可以得出货币存量的表达式:

$$M_0 \times V_0 = P \times Y \qquad (3.2.7)$$

其中, M_0 表示货币数量, V_0 表示货币流通速度, P 表示物价水平, Y 表示社会商品交易总额。

由式(3.2.7)可知,货币数量 M_0 与货币流通速度 V_0 的乘积等于名义 GDP,即 $P \times Y$。假如中央银行能够预先知道 V 和 Y,就能够通过发行适度的货币存量 M_0 来达到控制物价水平 P 的目的。但是,要实现这一目标必须满足两个前提条件:首先,货币的流通速度必须是可测的和稳定的,也就是说货币流通速度V_0是一个常数;其次,中央银行必须能决定货币存量。

现在的问题是,货币流通速度V_0真的是一个常数吗?从式(3.2.7)可以看出,要使V_0成为一个常数,M_0必须和PY成固定的比例。如果货币仅仅是一种交易媒介,人们持有货币仅仅是为了用它来进行交易,这种假定还有可能成立。因为我们可以设想,随着一个人名义收入的增加,他为了交易而持有的货币余额可能成比例地增加。但货币同时还是一种财富持有形式,这就意味着人们可能出于多种原因而想要持有货币,同时人们这种持有货币的愿望还会受到多种因素的影响(如利率就是这些因素中非常重要的一个)。因此,当某些因素发生变化而名义收入并没有变化时,人们仍可能在货币和其他财富持有形式之间进行调整,这种货币需求就不可能是名义收入的一个固定比例,从而货币流通速度V_0也不可能是一个常数。

另外,从交易方程式中可以看出,货币流通速度和货币需求实际上是一个问题的两个方面。如果货币需求是稳定的、可测的,那么,货币流通速度也便是稳定的、可以预测的。但众多经验研究表明,由于货币流通速度是比较直观的,容易得到(即等于名义国民收入除以平均货币存量),所以往往反过来用于说明前两个问题。从发达国家的货币流通速度数据中大致可以看出这样一个规律,那就是在经济繁荣时,货币流通速度加快;在经济萧条时,货币流通速度要么是增长率放慢,要么是绝对地下降。也就是说,货币流通速度往往是顺周期变动的。

20世纪80年代以来,随着西方国家的技术进步、管制的解除以及全球化步伐的加快,增加了金融市场的收益和交易量的快速扩张。信息技术的快速发展持续性地降低了金融交易的成本,这主要体现在计算机技术、通讯卫星、自动提款机、电话银行业务、信用卡、电子货币和交易系统、互联网等的出现和应用。中央银行相继解除了金融市场的利率、税收、经纪业务等管制,使外国的金融机构可以自由地进入本国金融市场,从而增加了银行、证券公司、保险公司和其他金融机构之间的竞争力,也加速了资产的自由化和证券化趋势。解除管制增加了国内金融市场的收益同时也混淆了货币与非货币金融资产的界限。信息技术的快速发展和解除管制,使得资金可以自由地在国家间流动并参与收益分配。金融一体化、全球化、自由化、证券化是 20 世纪 90 年代以来国际金融市场发展的重要特征。

特别是在 20 世纪 90 年代以来,电子货币的出现及快速发展,通货和存款货币逐步被电子货币所取代(部分取代),于是公式(3.2.7)变为:

$$M_0' \times V_0 + E \times V_E = P \times Y \qquad (3.2.8)$$

其中,M_0' 表示未被完全取代的通货(纸币和硬币),E 表示电子货币的数量,V_E 表示电子货币的流通速度。

从式(3.2.8)中可知:随着电子货币的普及和应用,流通中的通货将不断的被电子货币所取代,因而 M_0' 的趋势将是逐渐减少,随着流通中 M_0' 使用数量的减少,V_0 也将随之趋向下降,因此,在电子货币应用的初期阶段,货币流通速度(以 V_0 为主)将呈下降的态势。

而与此同时,E 和 V_E 都将趋向增大。并且,广泛应用电子货币时代到来后,M_0' 的总量却将因其流动速度的极快以及向 E 转化的总趋势,将导致其形态留存时间极短而总量趋向降低,而且,其成分将是以更单一纯正的电子货币形式存在,由于以比特形态存在的电子货币以光电作为物质载体,在网络中是以接近于光速高速流通的,因此,那时的货币流通速度(以 V_0 为主)将是上升的。

此外,随着电子商务的兴起和电子货币的普及应用,日常生活中的中、小额零售购买支付方式都将采用电子货币。从这个角度来看,货币流通速度根据流通中商品交易总额指标来计算,应该能比较真实地反映电子货币流通速度的变化趋势。货币流通速度根据商品交易总额指标选择的不同,有两种计算方法:一是用社会商品零售总额计算,比较适合计算 M_0 的货币流通速度 V_0;另一种是用 GNP 和 GDP 计算。国际上一般是采用后者。

根据对世界上其他国家货币流通速度历史变化的研究表明,一般都呈现出这样的规律,即在经济金融一体化与全球化背景下的金融创新浪潮中,市场化程度高的欧美国家的货币流通速度变化特征都呈 V 字形。也就是说,货币流通速度首先随着货币化的不断深入而下降,达到一定程度后又随着金融创新和经济稳定化程度的提高而上升。因为很难对货币流通速度作出准确的预测,货币政策的实际效果也就难以预料,货币需求理论的实用性受到了严重的挑战。因此,在电子货币条件下,重新研究货币流通速度问题,恢复货币需求函数的稳定性,仍然是个紧迫的理论和实践课题。本书在后面的章节中对此问题有专门的论述。

三、电子货币与货币需求的稳定性:基于中国的实证分析

改革开放以来,为了适应经济体制改革的要求,中国的金融体制改革自 1979 年以来先后经历了几个不同的阶段,各个阶段具有不同的特点。为了便于分析,本书首先对我国金融体制改革作一简单回顾和作出如下阶段划分[4]:

第一阶段:金融改革初始阶段(1979—1984 年)。1979 年 2 月国家推出"统一计划,分级管理,存贷挂钩,差额包干"的信贷资金管理办法。在这一框架下,指令性计划指标管理仍旧没有突破。

第二阶段:银行企业化改革阶段(1985—1993 年)。在 1984 年建立中央银行和四大专业银行二级银行体制后,中国人民银行行使中央

银行的职责以加强其宏观调控的作用。

第三阶段:银行商业化改革阶段(1994—1997年)。1994年国家开始实行"贷款限额控制下的资产负债比例管理"新体制,对国有专业银行全面实行贷款规模控制下的资产负债比例管理。我国中央银行的宏观调控方式由直接向间接转变。

第四阶段:金融体系深化、金融创新阶段(1998年至今)。1998年1月1日起,国家决定取消指令性计划,实行指导性计划,在逐步推行资产负债比例管理和风险管理的基础上,实行"计划指导,自求平衡,比例管理,间接调控"的信贷资金管理体制。

根据以上我国金融体制改革和金融发展阶段性的特点,为了便于本书实证研究的开展,结合不同时期我国金融发展的主要特点,本书对我国不同的时期进行一个样本阶段的划分。拟将1994—1997年视为我国金融改革、金融制度创新时期,1998年至今视为我国金融体系完善、金融市场发展、金融产品包括融资与支付手段创新的阶段。[5]正是这一阶段,以1995年广东发展银行首次发行我国首张信用卡为标志,揭开了我国使用电子货币的序幕。特别是2002年以来,以银行卡为代表的电子货币的发展速度明显加快,这些都加快了电子货币在我国的普及。[6]

(一)我国货币需求结构及相关指标的分析

如上所述,我国的金融体制改革经历了不同的发展阶段,相应地我国的电子货币的发展也具有明显的阶段性特征。为了分析电子货币对我国货币需求结构变化的影响,本书选取自1978—2006年以来的相关数据进行阶段性研究。以下是本书对我国货币需求结构及相关指标的分析。

表 3.1　中国货币供应量及其相关指标的变动

年份	M0（亿元）	M1（亿元）	M2（亿元）	M0增长率（%）	M1增长率（%）	M2增长率（%）	名义GDP增长率（%）	社会商品零售额增长率（%）
1978	212.0	948.8	1 159.1	8.5	3.5	4.2	13.2	8.8
1979	267.7	1 177.4	1 458.1	26.3	24.1	25.8	11.4	15.5
1980	346.2	1 443.5	1 842.9	29.3	22.6	26.4	11.9	18.9
1981	396.3	1 710.6	2 231.4	14.5	18.5	21.1	7.6	9.8
1982	439.1	1 914.2	2670.9	10.8	11.9	19.7	8.9	9.4
1983	529.8	2 182.1	3 189.6	20.7	14.0	19.4	12.1	10.9
1984	792.1	2 930.6	4 440.0	49.5	34.3	39	20.8	18.5
1985	987.8	3 340.9	5 198.9	24.7	14.0	17.1	25.0	27.5
1986	1 218.4	4 232.2	6 720.9	23.3	26.7	29.3	13.8	15.0
1987	1 454.5	4 948.6	8 330.9	19.4	16.9	24.0	17.3	17.6
1988	2 134.0	5 985.9	10 099.8	46.7	20.1	21.2	14.8	27.8
1989	2 344.0	6 388.2	11 949.6	9.8	6.7	18.3	13.3	8.9
1990	2 644.4	7 608.9	15 293.7	12.8	19.1	28.0	9.7	2.5
1991	3 177.8	8 363.3	19 349.9	20.2	9.9	26.5	16.6	13.4
1992	4 336.0	11 731.5	25 402.2	36.4	40.3	31.3	23.2	16.8
1993	5 864.7	16 280.4	34 879.8	35.5	38.8	37.3	30.0	13.4
1994	7 288.6	20 540.7	46 923.5	24.3	26.2	34.5	35.0	30.5
1995	7 885.3	23 987.1	60 750.5	8.2	16.8	29.5	25.0	26.8
1996	8 802.0	28 514.8	76 094.9	11.6	18.9	25.3	16.0	20.1
1997	10 177.6	34 826.3	90 995.5	15.9	22.1	19.6	9.7	10.2
1998	11 204.2	38 953.7	104 498.5	10.7	11.9	14.8	6.6	6.8
1999	13 456	45 837.2	119 897.9	20.1	17.7	14.7	3.3	6.8
2000	14 652.7	53 147.0	134 610.3	8.9	16.0	12.3	9.0	9.7
2001	15 688.8	59 871.6	158 301.9	7.1	12.7	17.6	8.9	10.4
2002	17 278.0	70 881.8	185 007.0	10.1	16.8	16.9	7.8	9.4
2003	19 746.0	84 118.6	221 222.8	14.3	18.7	19.6	9.1	9.1
2004	21 468.3	95 969.7	254 107.0	8.7	13.6	14.7	10.1	13.3
2005	24 031.7	107 278.7	298 755.7	8.9	11.8	17.6	9.9	12.9
2006	27 072.6	126 035.1	345 603.6	12.7	17.5	17.0	10.9	13.7

电子货币与货币政策有效性研究

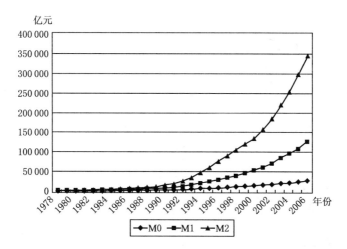

图 3.1　1978—2006 年中国不同层次货币供应量的变动趋势

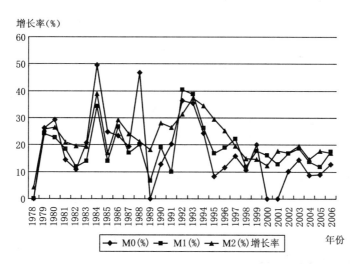

图 3.2　1978—2006 年中国不同层次货币量增长率

表 3.2　中国货币供应量及其相关指标的变动

年份	M0/M1 (%)	M1/M2 (%)	M0/GDP (%)	M1/GDP (%)	M2/GDP (%)	(M2−M1)/ M2(%)
1978	0.223 4	0.818 6	0.058 2	0.260 3	0.318 0	0.181 4
1979	0.227 4	0.807 5	0.065 9	0.289 8	0.358 9	0.192 5
1980	0.239 8	0.783 3	0.076 2	0.317 6	0.405 4	0.216 7
1981	0.231 7	0.766 6	0.081 1	0.349 9	0.456 4	0.233 4
1982	0.229 4	0.716 7	0.082 4	0.359 1	0.501 1	0.283 3
1983	0.242 8	0.684 1	0.088 5	0.364 6	0.532 9	0.315 9
1984	0.270 3	0.660 0	0.109 3	0.404 6	0.612 9	0.340 0
1985	0.295 7	0.642 6	0.109 3	0.369 5	0.575 1	0.357 4
1986	0.287 9	0.629 7	0.118 6	0.411 9	0.654 1	0.370 3
1987	0.293 9	0.594 0	0.120 7	0.410 7	0.691 3	0.406 0
1988	0.356 5	0.592 7	0.141 9	0.398 1	0.671 7	0.407 3
1989	0.366 9	0.534 6	0.137 9	0.375 8	0.702 9	0.465 4
1990	0.347 5	0.497 5	0.141 3	0.406 5	0.817 0	0.502 5
1991	0.380 0	0.432 2	0.145 6	0.383 2	0.886 5	0.567 8
1992	0.369 6	0.461 8	0.161 0	0.435 5	0.943 0	0.538 2
1993	0.360 2	0.466 8	0.166 3	0.461 7	0.989 2	0.533 2
1994	0.354 8	0.437 7	0.151 5	0.427 0	0.975 4	0.562 3
1995	0.328 7	0.394 8	0.131 8	0.401 1	1.015 7	0.605 2
1996	0.308 7	0.374 7	0.125 5	0.406 5	1.084 9	0.625 3
1997	0.292 2	0.382 7	0.130 4	0.446 1	1.165 7	0.617 3
1998	0.287 6	0.372 8	0.135 0	0.469 2	1.258 6	0.627 2
1999	0.293 6	0.382 3	0.152 1	0.518 1	1.355 1	0.617 7
2000	0.275 7	0.394 8	0.149 5	0.542 3	1.373 6	0.605 2
2001	0.262 0	0.378 2	0.145 2	0.554 0	1.464 8	0.621 8
2002	0.243 8	0.383 1	0.145 1	0.595 2	1.553 4	0.616 9
2003	0.234 7	0.380 2	0.146 1	0.622 3	1.636 6	0.619 8
2004	0.223 7	0.377 7	0.134 5	0.601 4	1.592 3	0.622 3
2005	0.224 0	0.359 1	0.130 1	0.580 7	1.617 2	0.640 9
2006	0.214 8	0.364 7	0.127 8	0.595 0	1.631 7	0.635 3

数据来源:根据国研网相关数据计算而得(www.drcnet.com.cn)。

电子货币与货币政策有效性研究

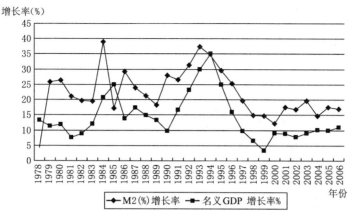

图 3.3　1978—2006 年中国名义 GDP 与社会商品零售额增长率

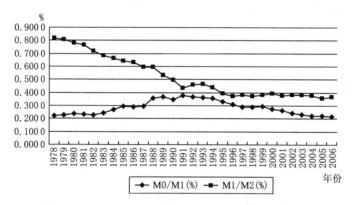

图 3.4　1978—2006 年中国 M0/M1、M1/M2 结构变动

从上述图表中可以分析货币 M0、M1 和 M2 各层次结构变动趋势。由于 M0、M1 和 M2 间增长率存在明显差异，导致三者间比例关系发生变化。

1. M0/M1 的变化趋势

M0/M1 的变化大致可以分为三个阶段。1978—1987 年 M0/M1 呈现平稳增加趋势，从 1978 年的 22.34％上升到 1987 年的 29.39％；1988 年出现突然增加，跳升到 35.65％，1988—1994 年间，M0/M1 基本稳定在 35％至 37％之间，波动幅度较小；自 1995 年开始，M0/M1 出

现持续下降趋势,从 1995 年的 32.87% 一直下降到 2006 年的 21.48%,
这表明我国 M0/M1 的下降通道基本形成,且还未见底(见图 3.4)。

2. M1/M2 的变化趋势

从图 3.4 中可看出,M1/M2 呈平滑下降趋势,没有出现较大的波
动或者突升突降的情况,但出现了两个相对较稳定的平台。其间
1991—1994 年稳定在 45% 左右,1995 年之后又基本稳定在 38% 左右,
继而保持下降趋势。虽然 M1/M2 的下降波动幅度不大,但其下降的
总体变动幅度是比较大的,由 1978 年的 81.86% 下降到 2006 年的
36.47%,共下降了 45.39 个百分点。因此,M1/M2 的变化相对平稳。

由此可见,在样本期间内 M0 的波动较大,没有出现稳定的增长或
下降趋势,但 M0 与 M1 变化趋势总体具有相似之处,它们都是先下降
以后又上升,而 M2 基本保持一种稳步爬升的趋势。M0、M1、M2 的
这种变化趋势表明:在电子货币条件下,特别是在电子货币发展的初期
阶段,我国开展了电子支付系统、自动转账等新型金融服务之后,电子
货币逐步取代了现金和活期存款,并且它的这种替代作用也越来越明
显,但它对 M0 和 M1 的影响存在极大的不确定性,从而造成了 M0、
M1 的大幅波动;相比较而言,M2 的变动趋势相对稳定,是因为电子货
币对货币的替代有一个先后顺序,并不是电子货币一旦出现就会对不
同层次的货币同时同比例的取代,一般来说,它对流动性高的货币的替
代作用要比流动性低的货币更为明显,并且将流动性较高的货币转化
为流动性较低的货币,在电子货币发展的初期阶段更是如此,因此,电
子货币对 M2 的变动趋势不会产生很大影响,因而 M2 基本保持了稳
定增长的趋势。但必须肯定的是,尽管我国电子货币的发展还处于初
期阶段,但它的存在已经给我国的各层次货币量产生了明显的影响,并
且这种影响会随着电子货币的发展而越来越大。

实证数据也表明随着我国金融体制改革的推进和数字化现金类电

子货币广泛使用,现金交易规模日趋缩小,导致存款结构发生变化,不同层次货币资产都有向流动性小的资产转化的趋势,电子货币对现金和活期存款的替代效应和转化效应越来越明显,它对我国货币结构所带来的影响也逐步显现。

3. (M2－M1)/M2 的变化趋势

根据我国货币层次的划分,(M2－M1)/M2 指的是流动性较弱的部分占全部货币供应量的比重,它的特点是流动性较弱、相对稳定。从表 3.1 及图 3.5 可看出,(M2－M1)/M2 从 1978 年以来逐步上升。(M2－M1)/M2 从 1978 年的 18.14％上升到 2006 年的 63.53％,其间又分为两个阶段,第一阶段是从 1978 年至 1995 年,这一阶段是快速上涨的阶段,从 1996 年至今则呈缓慢上升的趋势。(M2－M1)/M2 的比重不断上升表明,由于电子货币加快了货币由流动性较高的形态转化为流动性较弱的形态,并使(M2－M1)/M2 保持相对稳定。

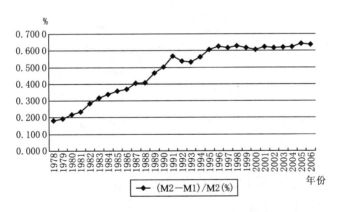

图 3.5　中国(M2－M1)/M2 的变化趋势

4. M0/GDP、M1/GDP、M2/GDP 的变化趋势

由表 3.1 可知,M0/GDP 由 1978 年的 5.82％上升到 2006 年的 12.78％,增长了约 7 个百分点;M1/GDP 由 1978 年的 26.3％上升到

2006 年的 59.5%，增长了约 33 个百分点，M2/GDP 由 1978 年的 31.8% 上升到 2006 年的 163.17%、增长了约 132 个百分点。从图 3.6 可看出，M0/GDP 增长速度较慢，特别是从 1995 年以来保持相对稳定，M1/GDP 增长速度呈稳步上升的态势，但近几年来有放缓的趋势；而 M2/GDP 则从 1978 年以来保持快速上涨。M0/GDP、M1/GDP、M2/GDP 的变化趋势与电子货币的发展不无关系。这种变化趋势说明：一是电子货币的发展使现金的使用量相对下降，占 GDP 的比重相对稳定；二是电子货币使货币的存在形态由较低的层次向较高的层次转化，即由流动性较低的形态向流动性较高的形态转化，且这种转化速度在不断加快。

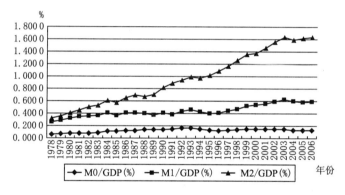

图 3.6　中国 M0/GDP、M1/GDP、M2/GDP 的变化趋势

（二）指标选择和样本数据说明

1. 模型变量说明

（1）规模变量。

由于各方面的原因，长期连续的国民财富变量不易获得，大多数国家相关的研究主要采用社会商品零售总额、工业生产总值、国民生产总值（GNP）或国内生产总值（GDP）等作为货币需求的规模变量。因此，

电子货币与货币政策有效性研究

本书以 GDP 作为规模变量对我国 1978—2006 年货币需求函数进行实证分析。

（2）机会成本变量。

一般来说，货币自身的利率和其他非货币金融资产的收益率是货币需求机会成本变量的重要组成部分，但因货币口径不同而导致货币自身利率存在差异。

在实证分析过程中，利率变量可以通过不同的形式反映在货币需求函数中。一是在狭义货币需求函数中，由于狭义货币的流动性较高，持有者一般不能获得利息收入，因此，替代性资产的利率就可代替狭义货币的利率进入货币需求函数；二是分别将广义货币利率和替代性资产的利率放入广义货币需求函数中；三是将广义货币利率与替代性资产利率之差放入广义货币需求函数中。然而，在实证分析过程中，经济发展程度不同的国家，它们的金融资产收益率也有多种选择，预期通货膨胀率的影响也是不同的。一般来说，由于发展中国家的金融市场不发达，预期通货膨胀率被认为是货币需求函数中的唯一机会变量。但由于 20 世纪 90 年代以来，金融创新及电子货币的快速发展，社会公众也就没有必要在实物资产与货币之间进行选择，因此，通货膨胀率对狭义货币的影响也将随之减弱。从广义货币来看，由于货币当局在制定长期存款利率时一般不会低于通货膨胀率，而只有公众的预期通货膨胀率大幅度地超过长期存款利率，通货膨胀率才会对广义货币产生影响，但这种情况一般不会发生。因此，从长期来看，通货膨胀率对广义货币需求的影响也是相对较小的。但基于我国利率还没有市场化的事实，我国自 20 世纪 90 年代以来多次根据通货膨胀率的变化来调整利率，为此，本书将利率作为机会成本变量。

（3）制度变量。

在短期内，虽然制度变化或多或少会对货币需求产生影响，但从长期来看,各种制度变量对货币需求的影响将随着各种制度的完善而逐步减弱,因此在此省略了各种虚拟变量。为了反映物价变化对短期货币需求的影响,将通货膨胀率加入到短期货币需求函数中,而在长期货币需求函数中只考察实际货币余额与实际收入和利率之间的关系。

2. 实证分析方法选择

从理论发展的过程看,经过传统的货币数量论、凯恩斯的货币需求理论、货币的交易性需求理论、资产选择理论和现货币代数量论等阶段的发展,货币需求理论已经比较成熟。而在实证研究中,大多数学者主要以交易需求理论和资产选择理论为理论基础。但由于依据的理论和实证分析方法的不同,在选择具体的函数形式和滞后变量、货币存量和规模变量以及机会成本变量时也有所不同,有的则依据流动性的高低对不同的货币层次确定不同的权重,从而计算出"指数货币"。[7]一般来说,规模变量包括交易余额、实际产出、实际财富等,但由于数据可得性的原因,交易余额和实际财富的数据不易获得,因此,大多数的研究主要以实际产出作为规模变量;机会成本由各种非货币金融资产的利率、通货膨胀率等构成,但根据研究对象的不同,不同的国家在选择机会成本变量时也不完全一致,但在选择机会成本变量时是比较灵活的。

因此,只从理论上很难研究货币需求函数的具体形式,在实证分析中有两种形式可供选择:一是用线性方式表示,二是用指数关系表示。但在实证分析中以后者居多。而在经验研究中主要采用对数线性模式,实证模型也主要包括局部调整模型、缓冲存量模型和误差修正模型。

在已有的研究中,哈菲和库塔(Hafer and Kutan,1994)用误差修正模型检验了中国1952—1988年的货币需求(年度数据),说明采用国民收入缩减指数而不是零售物价指数时,货币需求与实际国民收入、一年期定期存款利率以及预期通货膨胀率存在协整关系。刘斌、邓述慧和王雪坤(1999)用误差修正模型对中国 1980—1994 年的季度数据进行了估计,结果说明 M1 实际余额、M2 实际余额分别与实际 GDP、预期通货膨胀率和三年期存款利率(包含保值贴补率)存在协整关系。[8]

这些研究由于较好地反映了研究期间货币化和高通货膨胀的特征,并以通货膨胀作为货币需求的机会成本变量,同时加入了一些能反映货币化的虚拟变量,所以他们的研究以通货膨胀作为货币需求的机会成本变量是合理的。但自 20 世纪 90 年代中期以后,中国的货币化进程逐步减缓,并伴随着严重的通货紧缩,中央银行为了刺激经济增长,曾多次降低人民币存贷款利率。在此背景下,货币需求函数的主要变量是否还能由通货膨胀率和货币化来衡量就值得商榷。如果将利率和实际产出作为影响货币需求的长期变量,那么长期稳定的货币需求函数是否存在以及短期的货币需求函数是否稳定。为了更好地分析由于金融市场的发展、金融改革的推进及电子货币发展的条件下我国货币需求函数的变化情况,本书采用误差修正模型分别估计中国不同样本阶段的货币需求函数。

3. 用误差修正模型估计中国的货币需求函数

由于 M1 由现金和活期存款两部分构成,而持有现金没有利息收入,持有活期存款的利率也很低,因此,持有 M1 的收益率可视为零。另外,从长期来看,通货膨胀率对货币需求的影响也不明显,因此,通货膨胀率不进入长期均衡方程。为此,构建如下 M1 的长期需求方程:

$$rm_{1t} = C + \alpha_1 y_t + \alpha_2 r + \mu \qquad \alpha_1 > 0,\ \alpha_2 < 0$$

一般来说,非货币金融资产的收益率是广义货币 M2 的机会成本,但由于我国的金融市场还不够发达,要选择合适的机会成本变量不太容易。而通货膨胀率在短期内可能对广义货币需求产生影响,但在长期内影响较小,因此通货膨胀率不能作为机会成本变量进入长期均衡方程中。加之,由于我国的金融开放度不高,目前还对资本项目进行管制,如果选择国外金融市场利率作为广义货币的机会成本也不合适。这就决定了在目前的情况下,只能选择准货币的利率作为替代性指标来反映广义货币的机会成本,为此构建如下广义货币需求的长期需求方程:

$$rm_{2t} = C + \beta_1 y_t + \beta_2 r + \mu \qquad \beta_1 > 0, \beta_2 > 0$$

在实证分析中,由于估计误差修正模型的方法很多,但最小二乘法的优点较为明显,并且比较适合本问题的研究,因此本书选择最小二乘法。

(三)实证过程与结果

1. 数据来源

基于数据可得性的原因,本书选择实际 GDP 作为规模变量,以 1978 年为基期的 GDP 缩减指数作为价格 P,通货膨胀率为 $\pi = \ln(p_t/p_{t-1})$,机会成本变量为一年期定期存款利率 i。再对所有的变量取自然对数得到:$y = \ln(y)$,$rm_1 = \ln(M1/p)$,$rm_2 = \ln(M2/p)$,$R = \ln(i)$。

选取实际 GDP 为规模变量,价格 P 采用以 1978 年为基期的 GDP 缩减指数,通货膨胀率 $\pi = \ln(p_t/p_{t-1})$,以 1 年期定期存款利率 i 为机会成本变量。所有数据都取自然对数,即 $y = \ln(y)$,$rm_1 = \ln(M1/p)$,$rm_2 = \ln(M2/p)$,$R = \ln(i)$。

2. 对各变量的单位根检验

在做协整检验之前,必须进行单位根检验,以判断各变量平稳性质。对各序列的单位根检验结果如下:

表 3.3 单位根检验结果(第一阶段:1978—1993 年)

检验变量	检验形式(c, t, n)	ADF 检验值	临界值	结　论
rm_1	$(c, t, 1)$	$-2.701\ 3$	$-4.428\ 9$	不平稳*
rm_2	$(c, t, 1)$	$-2.692\ 4$	$-4.428\ 9$	不平稳*
y	$(c, t, 1)$	$-4.381\ 1$	$-4.428\ 9$	不平稳*
π	$(c, 0, 1)$	$-2.312\ 1$	$-2.430\ 8$	不平稳***
R	$(0, 0, 1)$	$0.356\ 9$	$-2.697\ 4$	不平稳*
Δrm_1	$(c, 0, 0)$	$-4.445\ 2$	$-3.091\ 2$	平稳**
Δrm_2	$(c, 0, 0)$	$-4.899\ 1$	$-3.091\ 2$	平稳**
Δy	$(c, 0, 1)$	$-3.709\ 9$	$-3.229\ 8$	平稳**
$\Delta\pi$	$(0, 0, 0)$	$-2.420\ 1$	$-1.880\ 1$	平稳**
ΔR	$(0, 0, 0)$	$-3.298\ 7$	$-2.695\ 4$	平稳**
ε_1	$(0, 0, 1)$	$-2.839\ 8$	$-2.601\ 2$	平稳*
ε_2	$(0, 0, 1)$	$-3.398\ 9$	$-2.601\ 2$	平稳*

说明:c 和 t 表示带有常数项和趋势项,n 表示所采用的滞后阶数;＊表示 1％ 显著水平下的临界值,＊＊表示 5％ 显著水平下的临界值,＊＊＊表示 10％ 显著水平下的临界值;ε_1 和 ε_2 分别是 M1 和 M2 长期货币需求方程的残差。

表 3.4 单位根检验结果(第二阶段:1994—2006 年)

检验变量	检验形式(c, t, n)	ADF 检验值	临界值	结　论
rm_1	$(c, t, 1)$	$-2.987\ 2$	$-4.659\ 4$	不平稳*
rm_2	$(c, t, 1)$	$-2.759\ 3$	$-4.659\ 4$	不平稳*
y	$(c, t, 1)$	$-4.319\ 7$	$-4.659\ 4$	不平稳*
π	$(c, 0, 1)$	$-2.780\ 4$	$-2.801\ 4$	不平稳***
R	$(0, 0, 1)$	$0.349\ 5$	$-2.695\ 5$	不平稳*
Δrm_1	$(c, 0, 0)$	$-4.460\ 3$	$-3.901\ 1$	平稳**
Δrm_2	$(c, 0, 0)$	$-5.102\ 4$	$-4.019\ 9$	平稳**
Δy	$(c, 0, 1)$	$-3.497\ 3$	$-3.104\ 3$	平稳**
$\Delta\pi$	$(0, 0, 0)$	$-2.396\ 4$	$-2.333\ 1$	平稳**
ΔR	$(0, 0, 0)$	$-3.419\ 7$	$-2.829\ 1$	平稳*
ε_1	$(0, 0, 1)$	$-2.850\ 2$	$-2.436\ 5$	平稳*
ε_2	$(0, 0, 1)$	$-3.429\ 0$	$-2.436\ 5$	平稳*

说明:c 和 t 表示带有常数项和趋势项,n 表示所采用的滞后阶数;＊表示 1％ 显著水平下的临界值,＊＊表示 5％ 显著水平下的临界值,＊＊＊表示 10％ 显著水平下的临界值;ε_1 和 ε_2 分别是 M1 和 M2 长期货币需求方程的残差。

上述单位根检验结果表明,rm_1、rm_2、y 和 R 的单位根不能拒绝原假设,因此它们均是不平稳的单位根过程,但其一阶差分是平稳的,而通货膨胀率 π 在 10％显著性水平拒绝单位根假设。

3. 协整及格兰杰因果关系检验

为了避免伪回归现象,在检验时一般采用协整检验的方法,它是由 Engle 和 Granger 提出的 EG 两步法。然而,当对两个以上变量做协整检验时,这种方法存在一个较大的缺陷:把不同的变量作为被解释变量时,可能检验得出不同的协整向量。因此,本书采用一种多变量的协整检验方法——Johansen 检验法或者称为 JJ 检验法,这种方法是由 Johansen 和 Juselius 于 1990 年提出。JJ 检验法不仅克服了 EG 两步法的缺陷,而且做多变量检验时还可以精确的检验出协整向量的数目。检验结果表明,因变量与自变量之间均也存在协整关系,即它们之间存在长期均衡关系。

经过协整检验,得知上述变量之间存在协整关系,但无法判断这种均衡关系是否构成因果关系及其方向,尚需进一步验证,这就需要进行格兰杰因果关系检验。该检验的判定准则是:依据平稳性检验中的滞后期选定样本检验的滞后期,根据输出结果的 P-值判定存在因果关系的概率。检验结果表明,收入 y 和利率 R 是引起狭义货币需求 rm_1 和广义货币需求 rm_2 变动的格兰杰原因。为此可对长期的货币需求方程进行估计。

4. 对长期货币需求方程的估计

采用最小二乘法对各阶段的长期货币需求方程分别估计如下:

第一阶段:1978—1993 年。

$$rm_{1t} = 1.894y_t - 0.06R_t - 8.95 + \varepsilon_{1t}$$

$$rm_{2t} = 1.963y_t + 0.03R_t - 9.86 + \varepsilon_{2t}$$

第二阶段:1994—2006 年。

$$rm_{1t} = 1.02y_t - 0.15R_t - 7.94 + \varepsilon_{1t}$$

$$rm_{2t} = 1.39y_t + 0.06R_t - 10.28 + \varepsilon_{2t}$$

第三阶段:1978—2006 年。

$$rm_{1t} = 1.27y_t - 0.10R_t - 10.14 + \varepsilon_{1t}$$

$$rm_{2t} = 1.91y_t + 0.04R_t - 10.96 + \varepsilon_{2t}$$

5. 估计误差修正方程

由上述分析可知,M1 和 M2 与利率和实际 GDP 的关系只是一种长期的均衡关系,一般情况下,公众会根据经济变量的短期变化向长期的均衡水平调整货币需求。因此,本文从滞后 2 期的方程开始,剔除一些不显著的变量,可得到 M1 和 M2 的误差修正方程。在此,由于篇幅的限制,本书只列出样本区间 1978—2006 年的货币需求误差修正方程。

M1 实际余额的误差修正方程为:

$$\Delta rm_{1t} = 2.19\Delta y_t - 0.79\pi - 0.22\Delta rm_{1t-1} - 0.44\varepsilon_{1t-1}$$

$$(5.39)\quad (-3.13)\quad (0.87)\quad\quad (-2.76)$$

$$R^2 = 0.57, DW = 2.14$$

M2 实际余额的误差修正方程为:

$$\Delta rm_{2t} = 0.32 + 1.44\Delta y_t - 1.34\Delta y_{t-1} + 0.09\Delta R_t - 0.51\pi - 0.49\Delta rm_{2t-1} - 0.17\varepsilon_{2t-1}$$

$$(4.39)\ (2.51)\quad (-2.17)\quad (1.47)\quad (-1.98)\quad (-1.94)\quad (-1.13)$$

$$R^2 = 0.53, DW = 2.23$$

根据上述误差修正方程的结果可知,短期 M1 实际货币余额是根据 GDP 和通货膨胀率以及上期 M1 实际余额的短期变化和 M1 长期方程的残差来调整的,而短期 M2 实际货币余额则是根据 GDP 的变化、利率变化、通货膨胀率以及长期方程的残差和上期 M2 实际货币余额的短期变化来调整的,而 M1 和 M2 的两个方程的各项符号都符合理论假设。

(四)对实证结果的分析

1. 货币需求收入弹性、利率弹性的阶段性比较

为了便于比较分析,在此将货币需求收入弹性和利率弹性分阶段列表如下:

表 3.5　各货币需求收入弹性、利率弹性的比较

样本区间	狭义货币 M1		广义货币 M2	
	收入弹性	利率弹性	收入弹性	利率弹性
1978—1993	1.894	0.06	1.963	0.03
1994—2006	1.02	0.15	1.39	0.06
1978—2006	1.27	0.10	1.91	0.04

从表 3.5 可看出,狭义货币 M1 与广义货币 M2 在第一阶段收入弹性的取值都是最大的,而利率弹性值最小;在第二阶段收入弹性取值最小,利率弹性取值最大。因此,从总体上看,不论是狭义货币 M1 还是广义货币 M2 都呈现一个共同的特点,即货币需求的利率弹性呈上升趋势,而收入弹性则呈下降趋势。为了分析其原因,接下来分别对电子货币条件下货币需求函数的收入弹性和利率弹性进行分析。

2. 电子货币条件下货币需求函数的收入弹性分析

已有的研究表明,大多数发展中国家以及发达国家早期货币需求的收入弹性均大于 1。在此列出了部分亚洲国家 20 世纪 70 年代以来的货币需求长期关系(见表 3.6)。

表 3.6　货币需求长期关系的国际比较[9]

国　家	时　间	狭义货币			广义货币		
		收入弹性	利率弹性	协整关系	收入弹性	利率弹性	协整关系
中　国	1980—1994	1.29	−0.12	Y	1.80	0.97	Y
印度尼西亚	1974—1989	1.16	−0.66	Y	1.58	−2.05	Y
韩　国	1970—1989	0.79	−0.84	N	1.00	−0.78	可能
马来西亚	1980—1989	1.11	NA	Y	1.63	−1.65	可能
缅　甸	1970—1989	1.27	NA	Y	1.43	NA	N
尼泊尔	1970—1989	1.79	NA	可能	2.62	NA	N
菲律宾	1973—1989	0.67	−1.16	可能	1.47	NA	Y
新加坡	1975—1989	0.86	−1.17	Y	1.37	−2.13	N
斯里兰卡	1978—1989	0.92	−1.60	N	1.22	0.46	可能
泰　国	1977—1989	0.85	−1.53	N	1.72	−2.46	N

说明:①中国的估计结果来自刘斌、邓述慧和王雪冲(1999),其中的利率三年期储蓄存款利率(含保值贴补率)扣除通货膨胀率以后的实际利率;②东南亚国家的估计结果来自曾万达、罗伯特·科克:《亚洲国家的金融自由化、货币需求和货币政策》,中国金融出版社 1992 年版。

从表3.6可知,亚洲大多数国家狭义货币和广义货币的收入弹性都比较高。而在对中国的实证研究过程中,在构建数量模型时,由于规模变量和机会成本变量的选择以及使用的检验方法不同,就会导致实证结果不完全一致,但货币需求的高收入弹性是客观存在的。在中国,之前已有很多学者对中国货币需求的收入弹性进行了实证研究,并得出了一些在价值的成果。易纲(1996)对中国 1952—1989 年货币需求函数进行的实证分析表明,以官方价格指数调整的实际 M2 的收入弹性为1.235,以市场价格指数调整的 M2 收入弹性为 0.864[10];刘斌、邓述慧和王雪坤(1999)用误差修正模型对中国 1980—1994 年的季度数据分析结果说明,不加入货币化因子,实际 M1 货币需求的收入弹性为 1.29,实际 M2 货币需求的收入弹性为 1.8。[11]汪红驹(2002)利用 1978—2000 年度数据的研究表明,中国 M1 和 M2 实际货币余额的收入弹性分别为 1.26 和 1.67。[12]而本书的实证结果也表明,1978—2006 年中国 M1 和 M2 实际货币余额的收入弹性分别为 1.27 和 1.91,这与已有的研究结果是基本一致的。事实上,导致中国货币需求高收入弹性的原因是多方面的,主要有强制储蓄、货币化、资产结构单一等。本文主要从电子货币角度分析货币需求高收入弹性的原因。

影响微观主体资产结构的因素很多,比如金融市场发达程度、收入水平、利率及流动性偏好等。由著名的 Tobin-Baumol 平方根公式可知,交易性货币需求是经济人最优化资产选择的结果,当经济中可用于替代货币的替代性金融资产缺乏时,公众持有货币是其唯一的选择,由于资产结构单一,此时也就没有最优化资产的选择问题,公众也只能是持有货币,结果必然会提高货币需求的收入弹性。因此,微观经济主体资产结构的改变对货币需求收入弹性的影响是明显的。

从我国的实际情况看,自改革开放以来,我国居民金融资产占全部资产的比重不断上升,但由于我国金融市场发展相对滞后,居民金融资产结构较为单一,大部分居民的金融资产都以货币或存款的形式存在,因此,资产结构从总体上看变化不大。在这种情况下,随着居民收入的增加,货币需求的收入弹性也相应上升。然而,随着近年来我国金融市场的逐步完善,金融创新产品的不断涌现,特别是电子货币的快速发展,金融资产的多样化使居民有了更多的选择,同时,电子货币加快了不同金融资产之间相互转化的速度,并且这种转化的成本几乎为零。这就会导致公众在不损失流动性的前提下而追逐回报率相对较高的非货币金融资产,从而降低了作为价值储藏的货币需求,货币需求的收入弹性也将相应降低,从而加大了中央银行对货币政策效应估计的难度。

此外,制度性的因素也是影响我国居民货币需求收入弹性一个重要原因。但从长期来看,在电子货币条件下,货币需求的收入弹性将进入一个下降的通道中。

3. 电子货币条件下货币需求函数的利率弹性分析

资产选择行为是产生货币需求利率弹性的重要原因。一般来说,要引起货币需求利率弹性的变动必须具备两个条件:一是必须有足够的金融资产可供选择或者有较多的货币替代性资产;二是货币与各种金融资产之间相互转化的成本要非常低。在我国,由于长期以来金融市场不完善,金融产品相对缺乏,导致金融资产结构单一,可替代性的金融资产在总资产中的比重较低,并且货币与这些替代性的金融资产之间的转换成本也比较高。由于居民的投资渠道单一,加之相关的制度不够完备,居民的收入往往表现为储蓄存款的形式,这也是我国多年来保持高储蓄率的主要原因,而这种预防性储蓄的不断增加必然会引起狭义货币需求的下降,特别是利率较高的情况下更是如此。因此,这种狭义货币与准货币之间的资产选择行为必然会导致狭义货币需求的利率弹性大于广义货币需求的利率弹性。

然而,随着金融市场的不断完善,金融产品的日益丰富,人们的投资渠道也不再单一,这时人们的资产选择行为则更多的会受到利率的影响。特别是随着电子货币的快速发展,货币与各种非货币金融资产之间的转化成本大幅下降,甚至几乎为零。在这种情况下,公众持有何种形式的金融资产也变得不再重要,更不会影响金融资产的流动性,因此,公众做出何种资产选择取决于可替代性金融资产的利率水平。随着电子货币的发展,我国货币需求的利率弹性也将呈现上升的趋势。在前述对于我国货币需求函数利率弹性的阶段性比较中已经可以初步看到利率弹性的这种上升趋势。[13]

4. 电子货币对短期货币需求稳定性的影响

在对 M1 的短期稳定性检验表明,在 1995 年和 1996 年,递归残差超过了标准差的 2 倍,而一步预测概率低于 0.05%,这不仅说明在 5% 的显著性水平拒绝回归系数为常数的零假设,也表明 M1 短期货币需求方程的参数是不稳定的。与此同时,M2 的递归残差则 2 倍标准差的范围之内,并且它的波动性要明显小于 M1。因此,可以认为广义货币 M2 货币需求的稳定性要明显优于狭义货币 M1 货币需求的稳定性,特别是第二阶段更为明显。这主要是由于在此阶段,电子货币对 M1 的替代作用逐步显现,但无规律可循,从而造成 M1 的稳定性较差。而 M2 的相对稳定则说明电子货币加快了 M1 向 M2 转化的速度,电子货币对 M1 的替代作用明显大于 M2,这样就会使被电子货币替代的货币存在形式相对稳定,从而造成 M1 的稳定性相对于 M2 要差,这同时也反映了我国电子货币发展的阶段性特征。[14]

综上所述,我们可以得出以下基本结论:从实证分析的结果来看,中国的货币需求函数具有五个特点:高收入弹性,低利率弹性,收入弹性呈现下降趋势、利率弹性呈现上升趋势和短期 M1 货币需求函数的稳定性较差。然而,这些特点都不同程度地受到电子货币的影响,因此,我们在分析影响货币需求的因素时应把电子货币对货币需求稳定性的影响充分考虑在内,也只有这样才能提高货币政策的有效性。

注 释

[1] 胡海鸥等:《当代货币金融理论》,复旦大学出版社 2001 年版,第 317—330 页。
[2] 陈野华:《西方货币金融学说的新发展》,西南财经大学出版社 2001 年版,第 116—162 页。
[3] Akhavein, Jalal, W. Scott Frame, and Lawrence J. White, "The Diffusion of Financial Innovation: An Examination of the Adoption of Small Business Credit Scoring by Large Banking Organizations," Federal Reserve Bank of Atlanta, 2001, Working Paper 2001—9.

［４］翟晨曦:《金融创新环境下的货币供求研究》,中南大学硕士论文,2003 年 11 月。

［５］黄晓艳等:《电子现金与货币总量的关联分析及其模型研究》,《预测》2005 年第 5 期。

［６］冯晴:《论中国银行卡市场金融创新》,《国际金融研究》2003 年第 5 期。

［７］通常货币总量是简单加总的结果,没有考虑不同层次货币的流动性的差异,所以这种简单加总的货币总量没有准确反映"统一的流动性"数量,更科学的方法是根据不同层次货币流动性的差异,设计合适的指数,对不同层次的货币进行加权平均得到指数货币,这种指数被称为"Divisia Index"。

［８］刘斌等:《货币供求的分析方法与实证研究》,科学出版社 1999 年版,第 72—97 页。

［９］转引自翟晨曦:《金融创新环境下的货币供求研究》,中南大学硕士论文,2003 年 11 月。

［10］易纲:《中国金融资产结构分析及政策建议》,《经济研究》1996 年第 12 期。

［11］刘斌等:《Divisia 货币指数与中国货币政策中介目标分析》,《数量经济技术经济研究》1999 年第 4 期。

［12］汪红驹:《用误差修正模型估计中国货币需求函数》,《世界经济》2002 年第 5 期。

［13］汪红驹:《中国货币政策有效性研究》,中国人民大学出版社 2003 年版,第 96—120 页。

［14］周光友:《电子货币发展对货币流通速度的影响》,《经济学(季刊)》2006 年第 4 期。

第四章
电子货币、货币供给与货币政策有效性

随着中央银行制度的完善,货币发行权也逐步集中到中央银行手中,因此,货币发行就成为中央银行(货币当局)的一项垄断权力,在现行中央银行制度下,货币供应量是通过中央银行创造基础货币,再经过银行体系的货币乘数作用,创造出派生货币,最后构成整个经济体系的货币供给。对此,人们已经见怪不怪了,以至于任何对于新的流通手段的尝试都被视为非法而加以禁止。随着计算机网络的出现,形成了一个日益膨大的新市场,这导致了货币所包含的等价物范围的扩大。在这个市场中,政府反应谨慎,在客观上促成了新的交易媒介手段——电子货币的出现。电子货币成为自 16 世纪以来第一个被政府和市场同时认可的新"货币",相应地,社会经济中出现了两种生成机制完全不同的货币体系。货币职能的变化,这意味着传统的货币供给理论的立论基础发生了重大变化,建立在传统纸币基础上的货币供给理论,已经不可能对"多元化"的货币供给体系进行科学的理论解释。[1]

关于电子货币对货币总供给的影响,大多数的文献倾向于将电子货币的发行数量直接计入货币总量,这样就带来了货币乘数的显著增加,例如所罗门(Solomon,1997)设原来的货币供给量是 M1、M2、

M3,新的货币供给量的定义是 M1*、M2*、M3*,那么无论是在哪一个货币层次上,货币供给的总量都将加入电子货币的发行量。[2]陈雨露(2002)认为电子货币的发行将会同时替代流通中的现金和银行存款,降低存款准备余额,其认为先前的货币乘数 $M = \dfrac{C+D}{R+C}$ (C、D、R 分别代表现金、存款和存款准备金)将因为电子货币的发行转化为 $M = \dfrac{C'+D'+EM}{R'+C'}$ (EM 代表电子货币发行数量),上式分子和分母同除以 D,转化为 $M = \dfrac{(C'+EM)/D'+1}{R'/D'+C'/D'}$,其认为电子货币将会对现金和存款同时替代,也就是说电子货币发行的数量将等于现金和存款的减少量,上式中 R'/D' 将不会变化,陈雨露认为电子货币对现金的替代大于对存款的替代,所以 C'/D' 相比较 C/D 有一定的降低,同时分母中 $(C'+EM)/D'$,将肯定大于 C/D,所以货币乘数将显著增大。[3]国内的学者,例如谢平、尹龙(2001),大多持有相似的观点。[4]贝雷特森(Berrentsen,1998)考虑了电子货币的准备金率,提出了电子货币对现金的替代会引起货币总供给的变化,不同的电子货币准备金率会带来不同的变化,他考虑的是电子货币对现金的替代而未考虑其对存款的替代作用。[5]李羽(2003)认为电子货币不应当100％的加入到货币供给中,这样会带来重复的计算,应当考虑到电子货币发行的储备发行率,因为电子货币的发行者需要一定的纸币储备以备付,所以 $ME = (1-t)$(预付卡金额＋借记卡金额＋数字现金＋数字支票)。[6]靳超、冷燕华(2004)认为电子化货币作为一种媒介工具对央行通货和流通起到了一定的作用,将更多的货币纳入到银行系统乘数创造的过程之中,从而总体上增大了货币乘数。如果允许发生借贷,电子货币将作为一种相对独立的货币形式参与并增加货币总供给,其存量的大小将与其储蓄率和流转次数密切相关。[7]

从已有的研究文献中我们可以看到,作为一种新兴的事物,电子货币对货币总供给的影响在国内外学者间还存在诸多的争议:电子货币的发行量应当怎样计入货币供给之中;电子货币的发行究竟是对现金的替代还是同时对现金和存款发生替代。虽然,上述研究已为电子货币的深入研究打下了一定的基础,但尚有明显的不足:一是大多数的文献以 M 的变化来考察电子化货币对货币供给的影响,也有相当多数的文献甚至在没有说明货币层次的前提下对此进行讨论;二是大多数文献对于电子货币的讨论没有建立在严格定义的条件下,对于其对整个货币体系的论述也欠严谨。为此,在本章中,将从分析电子货币对货币供给结构的影响入手,在讨论电子货币与货币供给的外生性和内生性的基础上,深入分析电子货币条件下货币可控性的问题,最后,选取我国的相关数据,构建数量经济模型,检验电子货币与货币乘数的相关性,并提出相应的政策建议。

一、电子货币对货币供应量的影响

如何合理划分货币层次的依据是划分货币层次的前提条件。在电子货币条件下,电子货币自身所具有的高流动性的特点使得以流动性作为划分货币层次的前提受到了前所未有的挑战。与此同时,电子货币对传统货币的替代不仅使货币的形态发生变化,而且还改变了货币的供给结构。因此,研究电子货币对传统货币定义及货币结构的影响是研究电子货币对货币政策传导机制的起点。为此,本节研究的内容主要有以下三个方面:一是讨论了电子货币对传统货币定义的影响;二是以美国为例分析了电子货币对货币总量的影响;三是对我国各层次货币供应量的变化趋势以及电子货币条件下的货币供给结构进行统计分析。

（一）电子货币发展对传统货币的影响

各国中央银行根据金融资产流动性的不同，把货币供给量划分为
M0、M1、M2、M3、L等。然后根据宏观调控的需要，合理地制定和
选择货币政策中介目标，通过运用各类货币政策工具，来达到货币政策
的最终目标。一般来说，货币的定义可分为狭义和广义两种。广义货
币则又可再分为三个层次。其中，M2 是指 M1 加上商业银行的定期存
款和储蓄存款；M3 是指 M2 加上非银行金融中介机构发行的负债；M4
是指 M3 加上各种流动性较高的非金融部门发行的负债。

1. 狭义的货币与广义的货币

所谓狭义的货币，通常是由流通于银行体系之外的、为社会公众所
持有的现金（即通货）及商业银行的活期存款所构成。如以 M1 表示狭
义的货币量，以 C 表示社会公众所持有的通货，以 D 表示商业银行的
活期存款，则：

$$M1 = C + D \qquad\qquad (4.1.1)$$

广义的货币定义又可分为以下几种：

第一种是由弗里德曼、施瓦茨、卡甘等人提出的。这种货币定义强
调货币的价值贮藏职能，如弗里德曼称货币为"购买力的暂栖所"。因
此，他们认为，除了 M1 以外，商业银行的定期存款和储蓄存款也应包
括在货币的范围中。他们的这一货币定义通常以 M2 来表示。如以 T
表示商业银行的定期存款和储蓄存款，则：

$$M2 = M1 + T \qquad\qquad (4.1.2)$$

第二种广义货币的定义系由格利、肖和托宾等经济学家及《拉德克
利夫报告》所提出。他们强调货币作为一种资产而具有的高度流动性
的特性。他们认为，除了从 M2 所包括的各种金融资产以外，货币还应
包括一些同样具有高度流动性的其他金融资产。所以，这种货币定义

比 M2 更广。而在这种货币定义中,格利、肖和托宾的定义又与《拉德克利夫报告》中的定义不尽相同。

格利、肖和托宾等人认为,在多种金融中介机构并存的现代经济中,不但存在着商业银行的负债(即商业银行的活期存款和定期存款),而且还存在着各种非银行金融中介机构所发行的负债。这些负债与商业银行的负债一样,也具有高度的流动性,而且这两种负债之间还有着很强的替代性。所以,既然我们把商业银行的负债作为货币,那么,我们就没有理由不把那些非银行金融中介机构的负债也作为货币。格利、肖和托宾等人的这种货币定义可用从来表示。加以 D_n 代表非银行金融中介机构的负债,则:

$$M3 = M2 + D_n \qquad (4.1.3)$$

《拉德克利夫报告》中的货币定义又比格利和肖的定义更广。该报告认为,除了 M3 外,货而还应包括那些非金融机构(如政府和企业)所发行的、流动性也较高的短期负债,如政府发行的国库券、企业发行的短期债券及商业票据等。这种更广义的货币定义一般以 L 来表示。若以 A 表示除了 M3 以外的其他各种流动性较高的、由金融机构所发行的负债,则:

$$L = M3 + A \qquad (4.1.4)$$

各种广义货币定义的提出,有助于人们正确地认识货币与其他流动资产的关系。但是,这些定义未能充分地认识货币所独有的交易媒介职能,因而把货币和非货币的流动资产混为一谈。因此,目前大多数经济学家都接受狭义的货币定义,从而把其他流动资产称为难货币或近似货币。但由于各国的统计口径不尽相同,只有"通货"和 M1 这两项大体一致。不过,尽管各国中央银行都有自己的货币统计口径,但是,无论存在何等差异,其划分的基本依据和意义却是一致的。[8]

我国从 1984 年开始探讨对货币层次的划分,并于 1994 年第三季度开始正式按季公布货币供应量的统计监测指标。按照国际货币基金组织的要求,现阶段我国的货币供应量划分为如下三个层次:

M0 = 流通中的现金(简称现金)

M1 = M0+活期存款

M2 = M1+定期存款+储蓄存款+其他存款+证券公司客户保证金
其中,把 M1 称为狭义货币量,M2 称为广义货币量,M2-M1 是准货币。[9]

2. 电子货币对传统货币定义的挑战

如上所述,在传统货币理论中,根据金融资产流动性的高低,可将货币划分为 M0、M1、M2 等不同层次,货币理论的基础也正是对不同层次货币的划分和计量。然而,要对货币层次进行划分必须具备两个基本的前提:一是要客观存在具有明显不同流动性和收益的金融资产,并且这些应具备不同的特性;二是各种金融资产之间界限非常明显,并且在统计时点前后的一段时间内保持相对稳定。然而,在电子货币条件下,传统货币条件下划分货币层次的前提受到了挑战,从而淡化了各货币层次之间的界限。具体来说,这种影响主要来自以下两个方面:

(1) 电子货币对金融资产流动性的影响。电子货币缩小了金融资产之间的流动性差异。电子货币与传统的货币相比具有高流动性的特点,它可以通过电子货币指令,使客户迅速实现不同金融资产之间的相互转化。例如存放在银行卡上的存款在没有被支取之前可以把它视为银行活期存款,按照目前的货币层次将这部分存款归属为 M1,但是,一旦持卡人将银行卡上的存款变现(这种变现是轻而易举的),那么,这种行为将会导致银行活期存款减少,同时会使流通中的现金 M0 相应增加。相反,持卡人也很容易通过银行将手持的现金存放到银行卡上,从而使现金转变为活期存款。然而,这两种行为的发生也是经常的,这就使货币的存在形式很容易在活期存款和通货之间频繁转换,这就模糊了 M0 和 M1 之间的界限,从而缩小了不同金融资产之间的流动性差异,同时也会造成货币存在方式的高度不稳定,这就意味着传统划分货币层次时要求金融资产之间要保持相对稳定性的前提受到了挑战,因此使得电子货币条件下对金融资产进行划分的难度加大。

(2)电子货币对金融资产替代性的影响。这主要表现在电子货币模糊了金融资产之间的界限上。由于电子货币具有高流动性和便于金融资产之间迅速转化的特点。在电子货币条件下,金融资产以何种形式存已变得不再重要,甚至可以说全部金融资产可以保留在一种货币形态上。因为电子货币具有高流动性及低交易成本的特点,它可将不同存在形态的货币迅速低成本地转化为其他任何一种货币形态,而这种转换是轻而易举的并且是低成本的,这就使不同形式货币之间的替代性增强,因为就算流动性相对较低的金融资产(如股票、债券等),在使用电子货币的条件下,其转化为现金的便利性也大大加强,因而其流动性明显提高。然而,流动性较低的金融资产又具有高收益率的特征。因此,金融资产持有者在权衡流动性和收益率的情况下,他们发现在获得相同收益率时,并未损失太多的流动性。这就使金融资产有从较低货币层次向较高货币层次转化的趋势。电子货币的这种替代效应模糊了金融资产之间的界限,也给货币层次的划分带来了影响。为了说明此问题,本书用一个简单的模型:

为了便于分析,我们需作几个假设:一是假设经济中只存在两种不同类型的金融资产 A 和 B;二是公众对 A 和 B 的需求量取决于它们的收益水平 R_a 和 R_b;三是如果要将 A、B 变现,它们的成本分别是 V_a 和 V_b。根据效用最大化原则,只有当 $R_a = V_a$,$R_b = V_b$ 时,才能使公众的持币结构达到均衡,而公众过多或过少持有两种金融资产中的某种时,都会造成效用损失。例如,当公众持有金融资产 B 的比重从 H_a 下降

电子货币与货币政策有效性研究

到 H_1 时，公众则会损失一部分收益，即图 4.1 中长方形的阴影部分；相反，如果公众持有金融资产 B 的比重从 H_a 增加到 H_2 时，从图 4.1 中可看出，由于 H_2 大于 H_a，此时公众要多支付更多金融资产的转化费用，即图 4.1 中三角形的阴影部分。

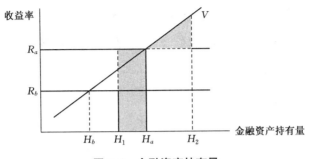

图 4.1　金融资产持有量

通过上述分析可知，在传统货币流通的情况下，金融资产变现的成本主要由以下几个部分构成：首先是交通、时间及精力成本，即客户往返于银行的交通费用、时间及精力损耗等，它们可用银行与客户之间距离 (d) 的函数来表示；其次是劳动成本，它是客户劳动生产率 (l) 的函数；再次是机会成本，它是在金融资产变现过程中可能给客户造成投机机会损失的成本，在此可用时间 (t) 的函数来表示；最后是利息成本，可用利息贴现损失 (r) 来表示。因此，我们可以构建如下成本函数：

$$V_0 = f_0(d,\ l,\ t,\ r) \qquad (4.1.5)$$

然而，在电子货币条件下，由于电子货币高流动性及实时交易的特点，它对金融资产的变现成本产生了两方面的影响：一是电子货币可以使公众持有的金融资产在不同的金融资产形态之间迅速转换，从而节约了公众往返于银行的交通费用、时间、精力等成本，因此，它们在本函数中可以忽略不计；二是各种金融资产的变现可以通过网络进行实时的转换，这时各种金融资产的变现成本几乎为零，在成本函数中也可以

将其消除。因此,在电子货币条件下可将上述成本函数修正为:

$$V_n = f_n(l, r) \qquad (4.1.6)$$

为了便于理解,我们可用图 4.2 加以说明。从图 4.2 中我们可以看到,成本曲线 V_0 较为陡峭,而 V_n 则较为平坦,也就是说 V_0 大于 V_n,此时,在同样的收益水平下,金融资产的结构就会发生明显变化:一是流动性高的金融资产比重从 H_{b1} 下降到 H_{b2};二是收益较高的金融资产比重从 H_{a1} 上升到 H_{a2}。

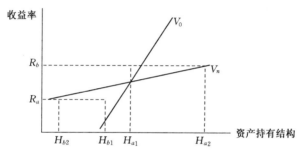

图 4.2 金融资产持有结构

然而,随着电子货币的快速发展及相关金融服务水平的迅速提高,人们在金融资产变现过程中的时间成本和精力成本也将随之减少,这时转换成本的曲线将会变得更加平坦,并有向水平方向发展的趋势,这时金融资产对收益率的弹性也将随之变大。在极端的情况下,假如 V_n 趋于 0,这时金融资产对收益率的弹性将趋于无穷大,这时 B 就是金融资产唯一的存在形态了,在这样的情况下,对货币层次的划分也就失去了意义。

由此可见,电子货币的存在淡化了各货币层次之间的界限。电子货币的存在使不同金融资产的流动性差异日益缩小,各层次货币之间的相互转化也更为容易,这不仅加大了现行货币计量方法的统计误差,而且随着不受时空限制的网络金融交易数量的增加,货币计量的误差

电子货币与货币政策有效性研究

还会进一步被放大。因此，一国在统计经济中的货币量时不得不考虑电子货币带来的这种影响。

3. 电子货币条件下货币层次划分相关问题的讨论

（1）货币层次划分的可行性。

根据当前货币层次划分方法，其划分的依据是金融资产的流动性。如前所述，由于电子货币模糊了货币层次之间的界限，这就使得传统货币层次划分方法受到冲击。那么，是不是电子货币条件下就不能划分货币层次了呢？答案是否定的。虽然，电子货币具有高流动性以及在不同货币层次之间快速转化的特点，但是，电子货币还是有规律可循和具有"相对稳定性"的。由于电子货币的种类很多，不同类型的电子货币所具有的属性也不一样，例如存款替代型电子货币与传统存款最大的区别在于货币存在的形态不同，它的存在是以存款为基础的，这种电子货币就具有相对稳定性，流动性与传统的存款也没有太大的区别，在划分货币层次时可将此类电子货币视同存款。而对于储值型电子货币，它一般代替流通中的现金，此类电子货币在划分货币层次时则可将它视为现金。因此，在电子货币条件下，电子货币并不像有的学者描述的那样"扑朔迷离"和"虚无缥缈"，它还是有规律可循和具有"相对稳定性"的。其实，只要我们弄清了它的本质之后，就能把握其规律性，我们是可以对电子货币的货币层次进行划分。

（2）电子货币条件下如何划分货币层次。

从理论上说，在电子货币条件下同样可以对货币层次进行划分，其划分的依据是电子货币具有的规律性和"相对稳定性"。然而，如何把握其规律性和"相对稳定性"，以及如何衡量不同类型电子货币在货币总量中的比重，则是在电子货币条件下重新划分货币层次的关键。从目前的情况来看，大多数学者认为，电子货币的存在加大了货币计量的难度，甚至认为划分货币层次的前提消失了，重新划分货币层次变得不太可能,虽然,对此问题的研究也是近年来国内外学者关注的热点和焦点,但至今也没有得出一个有效的解决办法。之所以这样,可能有两个方面的原因:一是从电子货币发展的角度看,由于电子货币出现的时间很短,而它的发展可谓日新月异,在人们还没有把握其规律性时它就已经对经济、金融领域造成了极大的冲击,而对货币政策的影响首当其冲;二是由于电子货币自身具有流动性高的特点,对其进行统计、分析和测算的难度也很大,从而加大了货币计量的难度。因此,如何解决这个问题也就成为在电子货币条件下能否对货币层次进行重新划分的关键。

(3)货币供应量作为货币政策中介目标的可行性分析。

一般地说,中央银行选择货币政策中介目标的主要标准有三个:一是可测性;二是可控性;三是相关性。在电子货币条件下,中央银行要把货币供应量作为中介目标也同样取决于它是否满足上述三个标准,换句话说,在电子货币条件下,如果货币供应量满足可测性、可控性和相关性三个标准,那么,它就可作为中央银行的货币政策中介目标。首先,从可测性角度看,中央银行必须要能对电子货币加以比较精确的统计。根据上面的分析可知,在电子货币条件下,中央银行不仅可以对它进行观察、分析和监测,而且还可以迅速获得货币供应量的准确数据。其次,从可控性角度看,中央银行是能够对电子货币加以控制的。因此,在电子货币条件下,中央银行可以将货币供应量目标控制在确定的或预期的范围内。最后,从相关性角度看,由于电子货币只改变了货币层次的结构,以及加大了货币计量的难度,而对货币供应量作为货币政策中介目标与最终目标之间的关系没有影响,也就是说,电子货币并没有改变货币供应量与货币政策最终目标之间的紧密关联性。因此,不论从可测性、可控性还是相关性的角度来说,在电子货币条件下,货币供应量完全可以作为中央银行的货币政策中介目标。

（二）电子货币对货币总量的影响：以美国为例的分析

在现代货币供给理论中，货币供给总量通常是一个存量的概念。它是一个国家在一定时点上的货币总量。各国货币当局和中央银行都定期公布这种货币总量，并根据具体的经济形势和经济政策的需要对它进行必要的调节和控制。因此，各国在设计货币供给总量的各项指标时，必须结合本国的具体情况，力图达到以下三点要求：第一，在理论上，各项指标应分别以不同的货币定义作为其理论依据；第二，在技术上，各项指标都应具有可测性；第三，在政策上，各项指标都应有利于货币当局对它进行直接或间接的控制。本书结合美国联邦储备体系理事会公布的货币总量指标来分析电子货币对货币总量的影响。

表 4.1　美国联邦储备体系货币总量指标表(1993 年 12 月)

单位：10 亿美元

M1＝通货	321.4
＋旅行支票	7.9
＋活期存款	384.8
＋其他支票存款	414.3
M1 合计	1 128.4
M2 ＝ M1	
＋小额定期存款	782.9
＋储蓄存款和货币市场存款账户	1 215.5
＋货币市场互助基金(非机构所有份额)	348.8
＋隔夜回购协议	72.5
＋隔夜欧洲美元	17.0
＋合并调整*	−2.0
M2 合计	3 563.1
M3 ＝ M2	
＋大额定期存款	338.9
＋货币市场互助基金(机构所有份额)	197.0
＋定期回购协议	95.4
＋定期欧洲美元	45.7
＋合并调整*	−15.3
M3 合计	4 224.8

L ＝ M3	
＋政府短期债券	323.4
＋商业票据	386.8
＋储蓄债券	171.7
＋银行承兑票据	16.3
L 总额	5 123.0

注：* 这是为了防止重复计算而做出的调整。例如，在 M2 的合并调整中减去了由货币市场互助基金持有的短期回购协议，因为这已包括在货币市场互助基金的余额中了。

资料来源：詹斌：《我国电子货币发展的金融风险及对策》，《安徽建筑工业学院学报（自然科学版）》2005 年第 6 期。

根据上述分析可知，电子货币对传统货币具有明显的替代效应。具体又可分为三种情况：一是电子货币只代替现金；二是电子货币只代替活期存款；三是电子货币对二者同时代替。

首先，我们来对电子货币只替代现金的情况进行分析。为了便于分析，假设电子货币完全取代通货[10]，那么货币总量结构则会作如下变化（见表 4.2）：

表 4.2　电子货币代替现金对 M1 的影响

单位：10 亿美元

M1 ＝电子货币	321.4
＋旅行支票	7.9
＋活期存款	384.8
＋其他支票存款	414.3
M1 合计	1 128.4

由表 4.2 的变化可看出，由于电子货币代替了现金的流通，导致流通中的现金消失，M1 的构成发生了相应的变化，M1 的构成中不再包括通货这一项，取而代之的是电子货币。那么，电子货币与现金在 M1 中的作用相同吗？虽然，从表面上看，电子货币代替现金后，M1 的总

量并没有发生变化,但已经使 M1 的结构发生了变化,即由原来的通货 321.4 亿元变为电子货币 321.4 亿元。这种货币总量保持不变而结构发生的变化对 M1 的影响主要是:电子货币完全取代现金后,它与现金相比,在 M1 中的作用是不完全相同的。这主要是因为,一方面,虽然 M1 的总量没有发生变化,但是电子货币代替现金之后,由于电子货币所具有的高流动性特性以及电子货币存在形态的多样性等特点,电子货币的使用会使货币流通速度加快,从而相对增加了货币总量;另一方面,由于大多数国家的中央银行尚未对电子货币存款作出法定准备金要求,这样,中央银行就不能用法定存款准备金政策手段来对货币供应量进行调控,这必然会增强电子货币的信用创造能力,从而会使货币总量增加。

其次,如果电子货币只代替活期存款[11],M1 的结构又会发生怎样的变化呢(见表 4.3)?

表 4.3　电子货币代替活期存款对 M1 的影响

单位:10 亿美元

M1＝通货(C)	321.4
＋电子货币(E)	807
M1 合计	1 128.4

从表 4.3 可看出,如果电子货币只代替活期存款,这时 M1 就只有通货(C)和电子货币(E)两项构成。由于活期存款是客户存放在银行的货币,这种电子货币是以活期存款为基础的,代替活期存款的电子货币应属于存款替代型电子货币。它虽然不能直接增加货币总量,但它同样能加快货币流通速度,从而也相对地增加货币量。

最后,再来分析电子货币对通货和活期存款同时代替的情况。在此情况下,则 M1 的构成会作如下变化(见表 4.4):

表 4.4 电子货币同时代替现金和活期存款对 M1 的影响

单位:10 亿美元

M1＝电子货币(E)	1 128.4
M1 合计	1 128.4

从表(4.4)中可以看出,由于电子货币完全取代了通货和活期存款,这时的 M1 就完全等同于电子货币,当然这也是一种极端的情况。如前所述,电子货币的流动性非常高,可以视同为现金,如果再按金融资产流动性的高低来划分货币层次的话,我们就应把电子货币划归为现金(M0),那么,此时 M1 就等于 M0。这样,由于电子货币对通货和活期存款的代替,致使 M0 与 M1 之间的界线模糊,同时也会使 M0 与 M1 变得更加难以计量。如果中央银行以货币供应量 M1 作为货币政策中介目标的话,必然会加大中央银行对货币总量进行控制的难度。

总之,电子货币对通货和活期存款的代替对 M0 与 M1 的构成产生了较大的影响,同时也对传统的货币层次理论带来了极大的挑战。由于电子货币自身所具有的属性和存在形式的多样性,致使不同类型的电子货币对货币量的影响不完全相同,从而我们在分析电子货币对货币量的影响时就不能一概而论。因此,在电子货币条件下如何重新划分货币层次,以及具有不同类型和不同属性的电子货币对货币总量的影响问题也就成为一个不可回避的难题。

(三)电子货币与货币供应量的变化趋势分析

由上述分析可知,电子货币对传统货币的替代已经给传统的货币定义带来了挑战,使传统划分货币层次的理论前提条件不复存在,电子货币模糊了各种货币层次之间的界限,从而加大了货币计量的难度。然而,电子货币不仅会对货币的定义产生影响,而且它还会改变货币的供给结构。

1. 我国货币供应量变化趋势

根据电子货币的特征可知,在现阶段,电子货币的存在和发展对现金 M0 和银行活期存款有明显的替代作用。电子货币的发展缩小了狭义货币尤其是现金的使用范围。随着电子货币的不断发展和相关服务的不断完善,产生了多功能信用卡、ATM、自动转账服务、电子化资金划拨系统(EFT)、电子支付清算网络等众多创新成果,使货币周转速度大大加快。随着货币流通速度的加快,公众对活期存款的需求也随之减少,用相对少量的货币便可完成相对大量的经济活动,从而相对减少了对狭义货币的需求量。这种变化可以通过货币结构比率反映出来。一般而言,货币结构比率包括两项内容:一是通货占狭义货币的比率(M0/M1);二是狭义货币占广义货币的比率(M1/M2)。本书通过对改革开放以来的 M0、M1 及 M2 的历史数据进行计算,得出了我国M0、M1、M2 三者之间的比重,如表 4.5 所示。

表 4.5　中国货币供应量及其相关指标的变动

年份	M0 (亿元)	M1 (亿元)	M2 (亿元)	M0/M1	M0/M2	M1/M2
1978	212	948.8	1 159.1	0.22	0.18	0.82
1979	267.7	1 177.4	1 458.1	0.23	0.18	0.81
1980	346.2	1 443.5	1 842.9	0.24	0.19	0.78
1981	396.3	1 710.6	2 231.4	0.23	0.18	0.77
1982	439.1	1 914.2	2 670.9	0.23	0.16	0.72
1983	529.8	2 182.1	3 189.6	0.24	0.17	0.68
1984	792.1	2 930.6	4 440	0.27	0.18	0.66
1985	987.8	3 340.9	5 198.9	0.3	0.19	0.64
1986	1 218.4	4 232.2	6 720.9	0.29	0.18	0.63
1987	1 454.5	4 948.6	8 330.9	0.29	0.17	0.59
1988	2 134	5 985.9	10 099.8	0.36	0.21	0.59
1989	2 344	6 388.2	11 949.6	0.37	0.2	0.53
1990	2 644.4	7 608.9	15 293.7	0.35	0.17	0.5

年份	M0 （亿元）	M1 （亿元）	M2 （亿元）	M0/M1	M0/M2	M1/M2
1991	3 177.8	8 363.3	19 349.9	0.38	0.16	0.43
1992	4 336	11 731.5	25 402.2	0.37	0.17	0.46
1993	5 864.7	16 280.4	34 879.8	0.36	0.17	0.47
1994	7 288.6	20 540.7	46 923.5	0.35	0.16	0.44
1995	7 885.3	23 987.1	60 750.5	0.33	0.13	0.39
1996	8 802	28 514.8	76 094.9	0.31	0.12	0.37
1997	10 177.6	34 826.3	90 995.5	0.29	0.11	0.38
1998	11 204.2	38 953.7	104 498.5	0.29	0.11	0.37
1999	13 456	45 837.2	119 897.9	0.29	0.11	0.38
2000	14 652.7	53 147	134 610.3	0.28	0.11	0.39
2001	15 688.8	59 871.6	158 301.9	0.26	0.1	0.38
2002	17 278	70 881.8	185 007	0.24	0.09	0.38
2003	19 746.2	84 118.8	219 226.8	0.23	0.09	0.38
2004	21 468.3	95 970.8	253 207.7	0.22	0.08	0.38
2005	24 031.7	107 278.6	298 755.5	0.21	0.08	0.36
2006	27 072.6	126 028.1	345 577.9	0.21	0.08	0.36

资料来源:根据历年《中国统计年鉴》和《中国金融年鉴》计算而得。

从绝对数的变化来看,1978—2006 年间,我国货币供应量 M0、M1、M2 均呈长期增长的趋势,特别是进入 20 世纪 90 年代后各层次货币供应量的增长速度明显加快(见图 4.3、图 4.4、图 4.5)。M0 从 1978

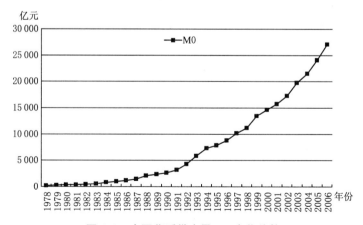

图 4.3　中国货币供应量 M0 变化趋势

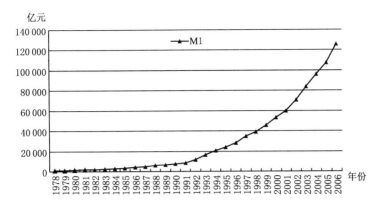

图 4.4　中国货币供应量 M1 变化趋势

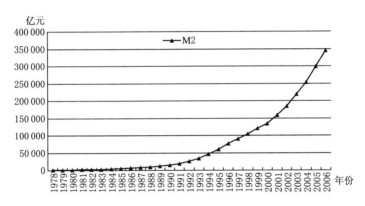

图 4.5　中国货币供应量 M2 变化趋势

年的 212 亿元增长到 2006 年的 27 072.6 亿元,较 1978 年增加 127.7 倍;M1 从 1978 年的 948.8 亿元增长到 2006 年的 126 028.1 亿元,较 1978 年增加 132.83 倍;M2 从 1978 年的 1 159.1 亿元增长到 2006 年的 345 577.9 亿元,较 1978 年增加 298.14 倍。

从货币供应量的相对数变化来看,M0、M1 和 M2 的变化趋势与绝对数的变化趋势完全相反。从表(4.6)及图(4.6)中我们可以看出 M0 在 M1 中的比重呈先上升后下降的趋势。在 20 世纪 90 年代前, M0 在 M1 中的比重由 1978 年的 22% 上升到 1991 年的 38%,而从

表 4.6　中国电子货币条件下的货币供给结构

年份	电子货币 (E)(亿元)	M0 增长率 (%)	M1 增长率 (%)	E/M0 (%)	M0/M1 (%)
1990	54.6	12.8	19.1	0.020 6	0.347 5
1991	76.9	20.2	9.9	0.024 2	0.38
1992	122.4	36.4	40.3	0.028 2	0.369 6
1993	193.8	35.5	38.8	0.033	0.360 2
1994	275.9	24.3	26.2	0.037 9	0.354 8
1995	432.1	8.2	16.8	0.054 8	0.328 7
1996	559.3	11.6	18.9	0.063 5	0.308 7
1997	718.5	15.9	22.1	0.070 6	0.292 2
1998	984.1	10.7	11.9	0.087 8	0.287 6
1999	1 247.7	20.1	17.7	0.092 7	0.293 6
2000	2 909.2	8.9	22.5	0.198 5	0.275 7
2001	4 520.2	7.1	6.6	0.288 1	0.262
2002	7 034.3	10.1	18.4	0.407 1	0.243 8
2003	11 387.4	14.3	18.7	0.576 7	0.234 7
2004	15 299.5	10.8	14.1	0.712 7	0.223 7
2005	20 556.3	11.9	11.8	0.855 4	0.224 0
2006	26 398.7	12.7	17.5	0.975 1	0.214 8

资料来源:根据历年《中国金融年鉴》计算而得。

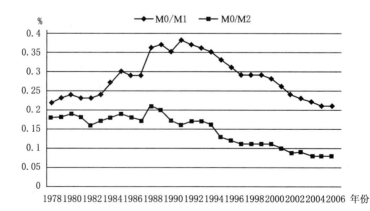

图 4.6　中国货币供应量 M0/M1 和 M0/M2 变化趋势

1991 年开始,M0 在 M1 中的比重呈逐年下降趋势,M0 在 M1 中的比重由 1991 年的 38% 下降到 2006 年的 21%,减少了 17 个百分点,并且这种下降趋势还在继续;而 M0 在 M2 中的比重除个别年份外,表现出稳步下降的趋势,M0 在 M2 中的比重由 1978 年的 18% 下降到 2006 年的 8%,减少了 10 个百分点。这种绝对数上升,相对数下降的趋势表明,传统的现金已不再是唯一的流通手段了,各种不同形式的电子货币已经被人们逐步接受,电子货币已经对 M0 产生明显的替代作用,也对现今的货币供给产生了一定程度的影响。

从 M1 占 M2 的比重(货币流动性比率)来看,1978 年以来我国的货币流动性比率呈长期下降的趋势(图 4.7),由 1978 年的 82% 下降到 2006 年的 36%,下降了 46 个百分点。该比率的下降说明流动性较强的金融资产(现金和活期存款)占流动性弱的广义货币 M2 的比重下降,这也意味着,在电子货币对现金和银行活期存款替代的同时,使其中的一部分转化为流动性较弱的货币形态。

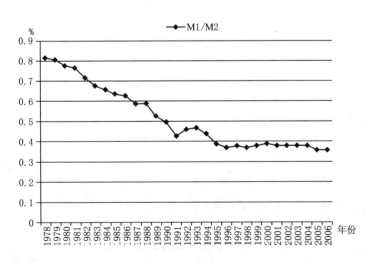

图 4.7 中国货币流动性 M1/M2 变化趋势

2. 电子货币条件下的货币供给结构

由表 4.6 可看出,从 1990 年以来我国电子货币得到了快速发展,电子货币存款余额从 1990 年的 54.6 亿元增加到 2006 年的 26 398.7 亿元,增加了 483.49 倍(见图 4.8)。除个别年份有较大波动外,从总体上看,同期 M0 和 M1 的增长率分别由 1990 年的 12.8% 和 19.1% 下降到 2006 年的 12.7% 和 17.5%(见图 4.9)。电子货币占现金的比重由 1990 年的 2.06% 上升到 2006 年的 97.51%,增加了约 95 个百分点。与此同时,现金 M0 占狭义货币 M1 的比重由 1990 年的 34.75% 下降到 2006 年的 21.48%(见图 4.10)。电子货币存款余额及其占现金的

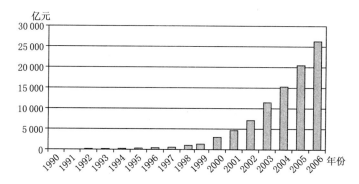

图 4.8　中国电子货币年末存款余额变化情况

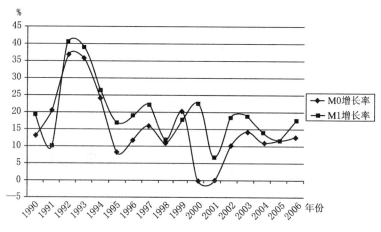

图 4.9　中国 M0 和 M1 增长率

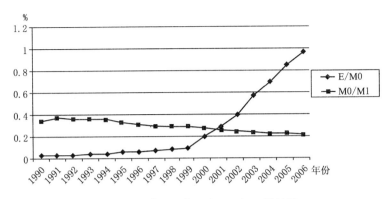

图 4. 10　中国 E/M0 和 M0/M1 增长率

比重的上升,现金 M0 占狭义货币 M1 的比重的下降,说明电子货币的快速发展对现金的替代作用是非常明显的,流通中现金的减少使 M0 占 M1 的比重不断下降。

　　综上所述,从绝对数的变化来看,1978—2006 年间,我国货币供应量 M0、M1、M2 均呈长期增长的趋势,特别是进入 20 世纪 90 年代后各层次货币供应量的增长速度明显加快。从相对数方面来看,M0、M1 和 M2 的变化趋势与绝对数的变化完全相反,现金 M0 占狭义货币 M1 及狭义货币 M1 中广义货币 M2 的比重明显下降,西方的经验研究也表明,在电子货币发展较快的发达国家和新兴国家,两项比率的值均大大低于发展迟缓的欠发达国家和较发达国家。这决非是偶然的巧合,有足够的数据表明,发达国家现金占狭义货币的比重下降和狭义货币占广义货币的比重下降,与该国电子货币和支付清算系统现代化程度正相关,只有这样才能在满足经济总量增长需求的同时,相对减少对货币的需求量。这就使该国在满足经济总量增长需求的同时,相对减少对货币的需求量成为可能。与此同时,从 1990 年以来我国电子货币得到了快速发展,它占 M0 和 M1 中的比重不断上升,而现金 M0 占狭义货币 M1 的比重却不断下降。这种绝对数上升,相对数下降的趋势表明，传统的现金已不再是唯一的流通手段了，各种不同形式的电子货币已经被人们逐步接受，电子货币已经对现金和银行活期存款产生明显的替代作用，也对现今的货币供给结构产生了较大的影响。

二、货币供给的决定因素及其模型

在货币供给理论中，不仅有狭义货币与广义货币的争论，而且还有外生货币与内生货币的争论。20 世纪 60 年代前，包括凯恩斯在内的绝大多数经济学家都认为货币供给是一个完全决定于货币当局主观行为的外生变量。因此，人们在研究货币及货币的关系时，就可只研究货币需求，而假设货币供给不变，或假设货币供给可由货币当局任意决定。20 世纪 50 年代末，特别是进入 20 世纪 60 年代后，随着货币理论研究的深入，尤其是各种货币理论的相继提出，越来越多的经济学家纷纷认识到货币供给的内生性。于是，在经济学家之间就围绕着货币供给的内生性与外生性展开了热烈的讨论。在当代西方经济学界，以弗里德曼为代表的经济学家倡导货币供给的外生性，而以托宾为代表的经济学家却强调货币供给的内生性。

所谓"货币供给的外生性与内生性"，是指货币供给能不能完全地被货币当局所决定。货币供给外生论者认为，货币供给完全由货币当局的行为，特别是货币政策所决定，而与经济运行过程及经济内部的各种因素无关。货币供给内生论者则认为，在现实的经济条件下，经济运行中的各种因素，如收入、储蓄、投资、利率等，都将决定和影响人们的经济行为和决策，从而决定和影响货币供给，而这些因素都不是货币当局能完全决定的。所以，货币供给决定于客观的经济运行过程本身，而并非决定于货币当局的主观意志。由此可见，货币供给的外生性与内生性之争起源于人们对货币供给与货币当局之间关系的不同认识，这种争论与货币政策有效性之争有一定联系。

在电子货币条件下,电子货币对货币供给外生性和内生性的影响取决于电子货币对货币供给内生性和外生性决定因素的影响程度。为此,在电子货币条件下,货币供给是否是内生性的还是外生的,主要就由电子货币对基础货币和货币乘数影响程度决定。

(一)货币供给决定的因素分析

根据现代货币供给理论,货币供给由两个因素决定:一是基础货币;一是货币乘数。电子货币均会对这两个因素产生影响。所谓基础货币,是指中央银行能直接控制的并可作为商业银行存款创造之基础的那部分货币。具体而言,基础货币系由商业银行的存款准备金和通货两大部分构成。其中,所谓商业银行的存款准备金,既包括法定准备金,又包括超额准备金。从其存在形式来看,基础货币既包括商业银行的库存现金,也包括商业银行存在中央银行的准备金存款;而所谓通货,则是指流通于银行体系之外、为社会公众所持有的现金。若以 B 表示基础货币,以 R 表示商业银行的存款准备金,C 表示社会公众所持有的现金,则根据基础货币的定义,有:

$$B = R + C \qquad (4.2.1)$$

货币乘数也称货币扩张系数,是用以说明货币供给总量与基础货币之倍数关系的一种系数。同样,如果以 M 表示货币供给,m 表示货币乘数,B 表示基础货币,则:

$$M = mB \qquad (4.2.2)$$

由此可见,基础货币是决定货币供给的一个重要因素,但不是唯一因素。在基础货币一定时,货币乘数的变动将引起货币供给的变动。一般来说,基础货币是中央银行能够加以控制的,而货币乘数是中央银行所不能完全控制的。所以,在现代货币供给理论中,人们往往较多地致力于对货币乘数及其决定因素的研究。而在这些研究中所形成的各种货币供给模型,实际上就是货币乘数模型。

(二)货币供给的决定与货币乘数模型

1. 简单乘数模型及其局限性

从上一节的分析过程中,已推导出了一个存款乘数模型。很显然,这一模型中的存款乘数系由唯一的一个因素所决定,而这一因素就是中央银行所规定的法定存款准备金比率 r。但是,在现实的经济运行中,除了法定准备金比率这一因素之外,还有许多比较复杂的其他因素也影响着存款货币乘数。所以,在现代货币供给理论中,这一存款乘数模型通常被称为简单乘数模型。

如上所述,这一简单乘数模型是建立在如下三个纯粹为了简化分析而做出的假设条件基础上的:一是假设商业银行将充分运用其所能得到的准备金,而并不持有任何超额准备全;二是假设商业银行的存款只有活期存款,而没有定期存款,因而也不存在活期存款与定期存款相互转化的问题;三是假设商业银行的客户并不持有现金,从而把全部货币收入都存入银行。很显然,在现实经济生活中,这些假设条件都不存在。换言之,这些假设条件都不符合现实经济运行的实际情况。

首先,假设商业银行并不持有超额准备全是不切实际的。所谓超额准备金,是指商业银行所实际保有的准备金中超过中央银行所规定的法定准备金的那个部分。显然,对于商业银行而言,它持有超额准备金就意味着放弃盈利的机会,故在一般情况下,商业银行将力求比较充分地运用它所拥有的资金,而不会持有过多的超额准备金。但是,根据商业银行经营的"三性"原则,商业银行在进行经营决策时,并非只考虑盈利性这一原则,而必须兼顾安全性和流动性这两个原则。所以,为确保安全性和流动性,商业银行实际上往往持有一定比例的超额准备金。另外,商业银行的放款与投资也有赖于社会对其资金的需求。如果缺乏需求,则商业银行也只能持有超额准备金。

其次,假设商业银行的存款只有活期存款而没有定期存款也是不切实际的。实际上,商业银行的活期存款只是其存款的一种。随着活期存款的增加,人们往往把其中的一部分转化为定期存款。这是因为,在一般情况下,人们持有活期存款没有收益或只有很少的收益,而相比之下,持有定期存款将可获得较多的收益。人们之所以持有活期存款,主要是为了应付交易中对交易媒介的需要。所以,若活期存款超过其需要的数量,他们将把超过的那部分转化为定期存款,以增加自己的收益。由于定期存款并不创造存款货币,而且定期存款与活期存款又往往有着不同的法定准备金比率的要求。因此,活期存款向定期存款转化,或者定期存款向活期存款转化,都将影响存款货币的创造倍数,而这一影响在上述简单乘数模型中却并未得到反映。

最后,假设银行客户或社会公众并不持有现金更是不切实际的。在实际生活中,流通中现金(即通货)是货币总量的一部分,它原是一切货币形态的基础,即使在现代信用货币制度下,现金也仍然没有被排除在货币的范围之外,人们也仍然因种种原因或需要而必须持有一部分现金。特别是在信用制度不够发达的经济中,持有现金更是一种比较普遍的现象。在现代货币供给理论中,社会公众持有现金这一现象被称为现金漏损,它意味着商业银行体系准备金的流失。现金漏损对货币供给的影响主要表现在两个方面:一是原始存款的所有人提取现金将使商业银行准备金减少,从而使整个银行体系的存款总额成倍地缩减,其过程正好与原始存款存入银行而使存款货币成倍扩张的过程相反;二是取得贷款或货币收入的客户如果持有现金,则下级银行就不能得到存款,或只能得到较少的存款。这部分现金也就流出了银行体系,从而不再作为创造存款的基础。可见,在分析货币供给的决定和变动时,我们不能不考虑现金漏损这一客观存在的因素。

2. 乔顿货币乘数模型

对简单乘数模型进行修正、补充和发展而形成的复杂乘数模型抛弃了以上这些过于简化的假设,而着重分析现实经济生活中影响货币供给尤其是影响货币乘数的各种实际因素。在西方经济学界,这样的复杂乘数模型较多,如弗里德曼—施瓦茨模型及卡甘模型就是其中比较著名的,这两个模型也是较早提出的货币乘数模型。但是,这两个模型过于复杂,不易被一般人所理解。同时,这两个模型中的货币都是广义货币 M2。因此,在这两个模型的基础上,美国经济学家乔顿(Jerry L. Jordan)于 1969 年对这两个模型进行了改进和补充,导出了一个比较简洁明了的货币乘数模型。自从该模型提出以后,它就得到大多数经济学家的认可或接受。因此,该模型被看作货币供给决定机制的一般模型。下面,通过简单的推导来介绍这一模型。

乔顿货币乘数模型采用狭义货币定义,即:

$$M1 = D + C \qquad (4.2.3)$$

式中,$M1$ 表示狭义货币,D 表示商业银行活期存款,C 表示通货。

根据现代货币供给理论,货币供给乃是基础货币与货币乘数之积。如设 m_1 为货币定义为 $M1$ 时的货币乘数,则:

$$M1 = B \cdot m_1$$

或
$$m_1 = \frac{M1}{B} \qquad (4.2.4)$$

由(4.2.3)式和(4.2.4)式得:

$$m_1 = \frac{D+C}{R+C} = \frac{D+C}{r_d \cdot D + r_t \cdot T + E + C} \qquad (4.2.5)$$

在式(4.2.5)中，r_d 表示活期存款的法定准备金比率，r_t 表示定期存款的法定准备金比率，T 表示商业银行吸收的定期存款，E 表示商业银行持有的超额准备金。

为了简化分析，设 k 为通货比率，t 为定期存款，e 为超额准备金比率。

其中：

$$k = C/D \qquad (4.2.6)$$

$$t = T/D \qquad (4.2.7)$$

$$e = E/D \qquad (4.2.8)$$

$$C = kD \qquad (4.2.9)$$

$$T = tD \qquad (4.2.10)$$

$$E = eD \qquad (4.2.11)$$

将(4.2.9)、(4.2.10)、(4.2.11)式代入(4.2.5)式，得：

$$m_1 = \frac{D + K \cdot D}{r_d \cdot D + r_t \cdot t \cdot D + e \cdot D + k \cdot D} = \frac{1+k}{r_d + r_t \cdot t + e + k}$$

$$(4.2.12)$$

如上所述，乔顿模型将货币定义为 $M1$，即只有商业银行的活期存款和通货才是货币，而商业银行的定期存款（通常以 T 表示）则不是货币。现在，我们将货币定义扩大为 $M2$（$M2 = D + C + T$）并以 m_2 表示相应的货币乘数，则：

$$m_2 = \frac{D + C + T}{R + C} = \frac{D(1 + k + t)}{D(r_d + r_t \cdot t + e + k)} \qquad (4.2.13)$$

$$M_2 = B \cdot m_2 = B \cdot \frac{1 + k + t}{r_d + r_t \cdot t + e + k} \qquad (4.2.14)$$

由以上分析可知，乔顿模型中的货币乘数是由多种复杂因素共同决定的，而这些因素又分别受到货币当局、商业银行及社会公众等不同的经济主体的行为的影响。其中 r_d、r_t 系由货币当局或中央银行所决定；e 由商业银行所决定；而 A 和 f 则由社会公众的资产选择行为所决定。

根据上述分析，在电子货币条件下，如果货币供给完全由货币当局的行为，特别是货币政策所决定，而与经济运行过程、经济内部的各种因素及电子货币对这些因素的影响无关，那么，货币供给就是外生性的；相反，在现实的经济条件下，如果经济运行中的各种因素，如收入、储蓄、投资、利率等，以及电子货币对这些因素产生直接或间接地影响，都将决定和影响人们的经济行为和决策，从而决定和影响货币供给，而这些因素都不是货币当局能完全决定的，那么，电子货币条件下的货币供给是外生性的。然而，在现实经济生活中，收入、储蓄、投资、利率等这些因素已被证明是影响货币供给的重要因素，而且由于中央银行或货币当局不能对这些因素进行直接控制，特别是在电子货币条件下，电子货币会对这些因素产生不同程度的影响，从而使影响货币供给的因素更加复杂，进而加大了中央银行或货币当局对货币供给控制的难度。

由此可见，货币当局或中央银行实际上只能对决定货币乘数的部分因素而不是全部因素具有控制能力。也就是说，除了中央银行之外，商业银行和社会公众等其他经济主体的行为也将对货币乘数，从而对货币供给产生一定的影响，甚至产生比较重要的影响。这就意味着，货币供给并不是一个完全决定于货币当局的主观意志而不受经济运行的内在规律影响的外生变量。

三、电子货币对基础货币的影响

在现代经济中，每个国家的基础货币都来源于货币当局的投放。

一般来说,基础货币投放的基本渠道主要有三条:一是直接发行通货;二是变动黄金、外汇储备;三是实行货币政策(其中以公开市场业务最为主要)。如果对上述三条渠道进一步分类,又可细分为更多的渠道。然而在这些渠道中有增加基础货币的因素,也有减少基础货币的因素。传统的货币供给理论认为,在这些因素中,有些是中央银行所能直接控制的,其中最主要的是公开市场买卖,有些则是中央银行不能直接控制的。但是,对于这些不能直接控制的因素,中央银行可通过运用其公开市场业务,来抵消这些因素对基础货币的影响。因此,一般认为,基础货币在相当程度上能为中央银行所直接控制。然而,在电子货币条件下,由于电子货币对上述影响基础货币的因素都会产生直接或间接的影响,因此,电子货币的存在必然会使影响基础货币的因素变得更为复杂。

根据现代货币供给理论,决定货币供给的因素有两个:一是基础货币;一是货币乘数。电子货币会对这两个因素都产生影响。所谓基础货币,是指中央银行能直接控制的并可作为商业银行存款创造之基础的那部分货币。具体而言,基础货币系由商业银行的存款准备金和通货两大部分构成。其中,商业银行的存款准备金,既包括法定准备金,又包括超额准备金。从其存在形式来看,基础货币既包括商业银行的库存现金,也包括商业银行存在中央银行的准备金存款;而所谓通货,则是指流通于银行体系之外、为社会公众所持有的现金。若以 B 表示基础货币,以 R 表示商业银行的存款准备金,C 表示社会公众所持有的现金,则根据基础货币的定义,有:

$$B = R + C \qquad (4.3.1)$$

由基础货币的公式(4.2.1)可知,决定基础货币的因素有两个:一个是存款准备金 R;另一个是流通中的现金 C。中央银行要控制基础货币,就必须能对存款准备金和流通中的现金加以直接或间接的控制。也就是说,衡量基础货币是否可控的标准就在于中央银行能否对存款准备金和流通中的现金进行直接或间接的控制。在传统的金融环境下,一方面,由于中央银行可以通过调整法定准备金率来控制商业银行的存款货币创造能力,从而控制货币供应量;另一方面,由于中央银行垄断货币发行权,因此,中央银行可以通过控制现金的投放与回笼,进而控制货币供应量。而在电子货币条件下,基础货币的可控性则是指,中央银行能否控制电子货币对存款准备金和流通中的现金的影响,进而控制基础货币的供应量。如果中央银行能对电子货币给存款准备金和流通中的现金带来的影响进行控制,则说明在电子货币条件下基础货币是可控的,否则就是不可控的。为此,本章研究的内容主要是电子货币对存款准备金、现金及基础货币控制渠道的影响三个方面。

(一)电子货币对存款准备金的影响

由基础货币的定义可知,基础货币系由商业银行的存款准备金和通货两大部分构成。其中,商业银行的存款准备金,既包括法定准备金,又包括超额准备金。因此,接下来本书从电子货币对法定准备金和超额准备金两方面的影响来进行分析。

1. 电子货币对存款准备金的影响

法定存款准备金率,是指以法律形式规定,商业银行等金融机构将其吸收存款的一部分上缴中央银行作为准备金的比率。对于法定存款准备金率的确定,目前各国中央银行都根据存款的期限不同而有所区别。一般而言,存款期限越短,流动性越强,需要规定的准备金率就越高。

在传统金融领域中,法定存款准备金比率是中央银行最重要的货币政策工具之一,中央银行可根据一国经济形势和由此而确定的货币政策目标来调整法定存款准备金比率。在其他情况不变的条件下,中央银行可通过提高或降低法定存款准备金比率而直接改变货币乘数,从而达到控制货币供给量的目的。所以,在货币乘数的各个决定因素下,法定存款准备金比率基本上是一个可由中央银行直接控制的外生变量。然而,由于法定存款准备金比率被认为是最有威力的货币政策工具,是中央银行的一剂"猛药",只要对它进行轻微的调整就会使经济产生激烈的波动,从而给一国经济带来较大的冲击,因此,中央银行并不经常调整法定存款准备金比率,这样它对于中央银行来说就缺乏应有的灵活性。此外,商业银行和社会公众行为和预期也会在一定程度上抵消中央银行调整法定存款准备金比率对货币乘数的影响。这也就是为什么从世界范围来看法定存款准备金率呈普遍下降趋势,甚至有些国家的中央银行放弃使用它的原因。但从总体上看,在电子货币出现以前,法定存款准备金政策是中央银行乐于使用且行之有效的手段之一。然而,随着电子货币的出现,法定存款准备金政策的作用大大降低。这主要是因为:

首先,从电子货币发展的阶段来看,它还处在初级阶段,它对传统货币的代替主要是流通中的通货,因此它对法定准备金率的影响并不明显。但是,由于电子货币的普遍使用会缩减中央银行的资产负债规模,从而加大了中央银行测度和控制货币供应量的难度,为了减少电子货币对货币供应量及中央银行地位所带来的影响和冲击,中央银行可能会采取提高电子货币存款法定准备金率的措施。贝雷特森(Berentsen,1998)认为,假定活期存款的法定准备金率不为零,银行完全扩张信用的前提下,对活期存款以及电子货币存款的不同法定准备金率规定会对货币供应量 M1 产生不同的影响(见表 4.7)。[12]

表 4.7　电子货币条件下不同准备金率对 M1 的影响

M1 的变化情况＼准备金率	M1 的定义	
	$M1 = C + D$	$M1^* = C + D + EM$
$r_{EM} < 1 - r_D$	增加	
$r_{EM} = 1 - r_D$	不变	
$r_{EM} > 1 - r_D$	减少	
$r_{EM} < 1$		增加
$r_{EM} = 1$		不变

注：r_{EM} 表示电子货币存款的法定准备金率；r_D 表示活期存款法定准备金率，为便于比较，用 $M1^*$ 表示计入电子货币存款的狭义货币。

从表 4.7 中可以看出，由于对电子货币存款和活期存款提取不同的法定准备金率，它们对货币供应量的影响也就不同，因此法定准备金率作为中央银行的货币政策工具还是十分有效的。但是由于法定存款准备金率在世界范围内呈普遍下降趋势，目前法定存款准备金率处于一个较低的水平（一般在 10% 以下），有的国家甚至采取了零准备金制度。然而，如果不对电子货币实施较高的准备金要求，它必然会通过货币乘数的效应间接地增加货币供应量。但就目前的情况来看，由于种种原因，大多数国家并没有对电子货币提出存款准备金要求，这样，电子货币将会取代一部分有准备金要求的存款，这也会降低它在存款准备金中所占的比重，从而降低中央银行控制准备金的能力。

其次，由于商业银行向中央银行缴存准备金不能获取利息收入（关于商业银行向央行缴存的准备金时，本书只讨论缴存准备金不获取利息收入的情况），并增加了商业银行的融资成本和机会成本，商业银行为了降低这种成本，就会想方设法规避法定存款准备金的限制。在电子货币条件下，电子货币及其衍生产品的出现使商业银行规避法定存款准备金的限制提供了可能。在此情况下，如果中央银行还使用法定存款准备金作为货币政策工具来调控商业银行的存款货币创造能力，这时法定存款准备金政策的作用将会下降。

最后，在电子货币条件下，一方面，中央银行可迅速获取商业银行的准备金和存款状况，使商业银行向中央银行报告的时滞缩短，中央银行也能对整个社会的货币供求状况进行实时监控，从而能够及时、科学地调整法定存款准备金率；但另一方面，电子货币也会缩短法定存款准备金率发挥作用的时滞，使商业银行存款货币的扩张和紧缩的效果更加明显。而在电子货币条件下，电子货币又进一步放大了法定存款准备金率的这种作用，所以，中央银行使用法定存款准备金率调节货币供应量时会变得更加小心谨慎。

综上所述，电子货币对法定准备金率的影响是非常明显的，这种影响又集中体现在对中央银行储备供给能力的影响上，它会导致中央银行在进行公开市场业务操作时，由于没有足够的流动资产而无法实现它的预期目标（BIS，1998）。为此，可采取以下几种应对措施：

一是对包括电子货币在内的所有支付型金融工具收缴法定存准备金。这不仅会使商业银行的准备金需求能保持一个相对稳定的水平，而且由于对所有的支付型金融工具在规定法定存款准备金时一视同仁，有利于减少由于储备系统产生的资源分配扭曲带来的损失。也可考虑采取对存款准备金提前支付的方法来消除商业银行规避准备金的行为。

二是实行零准备金机制，将所有金融机构的法定准备金率降为零。因为在电子货币条件下，为了创造通过中央银行经常账户来进行支付的稳定需求，可能有必要实施某种法定义务，规定电子货币的发行者必须通过中央银行的经常账户来进行最后的清算，所以中央银行经常账户的支付需求仍然是稳定的。这样，即使准备金比率降为零，中央银行市场操作的作用并不会受到影响,相反,零准备金机制的推行消除因准备金要求带来的不利影响。

2. 电子货币对超额准备金的影响

超额准备是银行持有的全部准备金扣除法定准备金后的余额,就对商业银行信用创造的影响而言,它与法定准备金率的作用大体相同。在传统经济中,商业银行的经营决策行为决定了超额准备金的持有水平,因此,任何影响商业银行经营决策行为的因素便是决定或影响超额准备金持有水平的因素。电子货币对超额准备金水平的影响也正是通过电子货币对这些因素的影响而实现的。具体来说,主要有四个:

(1) 市场利率。在传统经济中,商业银行贷款和投资的收益水平取决于市场利率的高低,因为市场利率代表了商业银行持有超额准备金的机会成本。因此,当市场利率上升时,商业银行就会减少超额准备金的持有水平而相应地增加贷款或投资,达到获取收益的目的。而当市场利率下降时,商业银行则会保持较高的超额准备金水平。在电子货币条件下,中央银行通常通过公开市场操作对利率进行调整,当中央银行在公开市场上买进有价证券的同时增加了基础货币的供应量,这就会导致市场利率下降,市场利率的下降会减少商业银行持有超额准备金的机会成本,这样,商业银行就会持有更多的超额准备金,相反,商业银行就会减少超额准备金的持有水平。但由于电子货币会对央行储备产生影响,使中央银行资产负债规模缩小,使得中央银行加大了通过公开市场业务操作对利率进行控制的难度;同时,电子货币使得货币供给量和货币需求难以测度,因而必然会影响到市场利率水平,进而也间接影响商业银行的超额准备金持有水平。

(2) 商业银行获取资金的难易程度及资金成本的高低。在传统的经济中,商业银行为了应付日常的需求,往往会保留大量的超额准备金,机会成本也相应地提高。而保留超额准备金的多少则取决于商业银行在急需资金时能否以较低的融资成本快速地从中央银行或其他渠道借入资金,如果能满足这两个条件,那么商业银行就可以减少超额准备金的持有水平。反之,就会增加超额准备金。在电子货币条件下,由于电子货币具有流动性高和转换成本低的特点,它恰好满足了上述的两个条件。一方面,电子货币高流动性的特点为商业银行在急需资金时方便快速地借入资金提供了可能,并且这种借入资金的方式可不受时空的限制,这就降低了获取资金的难度;另一方面,电子货币低转换成本的特点也使得商业银行可以将流动性较低的金融资产以较低的成本转化为流动性高的金融资产,来弥补超额准备金的不足。在上述两方面的共同作用下,商业银行的超额准备金将会减少。

(3) 社会公众的流动性偏好及投资组合。在传统经济中,如果社会偏好通货,则会将存款转化为通货,这时为了应付社会公众的提现要求,提高自身的清偿能力,商业银行就会增加超额准备金。反之,如果社会公众偏好存款,则会将现金转化为存款,这时由于商业银行也就没有必要保留大量的超额准备金,从而使商业银行的超额准备金持有水平下降。在电子货币条件下,电子货币的特点决定了它可以满足不同社会公众的流动性偏好,并且可以使流动性不同的金融资产以较低的成本相互转化。加之,社会公众持有现金不能带来收益,因此整个社会的现金持有量将下降。这样,商业银行的保留的超额准备金也将随之减少。

由此可见,在传统经济中,商业银行为了在最大程度上及时补充自身资金的需要,商业银行还是会在中央银行保留一定数量的超额准备金,但在电子货币条件下,电子货币的高流动性与低转化成本的特点增强了商业银行快速低成本地获取资金的能力,这时商业银行也就没有必要保留大量的超额准备金,因此,电子货币的存在会相应地减少超额准备金。此外,在电子货币条件下,随着社会公众对电子货币的普遍接受及新型消费习惯的形成,对现金的偏好将不断减弱,商业银行保留的超额准备金也相应减少。总之,随着电子货币的不断发展,商业银行的超额准备金呈下降趋势。

(二)电子货币对现金供给影响的实证分析

电子货币对现金的替代不仅改变了人们的生活方式和支付行为以及传统的商业零售模式,而且还会改变货币的供给结构。这种替代并非简单的货币形式的替代,电子货币对现金的替代将对传统的货币定义产生前所未有的挑战,并影响中央银行货币政策中介目标的选择,从而影响货币政策的有效性。

自电子货币产生以来,现金的增长速度已经有了明显放慢的趋势,这主要表现在现金自身增长率的逐年下降以及它在狭义货币供应量 M1 和广义货币供应量 M2 中的比重不断下降,并且这种趋势持续了多年并将长期存在。然而,这种现象的存在并非是偶然的,电子货币与现金供给之间必然存在着某种确定的关系,只是二者之间的相关程度大小的问题。为此,本书以电子货币为视角,尝试性地将电子货币作为一个影响现金供给的因素引入货币供给的理论分析框架,通过建立数量经济模型,检验二者之间的相关性,揭示电子货币与现金供给之间的相互关系和内在机理,最后提出相应地对策建议。

1. 电子货币发展与现金变化趋势的统计描述

随着电子货币的不断发展,由于它本身具有的高流动性、低转化成本以及安全性高的优点,已经被人们广泛接受,并逐步取代流通中的现金,并使货币结构发生了变化。在此,本书选择电子货币与现金的相关数据对二者之间的关系进行描述性的分析。

表 4.8　中国电子货币与现金供给

年份	M0（亿元）	M1（亿元）	M0增长率	现金比率 M	电子货币替代率 E	现金漏损率 K
1992	4 336	11 731.5	12.8	0.37	0.010 4	0.59
1993	5 864.7	16 280.4	20.2	0.36	0.011 9	0.56
1994	7 288.6	20 540.7	36.4	0.35	0.013 4	0.55
1995	7 885.3	23 987.1	35.5	0.33	0.018	0.49
1996	8 802	28 514.8	24.3	0.31	0.019 6	0.45
1997	10 177.6	34 826.3	8.2	0.29	0.020 6	0.41
1998	11 204.2	38 953.7	11.6	0.29	0.025 3	0.4
1999	13 456	45 837.2	15.9	0.29	0.027 2	0.42
2000	14 652.7	53 147	10.7	0.28	0.054 7	0.38
2001	15 688.8	59 871.6	20.1	0.26	0.075 5	0.36
2002	17 278	70 881.8	8.9	0.24	0.099 2	0.32
2003	19 746.2	84 118.8	7.1	0.23	0.135 4	0.31
2004	21 468.3	95 970.8	10.1	0.22	0.159 4	0.29
2005	24 031.7	107 278.6	14.3	0.21	0.191 6	0.29
2006	27 072.6	126 028.1	10.8	0.21	0.209 5	0.27

注:相关数据根据各年度《中国金融年鉴》计算而得。

由图 4.11 可看出,我国自 1992 年至 2006 年,现金比率 M（M0/M1）从 1992 年的 37％下降到 2006 年的 21％,处在一个明显的下降通道中,并且尚未见底。同时,电子货币替代率 E（电子货币与 M1 的比率）却快速上升,从 1992 年的 1％上升到 2006 年的 21％,特别是进入 21 世纪以后,电子货币替代率 E 有加速上升的趋势。这说明,由于电子货币的存在对现金 M0 有着明显的替代作用,从而使现金使用量不断下降。

与此同时,现金漏损率 K（M0 与银行活期存款的比率）却不断下

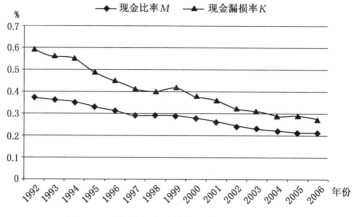

图 4.11　中国现金比率与现金漏损率的关系

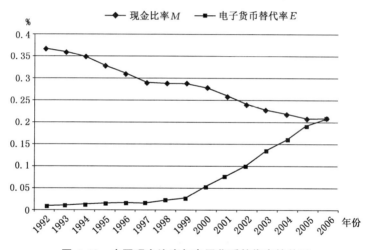

图 4.12　中国现金比率与电子货币替代率的关系

降,从1992年的59%下降到2006年的27%,呈现出与现金比率同方向下降的趋势(见图4.12)。这说明,由于电子货币的存在,替代了流通中的现金M0,使之转化为银行活期存款,从而使现金漏损率下降。

从上面的分析可知,电子货币对现金的替代是非常明显的。然而这种替代并非是简单货币形式上的替代,电子货币对现金的替代效应不仅会改变货币的供给结构,而且会影响到一个国家的货币供给,甚至

电子货币与货币政策有效性研究

影响货币政策的有效性。

2. 数据、指标与模型

由于在国内外数据开采过程中月度数据和季度数据难以获得,因此本书选取 1992—2006 年的年度数据作为样本数据。另外,由于目前我国的电子货币主要以各种卡的形态存在,因此,电子货币的数据以历年银行卡数据来代替,相关数据均来自各年度《中国金融年鉴》及《中国统计年鉴》,并经过计算和整理。

(1) 现金比率 M。为了说明电子货币对现金的替代效应,本书选取现金比率 M(现金 M0 占狭义货币供给量 M1 的比重)作为因变量,原因在于狭义货币供给量 M1 由流通中的现金和活期存款两部分构成,如果电子货币代替流通中现金,那么流通中的现金就会减少,它占狭义货币 M1 的比重也会随之下降。而把电子货币(E)及其占现金的比重($E/M1$)作为自变量是因为随着电子货币的发展,如果电子货币会逐步取代流通中的现金,那么电子货币(E)占狭义货币量(M1)的比重将会上升,并与现金 M0 占狭义货币供给量 M1 的比重(M0/M1)呈此消彼长的关系。

(2) 电子货币替代率(E)。即电子货币占狭义货币量 M1 的比率。选取它作为自变量的理由在于:从我国目前电子货币发展所处的阶段来看,电子货币主要是部分取代流通中的现金和活期存款(M1),并且随着电子货币的不断发展和普及,现金的使用量会随之下降,从而电子货币替代率也会随之上升。

(3) 现金漏损率(K)。即客户从银行提取的现金额(即现金漏损)与活期存款总额之比。选择现金漏损率作为自变量的理由在于:从世界各国电子货币发展的历程看,电子货币对传统货币的替代是有先后顺序的,即先替代流动性较高的货币再替代流动性较低的货币。按传统货币层次的划分方法,按金融资产流动性的高低将货币层次划分为

M0、M1、M2 等,那么电子货币就是按照这个顺序逐步替代的,对正处于电子货币发展初期阶段的我国来说也不例外。因此,在我国,电子货币对现金的替代效应更为明显。电子货币对现金的替代并使之转化为银行活期存款,使得现金漏损率下降,从而现金的使用量也随之减少。

根据上述分析,构建如下回归模型。

$$M = C + aE + bK + \mu$$

其中,C 为常数项,现金比率 M 表示流通中的现金占狭义货币量 M1 的比重(M0/M1),E 表示电子货币替代率,K 表示现金漏损率,a、b 分别为 E 和 K 的系数。

3. 变量的平稳性检验

在做协整检验之前,必须进行单位根检验,以判断各变量平稳性质。但我们发现,数据并不平稳,为此对各变量取对数,并选取 ADF (Augment Dikey-Fuller)检验法进行单位根检验,检验结果如下。

表 4.9　变量单位根检验(ADF)结果

变　量	检验形式 (I, T, P)	ADF 检验值	临界值(1%显著性水平)	临界值(5%显著性水平)	结　论
LNM	(I, N, 1)	-0.2712	-4.0044	-3.0989	不平稳
ΔLNM	(I, N, 1)	-3.2411	-4.1220	-3.1449	平稳*
LNE	(I, N, 1)	-1.8706	-4.8001	-3.7912	不平稳
ΔLNE	(I, N, 1)	-3.1901	-4.0579	-3.1199	平稳*
LNK	(I, N, 1)	-0.6096	-4.0044	-3.0989	不平稳
ΔLNK	(I, N, 1)	-3.9675	-4.0579	-3.1199	平稳*

注:(1)检验形式中的 I 和 T 表示常数项和趋势项,P 表示是根据 AIC 原则确定的滞后阶数,N 表示检验方程中此处对应项不存在。(2)当 ADF 值大于临界值时说明序列不平稳,* 表示在 5%显著性水平下平稳,无标志说明在 1%显著性水平下平稳。(3)Δ 表示对变量进行一阶差分。

表 4.9 显示,时间序列 LNM、LNE 和 LNK 在 5%的显著性水平下仍是不平稳的,但三者一阶差分后在 5%的显著性水平下是平稳

的。因此,原有的时间序列都是一阶单整的,它们之间可能存在协整关系。

4. 协整检验

一般进行协整检验的方法是恩格尔和格兰杰提出的 EG 两步法。但这种方法存在较大缺陷,为此本文采用一种多变量的协整检验方法——Johansen检验法或者称为 JJ 检验法,检验结果如表 4.10 所示。

表 4.10　协整关系的 Johansen 检验结果

原假设	特征值	迹检验统计量	5%显著性水平临界值	Prob.
不存在协整关系	0. 722 583	24. 151 25	29. 797 07	0. 194 1
至多存在一个协整关系	0. 323 963	7. 484 300	15. 494 71	0. 522 1
至多存在两个协整关系	0. 168 237	2. 394 693	3. 841 466	0. 121 7

从表 4.10 可知,变量 M 与 E 和 K 之间存在协整关系,即它们之间存在长期均衡关系。

5. 因果关系检验

经过协整检验,得知上述变量之间存在协整关系,但无法判断这种均衡关系是否构成因果关系及其方向,尚需进一步验证,这就需要进行格兰杰因果关系检验。该检验的判定准则是:依据平稳性检验中的滞后期选定样本检验的滞后期,根据输出结果的 P-值判定存在因果关系的概率。检验结果见表 4.11。

表 4.11　因素变量与现金供给之间格兰杰因果关系检验

检验变量	原假设	滞后期	F统计量	P-值	结论
LNM LNE	LNE 不是 LNM 的格兰杰原因	1	6. 079 92	0. 031 37	LNE 是引起 LNM 变动的格兰杰原因,但 LNM 不是引起 LNE 变动的格兰杰原因
	LNM 不是 LNE 的格兰杰原因		0. 139 65	0. 715 73	
	LNE 不是 LNM 的格兰杰原因	2	4. 279 33	0. 054 48	
	LNM 不是 LNE 的格兰杰原因		0. 189 75	0. 830 79	

检验变量	原　假　设	滞后期	F-统计量	P-值	结　　论
LNM	LNK 不是 LNM 的格兰杰原因	1	0.000 11	0.991 68	LNK 是引起 LNM 变动的格兰杰原因,但 LNM 不是引起 LNK 变动的格兰杰原因
	LNM 不是 LNK 的格兰杰原因		2.476 47	0.143 86	
LNK	LNK 不是 LNM 的格兰杰原因	2	0.089 42	0.915 36	
	LNM 不是 LNK 的格兰杰原因		2.353 38	0.157 12	

根据表 4.11 可知,电子货币替代率 E 和现金漏损率 K 是通货 M 的格兰杰原因,而 M 不是 E 和 K 的格兰杰原因。

6. 各变量与货币供给的长期均衡关系

从以上检验可知,E 和 K 两个变量是引起 M 的原因,它们之间存在长期均衡关系。下面就以 M 为被解释变量,以 E 和 K 为解释变量,得到如下回归方程:

$$LNM = -0.829\ 204 - 0.034\ 227LNE + 0.597\ 027LNK$$
$$(-8.446) \qquad (-2.457) \qquad (10.133)$$
$$R^2 = 0.995\ 1 \qquad DW = 2.642\ 2 \qquad F = 1\ 424.23$$

实证结果表明,电子货币替代率 E 与现金 M 呈明显的负相关关系,现金 M 随着电子货币替代率的增加而减少。这说明,随着我国电子货币的快速发展,电子货币对传统货币的替代作用越来越明显,这种替代作用在减少了流通中现金的同时,电子货币自身的使用量不断上升,从而使电子货币替代率 E 呈不断上升的趋势。与此同时,现金 M 的增长率却呈不断下降的趋势。

现金漏损率 K 与现金 M 存在明显的正相关关系,K 越大 M 越小。在电子货币发展的初期阶段,电子货币对现金的替代作用非常明显,电子货币对现金的替代直接结果是减少流通中的现金,同时使现金转化为银行活期存款,亦即电子货币在减少现金的同时增加了银行活期存款,从而使现金漏损率下降。与此同时,现金 M 的增长率也不断下降。这就意味着由于电子货币的存在对现金产生了明显的替代作用,使流通中的现金在银行活期存款中的比例下降,从而使现金漏损率持续下降,由于现金漏损率与现金 M 的增长率呈正相关关系,因此,现金漏损率的下降必然会导致现金 M 增长率的下降。

通过上述实证分析,可得出以下基本结论:首先,电子货币对现金存在着明显的替代效应。随着电子货币的发展,电子货币将逐步取代流通中的现金,使一部分现金转化为其他货币形态,另一部分现金转化为活期存款,电子货币货币在减少流通中现金的同时也增加了银行活期存款。其次,电子货币降低了中央银行对现金乃至基础货币的控制能力。电子货币对流通中现金的替代,使社会公众对现金的需求减少,这不仅会使中央银行的货币发行权受到挑战,而且也会减少中央银行的铸币税收入,从而降低了中央银行对基础货币的控制能力。最后,由于上述的实证的结论只能说明电子货币对现金直接影响,而电子货币对现金的替代效应并不是一种简单的形式上的替代,它还会对货币供给结构和货币政策中介目标的选择产生更为深远的影响。

(三)电子货币对基础货币投放渠道的影响

电子货币除了对存款准备金和通货产生直接的影响外,对中央银行控制基础货币渠道的影响也是不容忽视的。

1. 中央银行基础货币投放的渠道

中央银行投放基础货币的渠道主要有三条:一是直接发行通货;二是变动黄金、外汇储备;三是实行货币政策(其中以公开市场业务最为主要)。具体来说,主要有以下 11 条途径:(1)中央银行在公开市场上买进证券;(2)中央银行收购黄金、外汇;(3)中央银行对商业银行再贴现或再贷款;(4)财政部发行通货;(5)中央银行的应收未收款项;(6)中央银行的其他资产;(7)政府持有的通货;(8)政府存款;(9)外国存款;(10)中央银行在公开市场上卖出证券;(11)中央银行的其他负债。然而,在以上这 11 个因素中,前 6 个为增加基础货币的因素,后 5 个为减少基础货币的因素,而且这些因素都可以通过中央银行资产负债表上集中反映出来。

对这些因素的进一步观察可以发现,在上述因素中,有的是中央银行可以直接控制的(例如公开市场业务操作),有的是中央银行不能或不能直接控制的(如中央银行对商业银行再贴现或再贷款)。虽然中央银行不能直接控制这些因素,但是中央银行可能通过公开市场操作,来抵消它们对基础货币的影响。因此,从这个角度来看,基础货币在相当程度上还是能被中央银行直接控制的。然而,在电子货币条件下,由于电子货币将会对上述决定基础货币的因素产生直接或间接的影响,电子货币的存在必然会使影响基础货币的因素变得更为复杂,这种影响主要表现在货币供给的内生性上。

在电子货币条件下,电子货币对货币供给内生性的影响主要来自两方面:一方面,电子货币可以通过发挥其减少货币需求、充分动用闲置资金、加快货币流通速度等作用,来改变货币供给的相对量;另一方面,由于电子货币发行主体的多元化而扩大货币供给主体,从而加大了货币乘数。另外,电子货币条件下的新型存款货币创造等也会对现实货币供给产生较大影响,导致货币供给在一定程度上脱离了中央银行的控制,越来越多地受制于经济体系内部因素的支配。也就是说,由于电子货币的出现,随着金融市场的发展和商业银行负债管理技术的提高,已经能够使银行的货币创造与准备金的数量相脱离,中央银行通过控制准备金的数量并不能对货币供应量产生直接的影响,因此,货币供应量不再是完全受中央银行控制的外生变量了,它也受经济变量和金融机构、企业、居民行为等内生因素的影响和支配。货币供给内生性的增强,削弱了中央银行对货币供给的控制能力和控制程度。

2. 电子货币对基础货币投放渠道的影响

首先,本书从简化的商业银行和中央银行构成的银行体系的资产负债表入手分析。

表 4.12　商业银行的资产负债表

负　债	资　产
公众存款(D) 从中央银行借款(CLB)	对公众的贷款(BLP) 对政府的债权(BIG) 在中央银行的存款(BB) 库存现金(C_b)

表 4.13　中央银行的资产负债表

负　债	资　产
流通中和中央银行库存现金(C_p+C_b) 商业银行在中央银行的存款(BB) 政府在中央银行的存款(G)	中央银行对商业银行的贷款(BLP) 中央银行对政府的债权,含国库券(CLG) 外汇储备(F)

为了便于分析,把上述商业银行和中央银行的资产负债表合并,并冲销银行体系内部的交易,使之成为一个完整的银行体系资产负债表(见表 4.14)。

表 4.14　整个银行体系的资产负债表

负　债	资　产
现金(C_p) 公众存款(D)	对公众的贷款(BLP) 对政府的债权($BIG+CLG$) 外汇储备(F)

由银行体系的资产负债表可得出整个银行体系的总资产(M):

$$M = BLP + CLG + BIG + F \qquad (4.3.2)$$

又由于政府出现财政赤字时,它可以通过三种渠道融通资金:印钞

票、向商业银行借贷和向公众借贷,形成政府借贷需求(PSD):

$$PSD = \Delta CLG + \Delta BIG + \Delta bonds \qquad (4.3.3)$$

其中,PSD 为政府借贷需求,bonds 为公众购买的国债。

把(4.3.3)式代入(4.3.2)式并取增量可得:

$$\Delta M = PSD - \Delta bonds + \Delta BLP + \Delta F \qquad (4.3.4)$$

从式(4.3.4)可以看出决定货币供给的因素主要包括:(1)向公众出售政府债券后仍不能满足的政府借贷要求;(2)商业银行对公众贷款的净增量;(3)外汇储备的增加量。

$$基础货币:B = R + C_b \qquad (4.3.5)$$

其中,R 是银行的准备金,那么:

$$R = BB + C_p \qquad (4.3.6)$$

其中,BB 和 C_p 分别代表商业银行存放在中央银行的准备金和商业银行库存现金。因而

$$B = R + C_b = BB + C_p + C_b = BB + C \qquad (4.3.7)$$

其中,$C = C_p + C_b$。

从表(4.12)和式(4.3.7)可以看出,B 是中央银行的负债。按照会计恒等式原则,中央银行资产负债表两边的各项之和应相等,因此对各变量取增量后有:

$$\Delta C + \Delta BB = \Delta CLB + \Delta CLG + \Delta F \qquad (4.3.8)$$

根据式(4.3.7)各项取增量有:

$$\Delta B = \Delta BB + \Delta C \qquad (4.3.9)$$

根据(4.3.8)、(4.3.9)式可得:

$$\Delta B = \Delta CLB + \Delta CLG + \Delta F \qquad (4.3.10)$$

从表(4.14)和式(4.3.10)可以看出,B 又是中央银行的资产。在上述分析中我们省略了 ΔG。由此可见,从资产负债表直观地看,中央银行可以从资产和负债两个方向改变基础货币量:如果是从负债方来改变基础货币,可能通过增加或减少商业银行在中央银行的准备金和自身的现金投放来完成,也可以从资产方面来改变基础货币。然而,不论从资产方还是负债方来改变基础货币,根据会计恒等式原则都会使另一方等量变化。

在传统金融环境下,中央银行采用再贴现政策时通常处于被动的地位,商业银行是否愿意向中央银行贷款、贷款数量的多少以及贷款期限的长短完全取决于自身的需要,这就会影响到商业银行向中央银行的借款意愿。而在电子货币条件下,商业银行向中央银行贷款的意愿会进一步下降。

一是电子货币的存在拓宽了商业银行的筹资渠道。首先,由于电子货币具有流动性高、流动性强的特点,当商业银行遇到资金头寸不足时,商业银行就可以从多种渠道借入资金,从而实现资金来源的多样化。例如,在一元制商业银行管理体制下(比如中国),当商业银行体系中的一家遇到资金头寸不足时,它可以通过垂直和横向两种方法在系统内完成资金的调拨,垂直的方法是它可以向上下级借入资金,横向的方法是可以从本地调入资金。当然,商业银行也可以通过同业拆借的方式向本地的其他商业银行借入资金。然而,在电子货币条件下,不管以哪种方式借入资金都是轻而易举的。其次,在金融市场高度发达的国家,商业银行的融资渠道和融资方式更是多种多样,当商业银行遇到资金困难时,一般都能通过在金融市场上融通资金,例如,商业银行可以在金融市场上发行金融债券获取资金来源。因此,当商业银行遇到资金困难时,它们首先考虑的是其他的融资渠道,一般不轻易向中央银行或货币当局借入资金,而中央银行或货币当局就成为真正意义上的"最后贷款人"了。

二是由于电子货币的存在大大提高了商业银行迅速调入资金的能力,而且电子货币相关业务的开展,不仅可以从整体上提高商业银行的资金流动性,而且还可以逃避来自中央银行或货币当局的管制,从而降低商业银行的融资成本。特别是随着计算机和网络技术的发展,电子转账和网上资金实时交易方式的出现,商业银行可以迅速实现跨地区、远距离的实时资金调拨。

由此可见,上述的这些都会降低商业银行向中央银行借款的意愿,而使商业银行在通常的情况下不会轻易向中央银行借入资金,中央银行调节基础货币的渠道就会减少(至少是部分减少)了,这样,中央银行也就会改变其原来控制基础货币的渠道。

一般来说,随着商业银行在金融市场上拆借资金和向中央银行借入资金意愿的下降,中央银行对银行间拆借市场的影响力和对商业银行贷款(ΔCLB)的控制能力也随之下降,这样,如果中央银行要控制基础货币,它会加强其公开市场业务操作(买卖政府债券,即 ΔCLG)的方式来抵消上述影响,从而达到控制基础货币的目的。当然,从理论上说,中央银行也可以通过改变外汇储备 ΔF 来改变基础货币,但大多数国家的中央银行很少这样做。事实上,它们大多还是通过公开市场业务操作来完成对基础货币的控制。例如,在美国,通过对 1980—1993 年这一时期的考察发现,在短期内通货比率等因素的变动对货币供应量影响很大,而在整个时期内,货币供应量增长率与由美联储公开市场操作所控制的非借入基础货币的增长率密切相关。经验数据表明,四分之三的货币供应波动源于非借入基础货币的联储的公开市场操作(米什金,1998)。[13]换句话说,美联储可以熟练地运用公开市场业务操作其债券组合投资,从而达到有力地控制基础货币的目的(见图 4.13)。[14]

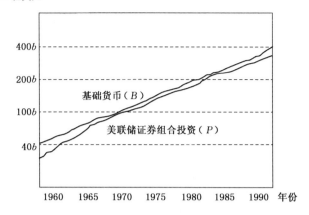

图 4.13　美联储债券组合投资与基础货币之间的关系

总之,在电子货币的影响下,电子货币一方面大大拓宽了商业银行资金来源的渠道,另一方面也可使商业银行不受时空限制地快速、低成本地借入资金,从而加强了商业银行的融资能力,这就使得商业银行向中央银行贷款的意愿进一步下降。所有这些都会导致商业银行在通常情况下不轻易向中央银行借款,中央银行调节基础货币的渠道也因此减少,在这样的情况下,中央银行只能通过在公开市场买卖证券的手段来控制基础货币。因此,电子货币改变了传统中央银行控制基础货币的渠道。

四、电子货币的货币乘数效应:理论与实证分析

在决定货币供给的两个因素中,除基础货币之外,货币乘数是影响货币供给的另一个重要因素。在上一节中,分析了电子货币对基础货币可控性的影响,认为电子货币加大了中央银行控制基础货币的难度。然而,除了基础货币难以控制外,电子货币也加大了货币乘数的内生性,使得中央银行很难对货币乘数加以控制。货币乘数反映货币供应

总量与基础货币之间的数量依存关系。正确认识电子货币对货币乘数带来的影响,准确把握电子货币条件下我国货币乘数及其变动趋势,对我国中央银行灵活运用货币政策,提高宏观货币调控能力具有重要的现实意义。本章在研究电子货币对货币乘数的影响时,主要从以下几个方面展开:首先,根据我国20年来相关的数据计算出了货币乘数,并对我国货币乘数的长期变动趋势进行了统计描述和分析;其次,选取电子货币的相关数据对电子货币与货币乘数的相关性进行了实证分析;再次,将电子货币引入货币乘数模型,实例分析了电子货币条件下商业银行存款货币的创造过程,对传统的货币乘数模型进行了修正,并对新模型赋予了新的政策含义;最后,从电子货币的视角对影响货币乘数的因素进行了分析。

(一)货币乘数的影响因子及变化趋势统计性描述

1. 货币乘数的计算及影响因子

货币乘数是货币总量与基础货币之间倍数关系的反映。货币乘数的计算公式可由货币供应量和基础货币的定义公式推导而得。设 m 为货币乘数,则有:

$$m = \frac{1+t+c}{(1+t) \cdot r + e + c} \qquad (4.4.1)$$

其中,c 为流通中现金与活期存款的比率(现金比率);r 为法定存款准备金率;e 为超额准备金与活期存款的比率(超额准备金率);t 为非交易存款与活期存款的比率(非交易存款比率)。

由式(4.4.1)容易看出,货币乘数的影响因子有四个,即法定准备金率、超额准备金率、现金比率、非交易存款比率。通过求各影响因子的偏导数可知,乘数 m 对非交易存款比率 t 的偏导数大于0,而乘数 m 对法定准备金率 r、超额准备金率 e 和现金比率 c 的偏导数都小于0。

也就是说,非交易存款比率与广义货币乘数呈正相关关系,货币乘数随着非交易存款比率的增大而增大;而广义货币乘数与法定存款准备金比率、超额准备金率和现金比率呈负相关关系,它随着法定准备金率、超额准备金率和现金比率的增大而减小。

（1）法定准备金率。由于法定准备金率与货币乘数呈负相关关系。如果法定存款准备金率越高,这就意味着商业银行就要向中央银行多缴存法定存款准备金,商业银行可用于贷款或投资的资金就越少,派生出来的存款就越少,商业银行的存款货币创造能力也就越低,货币乘数的效应下降,从而货币供应量就少。

（2）超额准备金率。商业银行在经营过程中,为了满足自身流动性的需要,除法定存款准备金外,还会保留一定数量的超额准备金。影响商业银行超额准备金持有水平的因素有:一是市场利率水平。这主要取决于持有超额准备金的机会成本,如果市场利率水平越高,商业银行持有超额准备金的机会成本也会随之增大,这时商业银行就会考虑减少超额准备金的持有水平。二是流动性状况。如果商业银行的流动性不足,就会持有较多的超额准备金,相反,则会减少超额准备金的持有数量。三是借入资金的难易程度。如果商业银行遇到资金头寸不足时,能快速、低成本地从多种渠道借入资金,那么它就可能降低超额准备金的持有水平,相反,就会增加超额准备金的持有数量。

（3）非交易存款比率。非交易存款是公众的重要金融资产形式,主要由定期存款和储蓄存款构成,该比率主要取决于非银行公众的资产选择行为。影响非交易存款比率的因素主要有:国民收入水平和金融资产总量、存款收益结构、存款流动性程度、证券类金融资产收益率等。一般来说,非交易存款比率随着国民收入和金融资产总量增加、定期存款和储蓄存款收益率相对于活期存款上升而随之上升;当存款收益结构不变,而定期存款和储蓄存款的流动性增大时,其比率一般也会提高;但在存款收益水平不变的条件下,非交易存款比率却随着证券类资产收益率提高而趋于下降。

(4) 现金比率。现金比率的高低主要取决于公众的流动性偏好,因为在所有金融资产中现金的流动性最高,且没有金融风险。但在一般情况下,公众也不会过多地持有现金,因为持有现金是不会给持有者带来任何收益的,相反,社会公众的现金持有量越大,机会成本也就越高。当国民收入和金融资产总量增加时,公众的持现意愿一般会下降,现金比率降低;当存款或证券类金融资产收益率上升时,现金比率也会趋于下降。此外,现金比率还受到社会的支付结算环境、公众的支付工具偏好等因素影响。一般而言,支付结算体系越发达,公众越不愿意持有现金,从而现金比率越低。若公众比较偏好于现金交易,则现金比率会随之上升。

根据上述分析,根据货币乘数计算公式:

$$m1 = M1/B; \quad m2 = M2/B$$

我国 1985—2006 年的货币乘数计算如表 4.15 所示。

表 4.15 中国货币乘数计算表

年份	基础货币 B (亿元)	M1 (亿元)	M2 (亿元)	狭义货币乘数($m1$)	广义货币乘数($m2$)
1985	2 735.9	3 340.9	5 198.9	1.22	1.9
1986	3 344.7	4 232.2	6 720.9	1.27	2.01
1987	3 838.6	4 948.6	8 330.9	1.29	2.17
1988	4 627.6	5 985.9	10 099.8	1.29	2.18
1989	5 744.1	6 388.2	11 949.6	1.11	2.08
1990	7 226	7 608.9	15 293.7	1.05	2.12
1991	9 010.8	8 363.3	19 349.9	0.93	2.15
1992	10 168.6	11 731.5	25 402.2	1.15	2.5
1993	13 387.2	16 280.4	34 879.8	1.22	2.61
1994	17 588.2	20 540.7	46 923.5	1.17	2.67

电子货币与货币政策有效性研究

年份	基础货币 B （亿元）	M1 （亿元）	M2 （亿元）	狭义货币 乘数($m1$)	广义货币 乘数($m2$)
1995	20 624.3	23 987.1	60 750.5	1.16	2.95
1996	26 466	28 514.8	76 094.9	1.08	2.88
1997	30 632.8	34 826.3	90 995.5	1.14	2.97
1998	31 335.3	38 953.7	104 498.5	1.24	3.33
1999	33 620	45 837.2	119 897.9	1.36	3.57
2000	35 762.3	53 147	134 610.3	1.49	3.76
2001	39 851.7	59 871.6	158 301.9	1.5	3.97
2002	44 996.8	70 881.8	185 007	1.58	4.11
2003	52 298.5	84 118.6	221 222.8	1.61	4.23
2004	59 838.1	95 970.8	253 207.7	1.6	4.23
2005	64 343.1	107 278.6	298 755.5	1.67	4.64
2006	77 757.8	126 028.1	345 577.9	1.62	4.44

数据来源：根据各年度《中国金融年鉴》计算而得。

2. 货币乘数变化趋势的统计性描述

（1）货币乘数变化的总体趋势分析。

从总体上看，在1985—2006年这个样本期间内，我国的货币乘数不论是狭义货币乘数还是广义货币乘数均呈上升的趋势，狭义货币乘数 $m1$ 先下降后上升，广义货币乘数 $m2$ 却保持稳步上升的态势。不过广义货币乘数 $m2$ 上升的速度，要明显快于狭义货币乘数 $m1$（见表4.15）。

（2）狭义货币乘数 $m1$ 的变化趋势分析。

从狭义货币乘数 $m1$ 来看，货币乘数从1985年的1.22上升到2006年的1.62，22年间上升了0.40，年均上升0.02，总体呈现出先下降后上升的变化趋势，其间有两个比较明显的低谷，分别是1991年的0.93和1996年的1.08，1996年之后稳步上升。由此可见，虽然狭义货币乘数 $m1$ 上升的幅度较小，其间也有出现了个别年份波动的状况，但从长期趋势来看,狭义货币乘数 $m1$ 还是保持缓慢上升的态势(见图 4.14)。

图 4.14 中国狭义货币乘数 $m1$ 变化趋势

(3)广义货币乘数 $m2$ 的变化趋势分析。

从广义货币乘数 $m2$ 来看,它从 1985 年 1.90 上升到 2006 年的 4.44,22 年间上升了 2.54,年均上升 0.12,上升幅度较 $m1$ 更为明显。它最大的特点是长期处于稳步上升的趋势,其间也很少有较大的波动,特别是 1997 年以来,它的上升速度明显加快(如图 4.15)。

图 4.15 中国广义货币乘数 $m2$ 变化趋势

(二)电子货币的货币乘数效应:实证分析

传统的货币乘数模型是卡尔・布伦纳(Karl Brunner)和阿伦・梅

里彻(Allan Meltzer)于 1961—1964 年共同建立完成的货币信用扩张理论。货币乘数模型假设在所有货币都以商业银行存款形式存在的前提下,中央银行只需规定一个合理的法定存款准备金率,就能准确地控制商业银行信用扩张能力,达到目标货币供给量。它是 20 世纪七八十年代各国中央银行普遍采用的基础货币操作机制和实现货币总量控制政策目标的基石。[15]

然而,随着计算机和网络技术的快速发展,催生了电子货币并使其快速发展,同时导致传统的支付系统发生了深刻地变化。首先,电子货币的广泛使用替代了流通中货币,使现金结算明显减少。以 1990 年美国为例,当年,美国的现金结算占全国消费总额的 20%,到 1996 年降至 18%,2000 年降至 16%,预测 2005 年底将只有 12% 的结算用现金方式。其次,电子货币具有的实时清算特征,使支付更高效、更安全。以电子货币为代表的支付系统的这种技术性飞跃,动摇了中央银行存款准备金制度的基础。最后,电子货币高流动性的特点使账户之间的资金转移变得轻而易举,这就为商业银行规避中央银行的法定准备金要求提供了技术保障。例如美国目前广为使用的“通账户”(sweep accounts),使存款准备金余额降至 30 年来的最低水平。

由此可见,电子货币已成为大多数国家中央银行降低甚至实行零准备金机制的主要原因。从世界范围来看,近年来法定准备金率呈现普遍下降趋势。从 1989—1996 年,美国、法国、日本、加拿大、英国、新西兰六国的法定存款准备金率已发生了明显的变化(见表 4.16)。美国、法国和日本中央银行已大幅降低法定存款准备金要求,英国中央银行将法定存款准备金率降低到不再具有约束力的水平,而加拿大和新西兰中央银行完全取消存款准备金要求,实行零准备金机制。目前各国中央银行大幅下调或完全取消法定存款准备金要求的实践,标志着各国中央银行货币政策范式的变迁。法定存款准备金率的下调,意味着中央银行放弃(至少是部分放弃)了用法定存款准备金率调控宏观经济的手段,中央银行很难通过调整法定存款准备金比率来影响货币乘数,并最终影响商业银行的信用货币创造能力。

表 4.16　西方主要国家法定准备金率变动情况　　单位:%

国　家	活期存款			定期存款		
	1989 年	1992 年	1996 年	1989 年	1992 年	1996 年
美　国	12	10	10	3	0	0
法　国	5.5	1	1	3	0	0
日　本	1.75	1.2	1.2	2.5	1.3	1.3
加拿大	10	0	0	3	0	0
英　国	0.45	0.35	0.35	0.45	0.35	0.35
新西兰	0	0	0	0	0	0

资料来源:"Federal Reserve Bank of Kansas City," *Economic Review*, Quarter Four 1996.

1. 电子货币与货币乘数的变化趋势分析

从总体上看,从 1990 年以来我国的货币乘数无论是狭义货币乘数 $m1$ 还是由狭义广义货币乘数 $m2$ 都呈均匀上升趋势。$m1$ 的货币乘数由 1990 年的 1.05 次上升到 2006 年的 1.62,上升了 0.57 次,$m2$ 由 1990 年的 2.12 次上升到 2006 年的 4.44 次,上升了 2.32 次(见表 4.17)。这种变化趋势两个重要特点:一是 $m1$ 和 $m2$ 呈同步变化的趋势;二是广义货币乘数 $m2$ 上升的速度较狭义货币乘数 $m1$ 快。

与此同时,同期电子货币的发展速度非常快。电子货币年末存款余额从 1990 年的 54.6 亿元增加到 2006 年的 26 398.7 亿元,增长了 483 多倍;电子货币替代率(电子货币占狭义货币供应量 M1 的比重)由 1990 年的 0.72% 上升到 2006 年的 20.95%,上升了 20.23 个百分点,同时,现金漏损率 K 由 1990 年的 0.61 下降到 2006 年的 0.27,如图 4.16、4.17 所示。

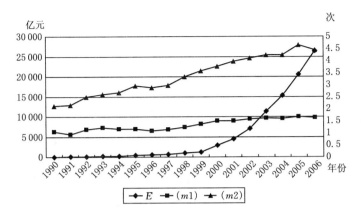

图 4.16　中国电子货币与货币乘数变化趋势图

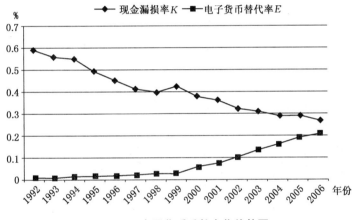

图 4.17　中国货币乘数变化趋势图

由此可见,电子货币不仅对现金和银行活期存款有明显的替代作用,而且与同期的货币乘数有明显的相关关系。为了检验二者之间的这种关系,本书试图通过建立电子货币与货币乘数之间的线性回归模型,来揭示二者之间的相互关系。

2. 变量选择和样本数据说明

(1) 样本数据说明。

由于在国内外数据开采过程中月度数据和季度数据难以获得,本书中计量模型采用的是年度指标。狭义货币乘数 $m1$ 和广义货币乘数 $m2$ 分别由狭义货币供应量 M1 和广义货币供应量 M2 与基础货币之比计算而得,由于目前我国的电子货币主要以银行卡的形态存在,因此,电子货币的数据以历年银行卡数据来代替,以上数据均来自各年度《中国金融年鉴》,模型中的数据见表 4.17。

表 4.17 中国货币乘数计算表

年份	M0	银行活期存款	电子货币 E	电子货币替代率 E/M1	现金漏损率 K	货币乘数($m1$)	货币乘数($m2$)
1990	2 644. 4	4 306. 3	54. 6	0. 007 2	0. 61	1. 05	2. 12
1991	3 177. 8	5 455. 5	76. 9	0. 009 2	0. 58	0. 93	2. 15
1992	4 336	7 395. 2	122. 4	0. 010 4	0. 59	1. 15	2. 5
1993	5 864. 7	10 415. 7	193. 8	0. 011 9	0. 56	1. 22	2. 61
1994	7 288. 6	13 252. 1	275. 9	0. 013 4	0. 55	1. 17	2. 67
1995	7 885. 3	16 101. 8	432. 1	0. 018	0. 49	1. 16	2. 95
1996	8 802	19 712. 8	559. 3	0. 019 6	0. 45	1. 08	2. 88
1997	10 177. 6	24 648. 7	718. 5	0. 020 6	0. 41	1. 14	2. 97
1998	11 204. 2	27 749. 5	984. 1	0. 025 3	0. 4	1. 24	3. 33
1999	13 456	32 381. 8	1 247. 7	0. 027 2	0. 42	1. 36	3. 57
2000	14 652. 7	38 494. 5	2 909. 2	0. 054 7	0. 38	1. 49	3. 76
2001	15 688. 8	44 182. 5	4 520. 2	0. 075 5	0. 36	1. 5	3. 97
2002	17 278	53 603. 8	7 034. 3	0. 099 2	0. 32	1. 58	4. 11
2003	19 746. 2	64 372. 6	11 387. 4	0. 135 4	0. 31	1. 61	4. 23
2004	21 468. 3	74 502. 5	15 299. 5	0. 159 4	0. 29	1. 6	4. 23
2005	24 031. 7	83 247. 1	20 556. 3	0. 191 6	0. 29	1. 67	4. 64
2006	27 072. 6	98 962. 5	26 398. 7	0. 209 5	0. 27	1. 62	4. 44

数据来源:根据各年度《中国金融年鉴》计算而得。

(2)指标选择。

就我国当前电子货币发展所处的阶段来看,电子货币对现金和活期存款的替代作用较为明显,电子货币对货币乘数的影响也主要是通过对与现金和活期存款相关的影响货币乘数的因素来影响货币乘数。在此,本书选择现金漏损率(现金占活期存款的比率 K)和电子货币占狭义货币量 M1 的比率(E/M1)作为自变量,分别对因变量货币乘数 $m1$ 和 $m2$ 进行回归分析,以揭示电子货币和货币乘数之间的相关关系。

① 电子货币替代率(E/M1)。即电子货币占狭义货币量 M1 的比率。选取它作为自变量的理由在于:从我国目前电子货币发展所处的阶段来看,电子货币主要是部分取代流通中的现金和活期存款(M1),并且随着电子货币的不断发展该比率也会随之上升,因此,电子货币占狭义货币量 M1 比率的高低不仅代表着一个国家电子货币的发展水平,而且它还会对货币乘数产生明显的影响:一方面电子货币占狭义货币量 M1 比率的升高必然会使流通中的现金减少,使现金漏损率下降,从而提高货币乘数;另一方面,电子货币存款的增加会增加商业银行的资金来源,使商业银行有更多的资金用于投资或贷款,从而增强了商业银行信用创造能力。

② 现金漏损率(K)。[16] 选择现金漏损率作为自变量的理由在于:在传统的影响货币乘数的因素中,现金漏损率是一个非常重要的因素,它与货币乘数呈负相关关系。它的变动会使商业银行的超额准备金率发生变化,而超额准备金率本身又是影响货币乘数的一个因素。例如现金漏损率上升,这就意味着商业银行一方面为了应付客户提取现金的需要必须保留大量的超额准备金,这样商业银行可用于贷款或投资的资金必然减少,从而商业银行的存款货币创造能力就会下降;另一方面,如果存在大量的现金漏损,则会直接减少商业银行的原始存款,根据商业银行存款货币创造的原理可知,商业银行信用创造能力的高低取决于原始存款的多少,如果原始存款下降,那么由它引起的派生存款数量将会下降,这也会导致商业银行信用创造能力的降低。这两方面的影响都会导致货币乘数的变化,一般来说,在传统的经济中,现金漏损率也相对较高,对货币乘数的影响也较大。而在电子货币条件下,电子货币大量取代了流通中现金并转化为银行存款,直接的结果是使流

通中现金减少的同时增加了商业银行的存款,这样,现金漏损率就会下降,由于现金漏损率与货币乘数呈负相关关系,这就使货币乘数变大,反之就会使货币乘数变小。

3. 实证过程及结果

在将变量引入模型之前,为了防止出现虚伪回归现象,需要对这些变量进行相应的单位根检验、协整关系检验、格兰杰因果关系检验,从而得出这些变量与货币乘数之间的长期均衡关系。

(1) 序列平稳性检验。

首先要检验变量的平稳性。检验的方法是单位根检验中的 ADF (Augmented Dickey Fuller Test)方法。检验时,先根据其基本时序图确定截距项和时间趋势项是否存在,也就是确定 ADF 检验的基本形式,再根据赤池信息准则(AIC)确定滞后阶数,最后根据 ADF 统计量判定是否平稳。ADF 检验的判断准则是:如果 ADF 统计量的绝对值大于临界值的绝对值,则该变量平稳;反之则不平稳。检验结果见表 4.18。

表 4.18 变量单位根检验(ADF)结果

变量	检验形式 (I, T, P)	ADF 统计量	临界值 (1%显著水平)	平稳性	AIC 值
$m1$	$(I, T, 3)$	-4.7891	-4.0154^{**}	平稳	-3.6106
$\Delta m1$	$(N, N, 1)$	-2.4028	-1.8122^{**}	平稳	-2.4357
$m2$	$(N, N, 1)$	2.4522	-2.0169^{**}	平稳	-1.4032
$\Delta m2$	$(I, N, 1)$	-2.9103	-2.8211^{*}	平稳	-1.1083
$EM1$	$(N, N, 1)$	1.9985	-2.0113^{**}	平稳	-6.5945
$\Delta EM1$	$(I, T, 1)$	4.3104	-3.3452^{**}	平稳	-7.7123
K	$(N, N, 1)$	-2.3105	-2.0144^{**}	平稳	-4.6421
ΔK	$(I, N, 2)$	-3.2687	-2.8213^{***}	平稳	-4.7102

注:(1)检验形式中的 I 和 T 表示常数项和趋势项,P 表示是根据 AIC 原则确定的滞后阶数,N 表示检验方程中此处对应项不存在。(2)表中的临界值是由麦金农给出的数据计算出来的,$*$、$**$ 和 $***$ 分别表示 1%、5% 和 10% 显著水平下的临界值。(3)Δ 表示对变量进行一阶差分。

表 4.18 显示,变量 $m1$、$m2$、$EM1$ 和 K 都是零阶单整的,即它们本身都是平稳的,而它们的一阶差分也是平稳的。

（2）协整关系检验。

其次,要对变量之间的协整关系进行检验。协整性检验可以用 EG（Engle-Granger）两步法,也可以用极大似然估计法,但冈萨洛（Gonzalo,1989）的研究发现后一种方法优于前一种方法。这里用极大似然估计法（Johansen 法）检验 $EM1$ 和 K 两个变量分别与 $m1$ 和 $m2$ 之间的协整关系。协整检验的判断准则是:若极大似然比大于临界值,则拒绝原假设（H0）,接受备择假设（H1）,反之则反之。检验结果如表4.19 所示。

表 4.19　因素变量与货币乘数之间协整关系的 Johansen 检验结果

检验变量	特征值	原假设（H0）	备择假设（H1）	似然比	临界值	结　论
$m1$、$EM1$	0.724 586 0.061 272	$r=0$ $r\leqslant1$	$r=1$ $r=2$	16.987 21 0.805 495	21.23 3.81*	至少有一个协整关系
$m1$、K	0.420 851 0.000 592	$r=0$ $r\leqslant1$	$r=1$ $r=2$	7.182 339 0.007 938	15.67* 3.81*	至少有一个协整关系
$m2$、$EM1$	0.497 786 0.061 355	$r=0$ $r\leqslant1$	$r=1$ $r=2$	10.116 981 0.804 521	15.67* 3.81*	至少有一个协整关系
$m2$、K	0.417 820 0.026 451	$r=0$ $r\leqslant1$	$r=1$ $r=2$	6.964 528 0.347 566	15.67* 3.81*	至少有一个协整关系

注:（1）本表所有统计结果均由 Eviews3.1 软件计算得出,r 代表协整关系个数或协整秩。

（2）＊表示 5% 显著水平下的临界值,其余表示 1% 显著水平下的临界值。

从表 4.19 可知,变量 $m1$ 与 $EM1$ 和 K 之间存在协整关系,$m2$ 与 $EM1$ 和 K 之间均存在协整关系,即它们之间存在长期均衡关系。

（3）格兰杰因果关系检验。

经过协整检验,得知上述变量之间存在协整关系,但无法判断这种均衡关系是否构成因果关系及其方向,尚需进一步验证,这就需要进行格兰杰因果关系检验。该检验的判定准则是:依据平稳性检验中的滞后期选定样本检验的滞后期,根据输出结果的P-值判定存在因果关系的概率。检验结果见表4.20。

表 4.20　因素变量与货币乘数之间格兰杰因果关系检验

因果关系方向	滞后阶数	F-统计量	P-值	因果关系
$m1 \to EM1$	1	0.108 33	0.764 03	不存在***
	2	0.295 47	0.769 85	不存在***
$EM1 \to m1$	1	7.616 75	0.019 56	存在*
	2	3.832 41	0.071 52	存在**
$m1 \to K$	1	1.122 37	0.335 08	不存在***
	2	0.815 09	0.502 36	不存在***
$K \to m1$	1	3.335 24	0.107 32	存在**
	2	3.810 53	0.085 41	存在**
$m2 \to EM1$	1	0.984 31	0.356 21	不存在***
	2	0.382 50	0.704 38	不存在***
$EM1 \to m2$	1	5.510 82	0.050 12	存在*
	2	2.610 74	0.142 08	存在***
$m2 \to K$	1	2.190 04	0.117 99	不存在***
	2	1.614 03	0.283 23	不存在***
$K \to m2$	1	2.337 95	0.110 86	存在**
	2	1.916 83	0.138 56	存在***

注:(1)→表示因果关系方向,表示原假设为前一变量不是后一变量的格兰杰原因。(2)P-表示检验概率值,若 $P < 0.05$,表示因果关系在5%的显著水平下成立,*、**、*** 分别表示格兰杰因果关系在5%、10%、15%显著水平下成立。

根据表4.20可知,$EM1$ 和 K 是 $m1$ 的格兰杰原因,$EM1$ 和 K 也是 $m2$ 的格兰杰原因。而 $m1$ 不是 $EM1$ 和 K 的格兰杰原因,$m2$ 不是 $EM1$ 和 K 的格兰杰原因。

(4)各变量与货币乘数的长期均衡关系。

从以上检验可知,$EM1$ 和 K 两个变量是引起 $m1$ 和 $m2$ 的原因,它们之间存在长期均衡关系。下面就分别以 $m1$ 和 $m2$ 为被解释变量,以 $EM1$ 和 K 为解释变量,得到回归方程,结果如表 4.21 所示。

表 4.21　变量之间的长期均衡关系

被解释变量	回归方程	F	Adj-R^2	D. W.
$m1$	$m1 = 1.639519 + 2.547806EM1 - 0.849102K$ $\quad\quad(6.533)\quad\quad(2.487)\quad\quad\quad(-1.963)$	26.830	0.805	1.203
$m2$	$m2 = 5.563285 + 3.307562EM1 - 5.325684K$ $\quad\quad(11.789)\quad\quad(1.973)\quad\quad\quad(-6.120)$	89.403	0.958	1.224

注:括号内的值为回归系数的 t-统计量值;在 5% 的显著水平下 T 统计量值的临界值为 $t_{0.025} = 1.782$;各个回归方程的 D. W. 临界值均为:$D_L = 0.82, D_U = 1.75$。

4. 对实证结果的分析

实证结果表明,电子货币替代率 E/M1 与狭义货币乘数 $m1$ 和广义货币乘数 $m2$ 呈明显的正相关关系,$m1$ 和 $m2$ 随着 $EM1$ 的增大而增大,$EM1$ 对 $m1$ 和 $m2$ 有着显著的影响($t = 2.487 > 1.782$; $t = 1.973 > 1.782$)。随着我国电子货币的快速发展,电子货币对传统货币的替代作用越来越明显,这种替代作用在减少了流通中现金和银行活期存款的同时,电子货币自身的使用量不断上升,从而使电子货币替代率 E/M1 呈不断上升的趋势。与此同时,狭义货币乘数 $m1$ 和广义货币乘数 $m2$ 呈稳步上升的趋势。实证结果表明,我国电子货币的快速发展加快了它对现金和银行活期存款的替代速度,使电子货币替代率 $EM1$ 逐年增大,从而放大了狭义货币乘数 $m1$ 和广义货币乘数 $m2$ 的乘数效应。

现金漏损率 K 与狭义货币乘数 $m1$ 和广义货币乘数 $m2$ 存在明显的负相关关系,K 越大 $m1$ 和 $m2$ 越小,K 对 $m1$ 的影响越显著($t = 1.963 > 1.782$),K 对 $m2$ 的影响也越显著($t = 6.120 > 1.782$)。在电子货币发展的初期阶段,电子货币对现金的替代作用非常明显,电子货币对现金的替代直接结果是减少流通中的现金,同时使现金转化为银行活期存款,也就是说电子货币在减少现金的同时增加了银行活期存款,从而使现金漏损率下降。与此同时,同期狭义货币乘数 $m1$ 和广义货币乘数 $m2$ 却不断上升。这就意味着由于电子货币的存在对现金产生了明显的替代作用,使流通中的现金在银行活期存款中的比例下降,从而使现金漏损率持续下降,由于现金漏损率与货币乘数呈负相关关系,因此,现金漏损率的下降必然会导致货币乘数的上升,从而放大了乘数的效应,从实证结果可看出这种影响是非常显著的。

5. 结论及启示

电子货币的快速发展对现金和银行活期存款有明显的替代作用,实证结果发现,电子货币与狭义货币乘数 $m1$ 和广义货币乘数 $m2$ 呈正相关关系,说明电子货币的快速发展放大了货币乘数的效应;而我国电子货币发展的初期阶段,电子货币对现金的替代作用非常明显,使现金漏损率 K 有明显下降趋势,因此现金漏损率与狭义货币乘数 $m1$ 和广义货币乘数 $m2$ 呈负相关关系,由货币乘数的计算公式可知,现金漏损率 K 的下降会加大货币乘数。

对实证分析的结果进一步分析可得出以下结论:在没有对电子货币作出法定准备金要求的前提下,如果电子货币取代传统的现金和银行存款,电子货币的快速发展必然会放大货币乘数的效应。然而,这是一个以电子货币发行者无需向中央银行缴纳存款准备金,电子货币代替现金或存款为前提条件而得出的结论。事实上,就电子货币对货币乘数效应的放大本身来说,它也会在很大程度上影响到货币供给。因此,除了得出上述结论外,我们还需对以下问题进行深入地思考:

(1)电子货币条件下的货币乘数稳定性问题。在电子货币逐步取代传统货币的过程中,由于电子货币自身的变化较传统的货币具有"变幻莫测"的特点,从而造成了货币乘数的稳定。虽然货币乘数本身就具有动态变化的特性,但其运动具有"循环性"规律。随着电子货币的不断发展,除了货币乘数的动态变化之外,还会叠加上升的趋势。因此,货币乘数的内生性进一步增强,这就使中央银行预测货币乘数的变化更加困难,从而加大了中央银行控制货币供给量的难度。

(2) 电子货币发行者和传统银行提供的信用相同吗?大多数学者在分析电子货币发行者提供的信用都假设与传统银行是相同的。然而,事实上,它们之间的差别是不可忽视的。中央银行或金融当局在管理不同种类的资金时应区别对待,例如电子货币资金和投资于安全、流动性良好的资产的资金。这种规定一旦实施,如果把电子货币发行者拥有的资产和借给高风险客户的资金混为一谈是不合适的。因此,密切关注电子货币发行者拥有的资产的性质是非常必要的。

(3) 如何保证电子货币发行主体的资产安全?电子货币发行主体如何保证资产业务安全、有效地运营是值得密切关注和深入研究的问题。传统的有关货币乘数的讨论是假设电子货币发行主体与传统银行在资产业务内容与运营方面是基本相同的。然而,实际上,二者之间存在着明显的差别。传统银行与电子货币发行主体在资产业务的内容与运营方面的差异程度究竟有多大,以及如何确保分行主体的信用保证功能、对等资金保全功能、系统稳定功能等,是今后必须关注的重要课题。

(4) 电子货币会使货币乘数无限上升吗?从理论上说,由于目前中央银行还没有对电子货币作缴纳存款准备金的要求,因此,电子货币的发行会导致货币乘数无限上升。然而,货币乘数是否会无限上升,以及上升可达到的最大限度是否可测对中央银行来说至关重要。如果货币乘数无限上升,中央银行维持货币政策有效性的难度就会加大,甚至可能会导致中央银行散失维持货币政策有效性的能力。

（三）电子货币的货币乘数效应：理论分析

存款货币的创造过程是一个复杂的过程，这一过程受到多种因素的影响。在分析货币供给的决定与变动时，我们必须对各种复杂的因素加以比较周密的考虑，特别是在电子货币条件下更是如此。然而，在分析过程中，我们不可能把所有影响的因素都考虑进去，为了简化分析，我们首先作出以下几个假设：

1. 理论假设

（1）整个银行体系由一个中央银行和至少两家商业银行所构成。之所以作出这样的假设，是因为存款货币的创造过程是针对整个银行体系而言的。很显然，在现实经济中，这一假设是完全符合实际的。

（2）中央银行对电子货币收缴准备金，并规定法定存款准备金比率为20%。在现实经济生活中，对法定存款准备金率的假定也是完全可能存在的。至于中央银行是否对电子货币收缴准备金，则要看中央银行对电子货币发行主体的监管能力。在此，为了简化分析，本书还是假设中央银行能对所有的电子货币收缴准备金。

（3）电子货币完全代替存款（包括定期与活期存款）；作出这一假设的主要目的是：由于电子货币的具有较高流动性，电子货币使 M1 和 M2 之间的界线模糊，也加大了中央银行对电子货币计量的难度。因此，不管电子货币是代替活期存款还是定期存款，它在存款货币创造过程中的作用都是相同的，这就避开了活期存款与定期存款相互转化这一比较复杂的问题，同时也使中央银行对定期存款与活期存款分别规定不同法定存款准备金率的规定失效。

（4）商业银行并不保留超额准备金。因此，当商业银行吸收存款（包括电子货币存款），要按中央银行规定的法定存款准备金比率上缴存款准备金之后，将把全部剩余准备金用于贷款和投资。

（5）银行的客户并不持有现金，即银行体系中没有现金"漏损"。

客户从银行取得的贷款,或从其他客户那里收到的任何款项均全部存入银行。

(6) 经济体系对贷款的需求是无限的,商业银行贷款或投资欲望永远得不到满足。此假设的目的在于,商业银行能及时地把超额准备金马上用于贷款或投资,避免出现被迫保留超额准备金的情况出现。

然而,在以上的这些假设中,有的并不符合实际,之所以作出这些假设,唯一的目的只在于对问题的简化分析。

2. 电子货币条件下存款货币创造的基本过程

存款货币的创造过程,实际上就是商业银行通过贷款、贴现和投资等行为,引起成倍的派生存款的过程。就整个银行体系而言,一家银行发放贷款将使另一家银行得到贷款,而另一家银行也因此可以发放贷款,从而使第三家银行也获得贷款。这些因其他银行发放贷款而引起的存款就是派生存款。于是,通过整个银行体系的连锁反应,一笔原始存款(或因其他途径获得的剩余准备金)将创造出成倍的派生存款。根据上面给出的假设条件,接下来,本书将对加入电子货币的存款货币创造过程进行分析。

例如,甲银行接受其客户存入的 10 000 元现金,根据上面给出的假设条件,由于电子货币完全取代存款,中央银行的法定准备金比率为 20%,中央银行对电子货币收缴同样的法定准备金,商业银行不保留超额准备金,并将吸收到的存款除缴存款准备金上之后的剩余部分全部用于贷款和投资(在此仅以发放贷款为例)。此时,甲银行的资产负债表变化如表 4.22 所示。

表 4.22　甲银行资产负债表　　　　单位:元

资　　产		负　　债	
准备金	+2 000	电子货币存款	+10 000
贷　款	+8 000		
总　额	+10 000	总　　额	+10 000

甲银行贷出 8 000 元电子货币存款,根据银行客户不持有现金的假设,借款者将这笔款项支付乙银行客户并全部存入乙银行。乙银行的资产负债表变化如表 4.23 所示。

表 4.23　乙银行资产负债表　　　　　　　　单位:元

资　　产		负　　债	
准备金	+1 600	电子货币存款	+8 000
贷　款	+6 400		
总　额	+8 000	总　　额	+8 000

乙银行贷款 6 400 元,借款人用于支付给丙银行的客户,从而使丙银行也取得存款 6 400 元。丙银行也同样按照中央银行规定的法定存款准备金比率——20%,提取准备金 1 280 元,并将余下的 5 120 元用于贷放。这样,丙银行的资产负债表的变化如表 4.24 所示。

表 4.24　丙银行资产负债表　　　　　　　　单位:元

资　　产		负　　债	
准备金	+1 280	电子货币存款	+6 400
贷　款	+5 120		
总　额	+6 400	总　　额	+6 400

依次类推,得到存款货币多倍扩张的公式:

$$D_e = \frac{R}{r} = R \cdot \frac{1}{r} \qquad\qquad (4.4.2)$$

其中,D_e 表示电子货币存款总额,R 表示商业银行的存款准备金,r 表示中央银行所规定的法定存款准备金比率。

3. 对传统模型的修正及其政策含义

从表面上看,加入电子货币的存款乘数模型与传统的存款乘数模型并没有什么太大的区别。然而,实际情况并非如此,只是为了简化分析,我们在做假设时尽量与传统的分析方法"靠拢",以便对它进行更深入的分析。事实上,在上述的假设条件中,有的与实际情况并不相符,也就是说,在现实经济生活中,如果再把法定存款准备金率和现金"漏损"等问题考虑进去的话,特别是加入电子货币后的存款乘数模型远比(4.4.2)式要复杂得多。下面将结合实际情况,对在电子货币条件下影响存款货币创造各个因素进行更深入的分析。

（1）法定存款准备金率。

在以上分析存款货币创造过程时,为了简化分析,我们把中央银行对电子货币的发行主体收缴同样的法定准备金的假设是不符合实际的。因为随着电子货币的不断发展,它对现金和存款的取代越来越明显,由于电子货币具有高流动性的特点,存款替代型的电子货币转化为现金极为容易,这样,不论电子货币代替的是现金还是存款都与现金没有什么区别,因此,中央银行若要对电子货币收缴准备金,就必须要对电子货币的货币层次作出界定。

在电子货币条件下,电子货币模糊了货币层次之间的界限,从而加大了货币的计量难度,而中央银行收缴法定存款准备金的依据是存款,由于电子货币对现金和存款取代,并且二者之间很容易迅速转化,此时的"存款"已很难区分是真正意义上的存款还是现金了。如果是存款的话,中央银行可要求吸收存款的机构缴存法定准备金。但是,根据电子货币高流动性的特点,本书认为,把被电子货币取代的存款视为现金更为合理,这样,对于中央银行来说,是不可能对现金收缴法定存款准备金的。在此情况下,法定存款准备金政策将会失去作用,在其他条件不变的情况下,商业银行存款货币创造能力将是无限的。此时的存款货币乘数模型应为:

$$D_e = nR \qquad\qquad (4.4.3)$$

其中,D_e 表示电子货币存款总额,n 表示原始存款派生的次数(商业银行贷款的次数或客户向商业银行借款的次数),R 表示原始存款。

从(4.4.3)式可知,如果中央银行不对电子货币收缴法定存款准备金,那么,在没有现金"漏损"的情况下,商业银行的存款货币创造能力将随着原始存款派生次数的增加而增加,并且在银行体系内周而复始的循环,最终使商业银行具有无限的存款货币创造能力。其政策含义在于:由于电子货币取代了现金和存款,使传统的货币层次划分方法不再适于电子货币条件下的货币层次划分,这就会导致"存款现金化"现象的出现,致使中央银行法定准备金政策的作用在电子货币条件下弱化。这也许是近年来法定准备金率在世界范围内普遍下降,甚至许多国家推行零法定存款准备金率的又一个重要原因。

(2) 电子货币条件下的现金"漏损"问题。

在上述分析中,我们假定客户从银行取得的贷款,或从其他客户那里收到的任何款项均全部存入银行,亦即客户不持有现金,当然也就不存在所谓的现金"漏损"问题。然而,这样的假设是否与实际相符,则取决于电子货币对现金的代替程度。这又可分为以下两种情况加以说明:

一是电子货币完全取代现金。如果是电子货币完全取代现金,此时的货币流通中的货币就只有电子货币而没有现金,由于没有现金的存在,就更说不上会出现现金"漏损"的问题,在此情况下,银行的客户别无选择,只能持有电子货币而不可能持有现金,从而导致银行体系不会有现金"漏出"。这样,在其他条件不变的情况下,电子货币的存在不会对存款乘数模型产生任何影响。

二是电子货币部分取代现金。由于电子货币还不能完全取代现金,也就是说市场上有"物理"现金存在,电子货币与之同时流通,这样,银行客户就会作出持有现金或持有电子货币的选择。一旦客户偏好现

电子货币与货币政策有效性研究

金而持有它,银行体系的现金就会"漏出",然而,这种现象在现实经济生活中是客观存在的,对现金的"漏损"问题的分析,也就变得更有实际意义了。如果客户偏好现金,商业银行就会增加超额准备金来应付客户的支取,这样,商业银行可用于贷款和投资的金额也就相应地减少,由此可见,现金漏损率的高低完全取决于银行客户对现金的偏好程度。这就意味着存款不可能毫无减少地在银行体系中永远持续循环下去。由于可用于扩大贷款或投资资金的减少,从而限制了商业银行存款货币创造的能力。

（3）贷款增加的无限性与贷款需求的有限性问题。

在传统商业银行存款信用创造的过程中,中央银行的准备金率在控制货币供应中起到了类似"锚"的作用。然而,我们知道,由发行电子货币过程中创造的信用却没有法定准备金作为"锚"来起作用。正因为这样,对电子货币的发行会使发行者会无休止增加贷款,从而使货币乘数将会无休止上升的担心不无道理。[17]然而,电子货币发行者无休止的增加贷款的情况是不太可能发生的。

首先,即使电子货币没有法定准备金的要求,发行者也很有可能留存现金或银行存款作为超额准备金,以防止临时性的支付和挤兑。其次,是由于"漏斗"现象的存在。即使我们假设电子货币的发行者丝毫不保留储备作为准备金,认为在电子货币的信用制造过程中资金会持续不断永远在电子货币发行者之间循环也是不现实的。人们得到电子货币以后,至少有一部分会被转换成现金和银行存款,从而从电子货币发行者的手中"漏出"。再次,我们必须认识到贷款需求的有限性。在电子货币的信用创造中,必须要有"借款人"的参与。很显然,电子货币的发行者不可能拥有无限多的机会把钱借给资信良好的借款人。换句话说,电子货币发行者面临的贷款需求曲线和传统银行面临的需求曲线是相似的:利率越高,需求越少,需求曲线是向右下方倾斜的。因此,贷款需求是有限的。[18]最后,电子货币发行者在贷款时产生的成本也是一个应该考虑的重要因素。当电子货币发行者贷款时,会产生和传统银行一样的管理费用。因此,电子货币发行者的贷款供给曲线和传统银行的供给曲线是类似的——是一条向右上方延伸的曲线。

4. 结论及启示

(1) 由于电子货币取代了现金和存款,使传统的货币层次划分方法不再适用于电子货币条件下的货币层次划分。由此导致的"存款现金化"现象,导致中央银行法定准备金政策在电子货币条件的作用弱化,中央银行也就很难通过使用法定存款准备金政策手段来对商业银行的存款货币创造能力加以控制,这必将增强商业银行的存款货币创造能力。

(2) 如果是电子货币完全取代现金,致使流通中的现金消失。从理论上说,则不会出现现金"漏损",电子货币的存在不会对存款乘数模型产生任何影响;如果电子货币部分取代现金,银行体系的现金就会有"漏出"的可能。这就意味着资金不可能毫无减少地在银行体系中永远持续循环下去,从而限制了商业银行存款货币创造的能力。

(3) 一般而言,由于法定存款准备金政策在电子货币发行过程中的作用消失,电子货币的发行就会使发行者无休止的增加贷款,这必将导致货币乘数将无限上升,从而使商业银行的存款货币创造能力无限增加。但是,电子货币发行者无休止的增加贷款的情况是不可能发生的。

然而,以上这些结论可能还存在许多不足之处,也许从不同的角度进行分析会得出不同的结论。电子货币对商业银行存款货币创造能力的影响的分析,在理论界还存在很多分歧,还有许多问题值得研究:一是中央银行能否对电子货币收缴法定存款准备金? 在实行差别存款准备金率的条件下,如何对电子货币的货币层次作出界定? 在中央银行

电子货币与货币政策有效性研究

实行零法定存款准备金率时,电子货币的存款货币创造能力是无限的吗?二是货币乘数是否会无限上升,以及上升可达到的最大限度是否可测?三是如何对现金漏损率进行测算?四是世界范围内法定准备金率的普遍下降,以及法定准备金政策的效果不太明显与电子货币的普遍使用有关系吗?这些问题对于揭示电子货币条件下存款货币创造的规律性是极其重要的,很好地回答这些问题,对中央银行选择货币政策目标,合理使用货币政策工具来达到提高货币政策的有效性具有重要意义。因此,对这些问题的研究将是当前理论界面临的重要课题。

(四) 电子货币的货币乘数效应:因素分析

在简单的存款货币乘数模型中,法定存款准备金率是决定货币乘数的唯一因素。但是,在现实的经济运行中,除了法定准备金比率这一因素之外,还有许多比较复杂的其他因素也影响着存款货币乘数。并且,这一简单乘数模型是建立在如下三个纯粹为了简化分析而做出的假设条件基础上的:一是假设商业银行将充分运用其所能得到的准备金,而并不持有任何超额准备金;二是假设商业银行的存款只有活期存款,而没有定期存款,因而也不存在活期存款与定期存款相互转化的问题;三是假设商业银行的客户并不持有现金,从而把全部货币收入都存入银行。很显然,在现实经济生活中,这些假设条件都不存在。换言之,这些假设条件都不符合现实经济运行的实际情况,因此必须对简单的存款货币乘数模型进行修正。

1. 对简单乘数模型的修正:乔顿货币乘数模型

对简单乘数模型进行修正、补充和发展而形成的乘数模型抛弃了以上这些过于简化的假设,而着重分析现实经济生活中影响货币供给、尤其是影响货币乘数的各种实际因素。在西方经济学界,这样的复杂乘数模型较多,如弗里德曼—施瓦茨模型及卡甘模型就是其中比较著名的,这两个模型也是较早提出的货币乘数模型。但是,这两个模型过于复杂,不易被一般人所理解。同时,这两个模型中的货币都是广义货币 M2。因此,在这两个模型的基础上,美国经济学家乔顿(Jerry L. Jordan)于 1969 年对这两个模型进行了改进和补充,导出了一个比较简洁明了的货币乘数模型。自从该模型提出以后,它就得到大多数经济学家的认可和接受。因此,该模型被看作货币供给决定机制的一般模型。对这一模型的推导,参见第四章第二部分的介绍。

2. 影响货币乘数的因素分析

由乔顿的货币乘数模型可知,货币乘数的决定因素共有五个,它们分别是活期存款的法定准备金比率(r_d)、定期存款的法定准备金比率(r_t)、定期存款比率(t)、超额准备金比率(e)及通货比率(k)。这些决定因素本身又分别受多种因素的影响,它们对货币乘数,从而对货币供给量的影响更是纷繁复杂的。同样,在电子货币时代,电子货币主要是通过对货币乘数的几个决定因素的影响来影响货币乘数,进而影响货币供给。本书以货币乘数 m_1 为例进行分析。

$$m_1 = \frac{1+k}{r_d + r_t \cdot t + e + k} \qquad (4.4.4)$$

(4.4.4)式中,$k = C/D$,表示流通中现金(C)和活期存款(D)的比率,即通货比率;$t = TD/D$,定期存款(TD)和活期存款(D)的比率,即定期存款比率;r_d 为活期存款的法定准备金率;r_t 为定期存款的法定准备金率;$e = E/D$,超额准备金 E 占活期存款的比率。

在货币乘数公式中电子货币对 k、r_d、r_t、t、e 均产生影响。下面分析电子货币对每个变量的影响,来说明电子货币是如何影响货币供应量 M1 的。

(1)电子货币对通货比率(k)的影响。

通货比率是指社会公众持有的现金对商业银行活期存款的比率。

这一比率的变动也主要决定于社会公众的资产选择行为。影响人们资产选择行为,从而影响 k 的因素主要有五个:一是社会公众的流动性偏好程度。通货是一种流动性最高的金融资产,人们持有通货的主要目的就在于满足自己的流动性偏好。因此,在其他情况不变时,如果人们的流动性偏好增强,则 k 上升;如果人们的流动性偏好减弱,则 k 就下降。二是其他金融资产的收益率。通货是人们持有的各种金融资产中的一种。但是,持有通货是没有任何收益的,而除了通货以外的其他各种金融资产一般都具有一定的收益。这就说明,除通货以外的其他各种金融资产的收益就是人们持有通货的机会成本。所以,如果其他金融资产的收益率上升,人们将减少通货的持有量而相应地增加其他金融资产的持有量,这就使 k 下降;相反,通货比率 k 就上升。三是银行体系活期存款的增减变化。通货比率是通货对活期存款的比率,因此,在社会公众持有的通货不变时,若银行体系的活期存款增加,则 k 下降;而若银行体系的活期存款减少,则 k 上升。于是,凡是影响银行体系活期存款的因素皆对 k 产生一定的影响。四是收入或财富的变动。这一因素对 k 的影响比较复杂,它可能有这样两种不同的情况:一是对 k 产生正的影响;二是对 k 产生负的影响。当收入增加使人们的流动性偏好增强时, k 将上升;而当收入增加使人们增加对高档消费品和生息资产的需求时,则 k 将下降。因为在购买高档消费品和生息资产时,人们往往用活期存款支付,而不是用通货支付。因此,随着人们收入水平的提高及由此而引起的对高档消费品和生息资产需求的增加,活期存款的持有量将增加,而通货的持有量将减少。于是, k 下降。在上述正、负两个方向的影响中,负方向的影响是主要的,而正方向的影响通常会被负方向的影响所抵消。这种特点将随着一国经济的发展和金融制度的完善而显得越来越明显。五是其他因素,如信用的发达程度、人们的心理预期、各种突发事件以及季节性因素等。这些因素也将对 k

产生一定的影响,有时甚至会产生重大的影响。可见,决定和影响 k 的因素很多,也很复杂。但归根结底,这些因素都是通过人们的资产选择和调整行为而对 k 产生影响的。

由上述分析可知,k 的变动对货币乘数从而对货币供给量产生的影响比较复杂。根据乔顿的货币乘数模型,无论在狭义的货币定义 M1 的情况下,还是在广义的货币定义 M2 的情况下,k 均同时出现在货币乘数公式的分子和分母中。因此,我们不能直观地根据这一公式来判断 k 的变动对货币乘数的影响方向。但是,我们可通过如下两种方法来对这种影响的方向做出比较准确的判断:一种是根据基本原理进行分析;另一种办法则是通过数学方法加以推导。

首先,从基本原理来看,人们持有的通货是一种潜在的准备金。如果将这种潜在的准备金转化为现实的准备金,即把持有的现金存入银行,从而使 k 下降,则在部分准备金制度下,这部分现金即可通过商业银行的贷款、贴现或投资行为而创造出成倍的派生存款,从而使货币乘数增大,并使货币供给量增加。如果人们持有更多的通货,从而使 k 上升,则这部分通货因流出商业银行体系,从而不再成为创造存款货币的基础。这就使货币乘数缩小,从而使货币供给量减少。可见,从基本原理而言,k 的变动将对货币乘数从而对货币供给量产生负的影响。

其次,我们也可分别求出货币乘数 m_1 和 m_2 对 k 的一阶导数,然后根据其符号来判断 k 的变动对货币乘数的影响方向。由于电子货币对决定货币乘数 m_1 和 m_2 的各个因素的影响基本相同,在此,本书只分析 m_1 的情况。

对 m_1 求关于 k 的偏导数,

一般来说,$(r_d + r_t \cdot t + e) - 1 < 0$,所以有:

$$\frac{\partial m_1}{\partial k} = \frac{r_d + r_t \cdot t + e - 1}{(r_d + r_t \cdot t + e + k)^2} < 0 \tag{4.4.5}$$

由于电子货币的使用会减少流通中现金的数量,支票存款所占比例将会相对增加,所以流通中现金与支票存款的比率 k 会减少,于是可得到:

$$m_1 = 1 + \frac{1 - r_d + r_t \cdot t + e}{r_d + r_t \cdot t + e + k} \tag{4.4.6}$$

由于 $1 - (r_d + r_t + e)$ 在一般情况下都是大于 0 的,所以等式右边的第二项大于 0,而 k 在它的分母上,所以 k 的减小将使货币乘数增大。或对(4.4.6)式求关于 k 的偏导数,得:

$$\frac{\partial m_1}{\partial k} = \frac{r_d + r_t \cdot t + e - 1}{(r_d + r_t \cdot t + e + k)^2} < 0 \tag{4.4.7}$$

即根据函数单调性的判定,m 是关于 k 的减函数,所以 k 的减小将使货币乘数 m 增大。

(2) 电子货币对法定存款准备金比率(r_d 和 r_t)的影响。

法定准备金是法律要求商业银行存放在中央银行用以应付日常支付和银行间结算的资金,超额准备金是商业银行考虑到自身需要,自愿保留在自己手中,而不贷放出去的资金。在网络金融、电子货币时代,商业银行将面临更加严峻的流动性风险。首先,网络银行的挤兑行为发生更为突然。在网络时代,信息按照光的速度进行传递,任何一条消息都会在几分钟内传遍全球的各个角落。从一条可能动摇储户信心消息的发布到挤兑行为的发生将不再以天计,而是以小时计、以分钟计,银行可能在毫不知情的情况下突然面临大量集中提款。这种挤兑的速度将大大超过银行在市场上融资的速度,也就是说,在面临突发的集中提款时,银行将来不及通过市场融资应对。而且在短时间内处理大量的取款交易对整个交易系统是一个严峻的考验。如果交易系统不堪重负而不得不延迟交易,这将进一步影响储户的信心。在"越提不出来就越想提出来"的心理的影响下,将会有越来越多的储户加入挤兑的行列,这将最终导致银行清偿力枯竭。其次,网络银行的挤兑行为规模更大。传统的银行挤兑行为受地域、交通限制,在刚刚发生时通常仅限于小范围,如果处理得当,不会酿成整个银行系统的动荡。而网络银行的储户遍及全世界,例如,一家美国的网络银行可能突然遭到万里之外的日本储户的挤兑,而原因可能只是一条来自欧洲的消息。面临这种情况,银行在短时间内不能准确确定挤兑的原因,也就不能及时对症下药。这种跨越国界的挤兑行为对一国的金融体制带来的冲击将不亚于金融危机时的资本外逃。在这种形势下,商业银行不得不增加准备金量,以应付各种突发情况。也就是说,相比纸币时代而言,电子货币时代需要商业银行在中央银行保留更多的准备金,即 r_d 和 r_t 将增加。从数学角度可以看出,由于 r_d 和 r_t 两个变量都在分母上,所以这两个变量的增大将使货币乘数 m 变小。由此可见,由于电子货币导致了传统的活期存款账户的实际余额下降,法定准备金的实际提缴率下降,货币乘数加大了。

(3)电子货币对超额准备金率 e 的影响。

超额准备金是银行持有的全部准备金扣除法定准备金后的余额,就对信用创造的影响而言,它与法定准备金率具有同样的功效。这一比率的变动主要取决于商业银行的经营决策行为。所以,任何足以影响商业银行经营决策行为的因素,便是决定或影响超额准备金比率的因素。在这些因素中,比较重要的大致有四个因素:一是市场利率。市场利率决定着商业银行贷款和投资的收益水平,从而也反映着商业银行持有的超额准备金的机会成本。因此,若市场利率上升,则商业银行将减少超额准备金而相应地增加贷款或投资,以获得较多的收益。于是,超额准备金比率就下降;反之,若市场利率下降,超额准备金比率就上升。二是商业银行获取资金的难易程度及资金成本的高低。如果商业银行在急需资金时能较容易地从中央银行或其他地方借入资金,且资金成本(如中央银行的再贴现率)较低,则商业银行可减少超额准备金,从而使 e 下降;反之,则使 e 上升。三是社会公众的资产偏好及资产组合的调整。如果社会大众比较偏好通货,纷纷将活期存款转化为通货,即 k 上升。商业银行的库存现金及存在中央银行的准备金存款将减少。因此,为防止清偿力不足,商业银行将增加超额准备金,从而使 e 上升;反之,如果社会公众比较偏好定期存款,而纷纷将活期存款转化为定期存款,使 t 上升,或纷纷将通货以定期存款的形式存入银行,使 k 下降,则因定期存款较稳定,提现频率较低,又因库存现金增多,故商业银行可减少超额准备金的持有额,从而使 e 下降。四是社会对资金的需求程度。商业银行贷款或投资的规模,归根结底要受到经济社会对资金的需求程度的制约。在一个比较成熟的市场经济中,如果社会对资金的需求较大,借款者也愿意支付较高的利率,则商业银行将增加贷款或投资,从而相应地减少超额准备金,于是 e 就下降;反之,如果社会对资金缺乏需求,则即使商业银行希望减少超额准备金,以增加贷款或投资,却将因需求缺乏而被迫将资金闲置于银行,从而形成超额准备金,使 e 上升。可见,超额准备金比率虽然主要决定于商业银行的经营决策行为,但是,商业银行的经营决策行为却又将在一定程度上受到社会公众等其他经济主体的行为以及整个宏观经济环境的影响。

由货币的定义可知,无论在狭义还是在广义的货币定义下,超额准备金比率(e)都只出现于货币乘数公式的分母中。因此,根据货币乘数公式,我们即可直接看出,超额准备金比率总是与货币乘数成反方向的变动关系。在电子货币条件下,电子货币使得超额准备金率 e 减少,商业银行之所以要在中央银行存有超额准备金,很大程度上是方便自身及时补充资金,电子货币的高流动性与安全性增强了商业银行快速和低成本地获取资金的能力,商业银行也就没有必要持有大量的超额准备金,因此,电子货币的存在会相应的减少超额准备金。同时,由于公众对现金偏好的减弱,也会使商业银行因准备金不足而形成的风险成本下降,间接地使商业银行只保留相对少量的超额准备金。

(4) 电子货币对定期存款与活期存款比率(t)的影响。

该比率与货币乘数存在着反向变动的关系。这一比率的变动取决于社会公众的资产选择行为。影响这种资产选择行为的因素主要有三个:一是定期存款利率,它决定着人们持有定期存款所能取得的收益,它越高定期存款比率越高。二是其他金融资产的收益率,它是人们持有定期存款的机会成本,若该收益率提高则定期存款比率下降。三是收入和财富的变动,收入和财富的增加往往引起各种资产持有额的同时增加,但增幅未必相同,以定期存款和活期存款两种资产而言,随着收入和财富的增加,一般来说定期存款的增幅大于活期存款,所以收入和财富的变动一般会引起定期存款比率的同向变动。

在 20 世纪 70 年代,最重要的金融创新就是自动转账账户(ATS)的发明。这种账户最大的特点是银行为账户使用者设立活期和定期两个账户。在活期账户中只保留少量固定的金额,使用者可以通过支票等方法支取活期账户中的存款,随着活期账户中存款的减少,银行会自动把定期账户中的资金转移到活期账户里去,保持该账户中金额不变,这样投资者既享受到随时支取的便利,又得到了定期存款利率的回报。这就使得非交易存款与支票存款的区别变得非常模糊,但是 ATS 也有局限,往往需要通过银行网络才能发挥作用。在电子货币时代,这个局限则不复存在。便利的网上支付路径以及各种各样电子货币的产生,肯定会使得类似 ATS 的金融创新如雨后春笋般涌现,那时非交易存款和支票存款的界限将不存在。[19]因此在电子货币时代非交易存款与支票存款的比率 t 对货币供给的影响将变得难以预料。

从上面的分析中可以看到,在电子货币的影响下,货币乘数中的各个变量都发生了不同程度的变化。基础货币 B 也在货币流通速度变快的影响下会变小,而货币乘数 m 的变化较为复杂。首先,活期存款法定准备金率 r_d、定期存款法定准备金率 r_t 和银行超额准备金率 e,将随着流动性风险的变大而变大。其次,电子货币的使用会减少流通中现金的数量,从而使 C 变小。最后,电子货币还会使定期存款与活期存款的比率 t 有变小的趋势。在这三方面的共同作用下,乘数 m 的最终变化要看这几个因子具体的变化幅度。在电子货币发展的初期阶段,由于现金还不能完全被银行存款替代,r_d、r_t、e、t 的变化幅度要超过 C 的变化幅度,因此这时货币乘数有变小的趋势。乘数 m 的变小说明在中央银行改变相同基础货币供应量时,社会创造的狭义供应量 M1 会变小。也就是说,在电子货币时代初期,中央银行通过变动基础货币来调控经济的效果要大打折扣。在电子货币全面普及的阶段,由于准备金率和定活比率趋于稳定,这时货币乘数主要受现金漏损率降低的影响而变大。因此,中央银行进行货币统计和调节货币供应量时的复杂性和难度将增大,这就对中央银行的调控能力提出了更高的要求。在这一阶段,中央银行的货币政策很难通过调控货币供应量来调节总供给。

总之,电子货币是通过对决定货币乘数各因素的影响进而影响货币乘数的,并使电子货币条件下影响货币乘数的因素变得更加复杂,在电子货币的影响下,货币乘数中的各个变量都发生了不同程度的变化。基础货币也在货币流通速度变快的影响下会变小,而货币乘数 m 的变化较为复杂。这就加大了货币乘数的不稳定性和降低了中央银行对货币乘数的可测量性,从而增强了货币供给的内生性。这样,中央银行进行货币统计和调节货币供应量时的复杂性和难度将增大,这就对中央银行的调控能力提出了更高的要求。

3. 电子货币影响货币乘数相关问题的讨论

从上述电子货币对简单货币乘数理论影响的分析,可以得出以下结论:一旦电子货币取代传统的现金和银行存款,而又没有对电子货币作出法定准备金要求,则电子货币的增加将会放大货币乘数的效应。在这种理论性的分析中,货币乘数的增大尚未成为一个真正的问题。因此,可以这样形象的描述发行电子货币后的货币政策:"油门的踏板变得更加灵敏,所以货币监管部门必须更小心的踩。"然而,这是一个基于电子货币取代现金或存款,而无需向中央银行缴纳准备存款这样前提条件下得出的结论。事实上,就货币乘数上升本身而言,它也会对货币供给造成很大的影响。因此,除了上述简单的结论之外,以下问题必须引起足够的重视:

(1) 电子货币普及过程中,货币乘数变动的随机性增强,造成了货币乘数的不稳定。尽管货币乘数本身就具有动态变化的特性,但其运动具有"循环性"规律。随着电子货币数量的增加和使用规模的不断扩大,货币乘数动态变化中又叠加了上升的趋势。因此,使中央银行在预测货币乘数的变化量时更加困难,从而加大了中央银行控制货币供给量的难度。

(2) 电子货币发行主体如何保证资产业务安全、有效地运营是值得密切关注和深入研究的问题。以上有关货币乘数的讨论,是假设传统银行与电子货币发行主体在资产业务内容与运营方面基本区别为前提的。实际上,二者之间存在较大差异是不可忽视的。传统银行与电子货币发行主体在资产业务的内容与运营方面的差异程度究竟有多大,以及如何确保分行主体的信用保证功能、对等资金保全功能、系统稳定功能等,是今后必须关注的重要课题。

(3) 存在着电子货币发行者提供信用的性质问题。在前面的分析中,我们假设电子货币发行者提供的信用和传统银行提供的信用是相同的,没有区别的。然而,事实上,这两者很有可能存在着较大的差别。政府应该承担起分开管理不同资金的义务,比如电子货币资金和投资于安全、流动性良好的资产的资金。如果这种规定在未来真的实施了，那么把借给高风险客户的资金和电子货币发行者拥有的资产混为一谈，不加区别是不合适的。因此，我们必须密切观察电子货币发行者拥有的资产的性质。

(4) 货币乘数是否会无限上升，以及上升可达到的最大限度是否可测至关重要。假如货币乘数无限上升，货币政策能否真正维持其有效性则值得怀疑。

以下对于电子货币普及使用后是否会促使货币乘数无限上升、信用创造无限扩大的问题作较详细地讨论。一般而言，对于由存款产生的货币创造，中央银行可通过调整法定准备金率控制货币供给。当货币当局决定提高法定准备金率时，一定比率的存款就会从商业银行流向中央银行，使商业银行的存款货币创造能力降低，货币乘数变小，货币供给随之相应收缩；当中央银行降低法定准备金率时，则出现相反的调节效果，最终扩大货币供给量。因此，法定准备金率对控制货币供给起到"制动器"的作用。由电子货币产生的货币创造，在目前尚不存在作为"制动器"的法定准备金率，电子货币发行部门是否可能不断扩大信贷规模，致使货币乘数无限上升呢？正因为这样，有人担心电子货币的发行者会无休止的增加贷款，从而货币乘数将会无休止的上升。[20]例如，实际总生产受潜在 GDP 制约，一定时期内不会大幅增长，如果电子货币发行主体持续扩大信贷规模，是否有可能导致通货膨胀等。[21]可从四个方面分析如下：

其一，有关支付准备问题。虽然目前中央银行还未对电子货币的发行主体提出法定准备金要求，但是发行主体为了应付客户的支付和取现需求，仍然需要以现金或存款的形式持有一定数量的支付准备金。电子货币发行主体与经营传统存贷款业务的银行相比，毫无疑问可以减少支付准备的持有量，但不可能完全为零，因此，可适当限制乘数上升。

其二,有关现金漏损的问题。在电子货币产生的货币创造过程中,客户持有的电子货币中的一部分会变换为现金或存款,从电子货币发行部门流出,出现"漏损",这样,资金不可能毫无减少地在电子货币发行部门永远持续循环下去。由于可用于贷款或投资的资金会有一定程度减少,从而或多或少抑制了创造派生存款的能力。

其三,有关贷款需求有限性问题。实现货币创造,不仅需要有"贷方",还必须有接受各种贷款的"借方"。对于电子货币发行主体而言,不可能永远存在"优良的"放贷机会。由于电子货币发行部门对应的"贷款需求曲线"与传统银行贷款需求相同,贷款需求受利率制约,并随利率的上升而下降,因此,贷款需求是有限的、可控的。[22]

其四,有关贷款供给中的成本问题。电子货币发行主体在提供信用贷款时,与传统银行贷款一样必须审查借款方的资信状况,支付相应成本。因此,电子货币发行主体的"贷款供给曲线"也与传统银行的贷款供给相同,成本会随着贷款供给增加而上升,贷款供给也是有限的。

综上所述,电子货币可以产生货币创造,也可能导致通货膨胀,但会受到制约被限制在一定限度。

注　释

［1］赵奕:《电子货币及其对货币政策的影响》,广西大学硕士论文 2004 年 5 月。

［2］Solomon. E. H. , *Virtual Money*, Oxford University Press, 1997.

［3］陈雨露、边卫红:《电子货币发展与中央银行面临的风险分析》,《国际金融研究》2002 年第 1 期。

［4］谢平、尹龙:《网络经济下的金融理论与金融治理》,《经济研究》2001 年第 4 期。

［5］Berentsen, A. , "Monetary Policy Implications of Digital Money," 1998, *Kyklos*, vol. 51, No. 1, pp. 89—117.

电子货币与货币政策有效性研究

[6] 李羽:《虚拟货币的发展与货币理论和政策的重构》,《世界经济》2003 年第 8 期。

[7] 靳超、冷燕华:《电子化货币、电子货币与货币供给》,《上海金融》2004 年第 9 期。

[8] 戴国强:《货币银行学》,上海财经大学出版社 2001 年版。

[9] 黄达:《金融学(精编版)》,中国人民大学出版社 2004 年版。

[10] 当然,电子货币完全代替流通中现金只是一种极端的情况,目前对是否会出现"无现金社会"尚无定论。

[11] 由于旅行支票和其他支票存款一般以活期存款为基础开具的,为了便于分析,将这两项归属为活期存款。

[12] Berentsen, A. , "Monetary Policy Implications of Digital Money," 1998, *Kyklos*, vol. 51, No. 1, pp. 89—117.

[13] (美)米什金:《货币金融学》,中国人民大学出版社 1998 年版,第 54—55 页。

[14] 劳埃德・B. 托马斯:《货币、银行与金融市场》,机械工业出版社 1999 年版。

[15] 江晴、陈净直:《电子支付系统对货币乘数范式的冲击》,《世界经济》2001 年第 10 期。

[16] 现金漏损率是指客户从银行提取的现金额(即现金漏损)与活期存款总额之比。

[17] 还存在这样的担心,即尽管真实 GDP 受潜在 GDP 限制,不会超越它,电子货币发行者却能够无限增加贷款,从而引发通货膨胀。在银行传统的存款业务中,运用紧缩的货币政策能够防止这种情况发生,因为中央银行提供的准备金起到了"锚"的作用。但是,这样的措施对电子货币却不适用。

[18] James Tobin, "Commercial Banks and Creators of Money," *Banking and Monetary Studies*, 1963, pp. 408—419.

[19] 非交易存款是指不能直接签发支票的存款。它的利息较支票存款高,但不可签发支票,因而不能直接充当交易媒介。

[20] 还存在这样的担心,即尽管真实 GDP 受潜在 GDP 限制,不会超越它,电子货币发行者却能够无限增加贷款,从而引发通货膨胀。在银行传统的存款业务中,运用紧缩的货币政策能够防止这种情况发生,因为中央银行提供的准备金起到了"锚"的作用。但是这样的措施对电子货币却不适用。

[21] 赵家敏:《论电子货币对货币政策的影响》,《国际金融研究》2000 年第 11 期。

[22] James Tobin, "Commercial Banks and Creators of Money," *Banking and Monetary Studies*, 1963, pp. 408—419.

第五章
电子货币对货币政策工具及目标的影响

在传统的经济中,中央银行为了达到其最终的货币政策目标,必须根据当前的经济情况选择适当的货币政策工具和货币政策中介目标,而货币政策工具和中介目标的选择受到很多因素的影响,一直以来都是一个非常复杂的问题。随着电子货币的产生和发展,它对货币政策工具和货币政策中介目标都产生了明显的影响。这就使本来就复杂的货币政策工具和中介目标的选择问题因电子货币的存在而变得更加复杂。这种复杂性的存在一方面会加大中央银行选择货币政策工具和中介目标的难度,另一方面会使货币政策工具效果的下降,以及货币政策中介目标的可控性、可测性和相关性降低,从而降低了中央银行货币政策的有效性。因此,对电子货币给货币政策工具和中介目标带来的影响进行深入分析,对于中央银行正确选择货币政策工具和中介目标,提高货币政策的有效性具有重要的理论意义和现实意义。

一、电子货币对货币政策工具的影响

货币政策工具是货币当局借以调节和实现货币政策目标的手段。

一般说来,货币政策工具可分为一般性货币政策工具、选择性货币政策工具和其他货币政策工具几大类。随着电子货币的发展,各种货币政策工具都会受到不同程度的影响,并弱化了它们的作用和效果。由于一般性货币政策工具是中央银行最重要、最经常使用的货币政策工具,由于篇幅所限,本书只分析电子货币对一般性货币政策工具的影响。一般性货币政策工具是指那些传统的、经常运用的、能对整体经济运行发生影响的工具。主要包括公开市场操作、贴现率、法定准备金三大政策工具,这三项工具也被誉为中央银行的"三大法宝"。在引入电子货币的情况下,它们会受到什么影响,会如何改变呢? 本章将逐一对此进行分析。

(一)电子货币对存款准备金政策的影响

法定存款准备金率,是指以法律形式规定,商业银行等金融机构将其吸收存款的一部分上缴中央银行作为准备金的比率。对于法定存款准备金率的确定,目前各国中央银行都根据存款的期限不同而有所区别。一般而言,存款期限越短,流动性越强,需要规定的准备金率就越高。

在传统金融领域中,中央银行通过提高或降低存款准备金率来增加或减少法定存款准备金,从而控制流通中的货币总量。法定存款准备金率通常被认为是货币政策工具中最猛烈的工具之一。由于法定存款准备金率是通过影响货币乘数来影响货币的供给的,因而即使准备金率调整的幅度很小,通过货币乘数的扩张作用,也会引起货币供应量的巨大波动。因此,在电子货币出现以前,法定存款准备金政策是中央银行乐于使用且行之有效的手段之一。但是,随着电子货币的出现,将使其作用大大降低。电子货币对法定存款准备金政策的影响可从它对法定存款准备金率和法定存款准备金体系的影响两方面进行分析。

1. 电子货币对法定准备金率的影响

首先,就当前电子货币所处的发展阶段来看,由于电子货币替代的主要是流通中的现金,因此对法定准备金率的影响不大。但电子货币的使用降低了中央银行的资产负债规模,并使货币供应量变得难以测度和控制,中央银行可能对电子货币提取较高的法定准备金,以减少电子货币对货币供应量及中央银行地位所带来的影响和冲击。研究表明(Aleksande,Berentsen,1998),假定活期存款的法定准备金率不为零,银行完全扩张信用的前提下,对活期存款以及电子货币存款的不同法定准备金率规定会对货币供应量 M1 产生不同的影响(见表 5.1)。[1]

表 5.1　电子货币不同准备金率对 M1 的影响

M1 的定义	M1 的变化情况		
M1 = C + D	$r_{EM} < 1 - r_D$	$r_{EM} = 1 - r_D$	$r_{EM} > 1 - r_D$
	增加	不变	降低
M1* = C + D + EM	$r_{EM} < 1$		$r_{EM} = 1$
	增　　加		不变

注:表中 r_{EM} 表示电子货币存款的法定准备金率;r_D 表示活期存款法定准备金率,为便于比较,用 M1* 表示计入电子货币存款的狭义货币。

从表 5.1 中可以看出,对活期存款以及电子货币存款提取不同的法定准备金率会对货币供应量产生不同的影响。因此,法定准备金率仍然是一个十分有效的政策工具。但是,由于目前世界各国的法定准备金率是比较低的(一般低于 10%,有的国家甚至没有法定准备金要求),除非对电子货币实施较高的存款准备金要求,否则电子货币的使用不可避免地会导致货币供应量的增加。但是,由于目前大多数国家处于种种原因,并未对电子货币提出存款准备金的要求,因而电子货币的出现,将会取代一部分有准备金要求的储蓄,这无疑会使其在存款准备金中所占的比重下降。

其次,因为准备金是无息的,缴存准备金就意味着增加了商业银行的机会成本和融资成本,为了减少这种成本,商业银行必然会采用各种方法来回避法定准备金的限制,电子货币或电子货币的衍生品的出现,也为它们提供了新的手段,这样一来将会破坏存款准备金的作用机理,使中央银行通过增加或减少法定存款准备金率倍数收缩或扩张银行货币创造能力减弱,形成所谓的"流动性陷阱"。而且,这也意味着基础货币的供应量不再趋于稳定,变得难以预测。

最后,在电子货币流通的情况下,一方面,商业银行向中央银行报告它们的准备金和存款状况的时滞缩短,中央银行更能随时地监测社会货币的供求状况,调节法定准备金率将更为及时、科学和充分;但是,另一方面,它发生作用的时滞也会相应的缩短,即银行信用的扩张或紧缩效果在很短的时间内便可显现出来。因此,法定存款准备金率这种调节措施的作用和效果将会更为猛烈。目前,各国中央银行很少用这种措施的原因就在于它的作用太强烈。所以,在电子货币流通的情况下,中央银行使用法定存款准备金率调节货币供应量时会变得更加小心谨慎。

2. 电子货币对法定存款准备金体系的影响

由于描述货币供给和高能货币之间关系的货币乘数公式是一个恒等式,所以在任何情况下它都成立。然而,货币乘数仅仅代表一种预先设定的计算关系,它并不能反映出高能货币和货币需求的因果关系。因此,决定货币供给的最重要的决定性因素是银行和其他商业金融机构的"信用扩张"(extension of credit)。[2][3]在此,本书把银行贷款作为银行信用扩充的一个例子,分析银行究竟要发放多少贷款才能达到其自身利润的最大化。银行利润的多少取决于贷款利率和存款利率之间的差价,即存款利率的上升将会增加银行的贷款成本,从而减少银行的贷款数量。相反的例子也是成立的。在这个模型中,中央银行能够通过控制所提供的高能货币的数量来设定基准利率。通常情况下,基准利率对商业银行的贷款行为有重要的影响,所以根据这个模型,货币供给对于中央银行来说是一个外生变量,也就是说,中央银行最终是有能力影响货币供给的。图 5.1 可用来总结以上的论述。

图 5.1

在实际操作中,很多国家,比如日本,运用短期利率(货币市场隔夜利率)来作为实现货币政策的控制变量。因此,有必要分析电子货币的发展会给中央银行调节短期利率的能力带来什么样的影响,是否有必要实施一些政策措施,比如对现有的法定准备金系统作一个调整。在解答这些问题之前,有必要对电子货币的发展对金融机构准备金需求以及对中央银行储备供给能力两方面的影响进行分析。

首先,是电子货币的发展对金融机构的准备金需求的影响。如果电子货币仅仅是一种现金替代品,那么它们对市场运作的影响会相对较小一些。这主要是因为中央银行在实际操作中,总是被动的满足现金需求,而进行市场操作是为了影响准备金的水平。从另一方面看,电子货币的发展将会促进一部分有准备金要求的存款转化成没有准备金要求的电子货币。因此,电子货币会导致商业银行准备金需求的下降。然而,在中央银行控制短期利率中发挥重要作用的不是准备金需求绝对值的大小,而是对准备金稳定性和可预测性的需求。即使法定准备金为零,只要金融机构需要在中央银行账户上维持稳定的货币量,用控制短期利率的方法来影响最终支付就是可能的。加拿大和其他国家的中央银行的做法证实了这一点。因此,即使代替存款的电子货币被广

电子货币与货币政策有效性研究

泛应用,最终的问题仍归结为商业金融机构(包括电子货币的发行者)之间的最终支付是否通过它们在中央银行的经常账户稳定的进行。这是一个需要进一步深入探讨的问题,包括探讨电子货币的发展对以央行为中心的银行支付体系的影响。

其次,是电子货币的发展对中央银行储备供给能力的影响。对准备金供给的影响在很大程度上取决于电子货币发展对中央银行资产负债表的影响。对一国中央银行来说,现金是最大的负债项。所以,如果电子货币作为现金的替代品被广泛的接受,那么中央银行的资产负债表将会大幅度缩小。问题是资产负债表要缩减到什么程度才会对中央银行提供储备的能力产生限制。例如,在规模相对较小的每日公开市场操作中[4],即使一个相对较小的中央银行资产负债表都足以应付,但是,如果出于某些原因,中央银行必须吸收一大笔准备金进行金融市场操作时[5],它就会因为没有足够多的流动资产而无法实现它的预期目标(BIS, 1998)。[6]笔者认为,对此问题的解决可采用以下几种可能的解决方案:

一是对包括电子货币在内的所有支付型金融工具实施统一的法定准备金比率。这个政策将使商业金融机构维持稳定的准备金需求。另外,因为所有的支付型金融工具将使用同一个准备金比率,由储备系统产生的资源分配的扭曲将会最小化。对准备金支付利息来提前消除商业金融机构规避准备金负担也值得考虑。

二是将所有金融机构的法定准备金比率都降至零(改为零准备金机制)。只要在电子货币发展的前提下,中央银行经常账户的支付需求仍然是稳定的,那么,即使准备金比率降为零,市场操作仍然是有效的。[7]零准备金机制还有可能使因准备金要求带来的不利因素最小化。

三是中央银行自身发行电子货币。目前,学术界对这种提议还存在不少疑问和反对意见,电子货币目前的发行方式与金属铸币被纸币所取代的前期过程极为相似。它们起初都以能兑换成原有形式的货币来保障其货币价值,起初也都是由民间机构来发行。从历史来看,纸币发展成为不兑换货币并被中央银行所垄断,经历了一个相当长的时期。虽然历史以加速度向前发展,可以断言,电子货币的这种发行机制在短期内也不会改变。即使中央银行想强行垄断电子货币的发行权,电子货币技术上的复杂性、涉及技术协议的多样性以及防范伪币的高成本会使中央银行不得不三思而行。而且,中央银行对电子货币的垄断有可能阻碍电子货币的创新和新技术的发展,从而使本国电子货币的发展落后于他国电子货币的发展,并成为易受攻击的货币。这些因素最终都不可能会迫使中央银行改弦易辙。

（二）电子货币对再贴现政策的影响

再贴现政策是指当商业银行持有的未到期票据向中央银行申请再贴现时,中央银行对此所作的政策性规定。再贴现率在传统金融业务中是中央银行调节商业银行借贷能力的一种有效手段。中央银行通过提高或降低再贴现率,可增加或减少商业银行向中央银行的借贷成本,从而控制商业银行的信贷规模和信用创造能力。

中央银行根据货币市场对资金的需求调整再贴现率,其作用与金融机构对再贴现率的依赖程度成正比,金融机构对再贴现率的依赖程度大,中央银行调整再贴现率的作用就越强,反之就弱。然而,当电子货币能够被商业银行自由发行时,即使中央银行提高了再贴现率,商业银行仍可扩大电子货币的发行,来缓冲由于再贴现率提高而带来得贷款规模缩小的压力。如此一来,电子货币给金融机构提供了更多的低成本的融资渠道,使货币资本之间的转化变得更加容易。所以,为节约自身成本,存款机构将会尽量减少向中央银行申请贴现或贷款。因此,使本来就被动的再贴现率政策的作用在电子货币流通的条件下进一步被削弱了。

尽管再贴现政策的作用被削弱了,但是它并没有完全失效。由于电子货币仍需依赖传统货币来保证其货币价值,当发行者面临赎回电子货币的压力而需向中央银行借款时,再贴现率仍能显示出调整其借款成本的能力。

(三)电子货币对公开市场操作的影响

公开市场业务是指中央银行在金融市场上公开买卖有价证券,以此来调节市场货币供应量的政策行为。它是中央银行最有力、最常用因而也是最重要的货币政策工具。其基本原理是:中央银行通过买进或卖出有价证券可以增加或减少流通中的现金或银行的准备金,也就是使基础货币相应增加或减少,并进而通过乘数作用来改变货币供应量。在基础货币的使用上,政府债券所占的比重最大,如美国联邦储备银行所持有的政府债券占其基础货币总额的 87.2%。[8]当中央银行认为应该增加市场货币供应量时,就在金融市场上买进有价证券(主要是政府债券),而将货币投放出去;反之,当中央银行认为应该减少市场货币供应量时,就在金融市场上卖出有价证券,而将货币回收。在电子货币条件下,电子货币的使用将会使中央银行进行公开市场操作的作用变得更为复杂,主要可从以下两个方面考虑:

一是电子货币的广泛使用将使中央银行的铸币税收入和资产负债规模大幅缩减,从而降低了公开市场业务操作的时效性和灵活性。

在传统的经济中,通货的发行总是由中央银行(或货币当局)所垄断。在网络经济中,由于电子货币的发展,打破了这种垄断。虽然,从理论上说,中央银行也可以强行垄断电子货币的发行权,但由于电子货币技术复杂、涉及的协议多样,而且防范伪币成本较高,这使得中央银行不得不三思而行。此外,中央银行对电子货币的垄断极有可能阻碍电子货币的创新和新技术的发展,从而使本国电子货币的发展落后于其他国家电子货币的发展,并成为易受攻击的货币。同时,由于电子货币使用境域的开放性,也很难防止外国电子货币的渗入。这些因素最终都可能会迫使中央银行改弦易辙,放弃对电子货币发行权的垄断。因此,从目前的情况看,电子货币往往是由商业银行等金融机构以及专门的发行公司等非金融机构发行。电子货币对通货的大范围替代将会导致中央银行由发行无息负债(通货)所换取的利息性资产的收益,即一般所说的"铸币税收入"(seigniorage revenues)大幅减少。对于大多数国家的中央银行来说,铸币税收入是弥补中央银行操作成本的重要财源。关于电子货币的使用对中央银行铸币税收入的影响,一些西方学者进行了研究,认为可以用三种不同的方法来估计电子货币对通货需求的影响,并利用长期政府债券的收益率乘以通货发行额减少的价值,对主要国家铸币税收入减少的数额进行了推算。[9]其主要结论如表5.2所示。

表5.2 铸币税和中央银行的费用比较(1994年)

国　　家	铸币税收入(占 GDP 的比重,%)	中央银行的操作成本(占 GDP 的比重,%)	电子货币导致铸币税收入的减少(占 GDP 比重)		
			假如预付卡消除所有25美元以内的银行券	假如每人的预付卡有100美元的电子货币	假如预付卡消除所有25美元以内的支付
比利时	0.44	0.17	0.05	0.03	0.05
加拿大	0.31	0.03	0.15	0.05	0.13
法　国	0.28	0.13	0.08	0.03	0.07
德　国	0.52	0.17	0.06	0.03	0.06
意大利	0.65	0.06	0.05	0.06	0.05

国　家	铸币税收入（占 GDP 的比重，%）	中央银行的操作成本（占 GDP 的比重，%）	电子货币导致铸币税收入的减少（占 GDP 比重）		
			假如预付卡消除所有 25 美元以内的银行券	假如每人的预付卡有 100 美元的电子货币	假如预付卡消除所有 25 美元以内的支付
日　本	0.42	0.06	0.06	0.01	0.06
荷　兰	0.46	0.06	0.06	0.03	0.06
瑞　典	0.48	0.04	0.10	0.04	0.10
瑞　士	0.45	0.05	0.05	0.01	0.05
英　国	0.28	0.03	0.14	0.05	0.14
美　国	0.43	0.03	0.14	0.03	0.14

数据来源：国际清算银行（BIS），"Implications for Central Banks of the Development of Electronic Money," October 1996, p. 8。

此外，正如前面我们在第四章讨论过的，电子货币对通货的大范围替代会导致中央银行发行无息负债（通货）所换取利息性资产的收益，也就是一般所称的"铸币税收入"大幅减少。电子货币发行主体的多样性和分散性，中央银行不再是唯一的发行人，就会使中央银行资产负债规模大量缩减，因而有可能使中央银行因缺乏足够的资产负债而不能适时地进行大规模的货币吞吐操作，从而减弱公开市场操作的时效性和灵活性。特别是在外汇市场急剧变动的情况下，中央银行必须相应进行买入或售出外汇的操作以保持汇率稳定。资产负债规模的大幅缩水可能导致中央银行无法进行"对冲"操作，使本国汇率和利率受到较大的影响。

二是在电子货币大幅使用的条件下，公开市场业务的作用时滞将大大的缩短，对货币供给的调节更为迅速。

公开市场业务作为中央银行控制货币供给的主要手段，它可以准确地调节货币供给量并且能够较为准确地预测可能产生后果。当银行的利率发生变动时,大量的货币资金随时可以从一种状态转移到另一种收益更高的状态。因此,一旦公开市场业务的收益率稍高,货币资金会迅速地发生转移,公开市场业务的作用时滞被大大的缩短,对货币供给的调节更为迅速。比如在大量"电子热钱"涌入或外汇市场急剧变动的情况下,需要中央银行迅速的做出决策并调动大量的资金进行"对冲"操作,否则将使本国汇率和利率受到较大的冲击。

二、电子货币对货币政策中介目标的影响

货币政策中介指标是为实现货币政策目标而选定的中间性或传导性金融变量。由于货币政策的最终目标并不处于中央银行的控制之下,为了实现最终目标,中央银行必须选择某些与最终目标关系密切、中央银行可以直接影响并在短期内可以度量的金融指标作为实现最终目标的中介性指标。因此,中介指标就成为货币政策作用过程中一个十分重要的中间环节。目前,世界上市场经济比较发达的国家,一般选择利率、货币供应量、超额储备金和基础货币这几个金融变量作为货币政策的中介指标,而有些国家也把汇率包括在内。然而,电子货币的引入将不可避免的对货币政策的中介指标产生影响。其中,电子货币的引入淡化了货币层次之间的界限,减少了对基础货币的需求,导致利率的决定因素日趋复杂,从而使货币政策中介指标的可测性、可控性和抗干扰性大大降低。

(一)电子货币对基础货币的影响

电子货币对基础货币的影响,主要体现在中央银行可控制的基础货币的规模将趋于减少以及对存款准备金的影响两个方面。

一是电子货币的广泛应用必将对流通中的现金有着越来越明显的替代作用。在欧美一些发达国家,居民拥有各种储值卡的数量在以前所未有的速度增加。1993年全美居民储值卡的持有量就比1988年增长了近5倍之多。而在电子货币具有独特优势的小额交易领域,电子货币的迅速发展将可能导致中央银行发行的现金通货被明显地替代。根据对欧盟国家的研究显示:一旦电子货币在小额支付交易中完全地取代流通中的现金,则纸币币值的减少将占到纸币流通总额的18%,而硬币流通值将占到硬币流通总值的88%。电子货币对流通中现金的这种替代,其直接结果是使中央银行的铸币税收入减少,使中央银行的资产负债规模缩减,从而降低了中央银行对基础货币的控制能力。

二是电子货币的广泛应用也对存款准备金产生影响。首先,因为电子货币的广泛应用使货币的支付效率显著提高,这就会使公众降低了对银行存款的需求,而越来越倾向于采用能够不影响自身消费,同时能满足更多投资机会的资产组合。银行存款比例的下降使中央银行能够直接控制的准备金数量大大减少。同时,信息处理技术的发展,电子货币的出现也加速了通货在活期存款账户、定期存款账户和其他账户之间进行频繁的转化,使资金能够在准备金比例不同要求、不同账户之间较快地转化,从而弱化了甚至规避了中央银行对存款准备金的控制,其次,在激烈的国际竞争中,各国为了获得金融创新的先发优势,使各国不断改革存款准备金制度,大多数国家都不要求电子货币发行者对其所发行的电子货币缴纳存款准备金,从而使电子货币取代了一部分有准备金要求的储蓄,这样无疑使存款准备金下降。最后,作为电子货币的主要发行者之一,网络银行经营场所所需的费用在其总的费用中所占比例很小,因而使它们改变经营场所所需的费用相对较低,并且由于网络的特性使它们的客户不会因经营场所的变换而出现大量的流失,这也为网络银行规避一国或地区比较苛刻的准备金要求方面有着得天独厚的优势。

（二）电子货币对货币供应量的影响

正如前文所提到的,按照金融资产流通性强弱的不同将货币划分为 M0、M1、M2 等层次。货币层次的划分,是货币计量、金融市场运行分析的前提和基础。然而,随着电子货币产生和发展,电子货币扩大了货币供应量概念的范围。在电子货币条件下,客户通过电子指令,在瞬间实现现金与储蓄、定期与活期之间以及各种金融资产之间的相互转换,金融资产之间的替代性大大增强,货币层次结构更加复杂多变。而且,电子货币的逐渐普及也在侵蚀着货币层次划分的基础——各种金融资产转换为现金的时间差,使货币各层次之间的界限日益模糊。这些都会给货币的界定和计量带来很大的困难,使货币供应量的可测性降低。

同时,中央银行把货币供应量作为货币政策中介目标的前提条件是货币乘数 m 必须是足够稳定和收敛的。如前所述,随着电子货币数量和使用规模的不断扩大,货币乘数 m 变动的变得极其不稳定,因而预测货币乘数将变得更加困难,使中央银行通过控制基础货币来控制货币供应总量的难度加大,这就降低了货币供应总量的可控性。

另外,随着电子货币发行主体的多元化趋势,不同的发行主体发行的电子货币的风险、通用性及与其他金融资产的可转换性也不完全相同,如果将它们进行简单地加总,必将降低货币指标的可靠性。同时,电子货币发行主体的多元化,也会使仅在小集团内部使用的电子货币难以计量。

除此之外,电子货币交易的地域模糊性又降低了货币量的可控性。随着网络技术的发展,电子货币的跨国界使用使消费者和商家均可能获得部分他国的电子货币,消费者使用多国电子货币进行交易可能成为现实,但一国在进行货币的统计时,又不得不考虑本国居民持有的外国货币及外国居民持有的本国货币。

(三)电子货币对利率的影响:基于 *IS-LM* 模型的分析

IS-LM 模型从它诞生至今已有近 70 年的历史,它在宏观经济学中一直占有着十分重要的地位,可以说,*IS-LM* 模型是凯恩斯主义宏观经济学的核心。然而,*IS-LM* 模型的"经久不衰"并不说明它是完美无缺的。[10]事实上,从该模型的诞生之日起,对它的批评就开始了,随后的批评也一直存在(Taylor,1995)[11],并且出现了形式各样的对于传统的 *IS-LM* 模型的改造(Bernanke and Blinder,1988[12];Meltzer,1995[13]),甚至出现了用新的分析框架替代 *IS-LM* 模型的努力。对 *IS-LM* 模型的批评主要有两种:一是纯理论上的,即理论分析框架本身存在矛盾;另一种是强调模型未能很好地反映现实的发展,本书的分析属于后者。

自 20 世纪 80 年代以来,随着计算机技术和网络技术的发展,电子货币的发展也日新月异。它不仅改变了人们的生活习惯和支付方式,而且对传统的金融理论产生了明显的冲击,甚至引起了整个经济运行方式的变化,自然也引起 *IS-LM* 模型中传导机制的变化。但遗憾的是,电子货币对金融经济的这种冲击,并没有在 *IS-LM* 模型中得到反映,这是 *IS-LM* 模型需要修正的新理由。不过,正如罗默(Romer,2000)所说,尽管我们作了这样那样的改进,而且也明确了进一步改进的方向,但看来,要使新的分析像 *IS-LM* 分析那样简单和具有解释力是一件非常困难的事情。[14]正因如此,本书也只是将电子货币这一重要变量尝试性地纳入 *IS-LM* 模型分析框架(以下将"引入电子货币的 *IS-LM* 模型"简称为"新模型"),使得这一传统模型能够更好反映现实经济的重大变化,并在此基础上分析电子货币、利率和货币政策中介目标之间的关系。

1. 构建新模型的几点假定

为了便于分析,本书在建构模型之前做了以下两点假定:

(1) 本书对传统 IS-LM 模型的修正基本上是建立在传导机制(transmission mechanism)分析的基础上的,并特别注重是电子货币的发展对于传导机制影响的分析。

(2) 另一个重要的假定是利率弹性的非对称性假定,即随着电子货币的发展,实际投资对利率的敏感性减弱,而金融投资(特别是货币投机)对利率的敏感性增强。这一利率弹性的非对称性与下面两个因素有关。

一是与不同层次货币之间的不完全替代性有关。正是因为货币、债券股票或其他金融工具等流动性不同的金融资产之间是不完全替代的,所以,实际投资对于利率的反应和货币(或金融)投机(或投资)对于利率的反应就是不一致的。

二是电子货币的发展改变了投资者对于利率变动的反应方式。比如,无论通过什么样的渠道,利率上升会导致实际投资下降这个大方向不会变。但是有没有电子货币,其结果是不同的。由于电子货币具有高流动性和低交易成本的特点,它的存在拓宽了投资者的资金来源渠道和迅速获取资金的能力,从而为投资者增加了资金的可获得性。同样在利率上升的情况下,因为电子货币的影响,实际投资的下降可能就没有那么多,因此,可以认为实际投资对利率的敏感性随着电子货币的发展而减弱。再看金融投资。电子货币的高流动性特点使不同类型金融资产之间的相互转交变得极为容易,同时交易成本在下降。这些都加速了各类金融资产(不同货币层次)之间的转换,从而也加速了金融资产价格对于利率变动的反应,也增强了金融投资(特别是货币投机)的利率敏感性。

由此可见,利率弹性的非对称性假定可以说是完全建立在符号经济大发展的基础上的,而正是这个假定使得传统的 *IS-LM* 模型对货币电子化时代的新特点有了明确的反映,模型也从而对现实拥有了新的"解释力"。

2. 新模型的构建

(1) *IS* 曲线。

IS 曲线反映的是实体经济领域的均衡。其中包含了收入函数、消费函数和投资函数,其均衡条件为投资等于储蓄。下面来推导加入电子货币的 *IS* 曲线。

首先是消费函数。假定消费是收入的一个线性函数,即:

$$C = cY \qquad (5.2.1)$$

其中,c 为边际消费倾向,$0 < c < 1$;Y 为收入,$Y > 0$。

其次是投资函数。根据凯恩斯的假定,投资是利率的减函数,即随着利率上升,投资将会下降,即:

$$I = I(E, i) = \partial_0 - \partial_1 i$$

其中,$\partial_0 > 0$,$\partial_1 > 0$。

那么加入电子货币以后,投资函数会发生什么样的变化? 根据前面的假定,电子货币会导致投资对利率的弹性减弱。用 E 表示电子货币,对投资函数作简单变动,有:

$$I = I(E, i) = \alpha_0 - \alpha_1(E)i, \qquad (5.2.2)$$

其中,$\alpha_0 > 0$,$\alpha_1(E) > 0$,$\alpha_1'(E) < 0$,$\alpha_1'(E) < 0$ 表示投资对于利率的弹性随电子货币的发展而减弱。

再是收入函数。总收入等于投资与消费之和,这里不考虑政府部门及对外部门。即:

$$Y = C + I \tag{5.2.3}$$

根据方程(5.2.1)、(5.2.2)、(5.2.3)可以推出 IS 曲线为：$Y-C-I=0$，即

$$(1-c)Y + \alpha_1(E)i - \alpha_0 = 0 \tag{5.2.4}$$

(2) LM 曲线。

根据上述假定可知，货币需求主要取决于实体经济的交易需求和符号经济的投机需求两个因素，根据凯恩斯的货币需求理论，将货币需求分为交易动机、预防动机和投机动机三种，其中，前两种需求可以归于交易性货币需求中。交易性货币需求 T_r 可以根据剑桥方程：

$$T_r = \beta_1(E)Y \tag{5.2.5}$$

$\beta_1'(E) < 0$ 表示随着电子货币的发展，交易效率的提高，从而用于交易的货币量减少。投机动机的货币需求是指对闲置货币余额(inactive balance)的需求，也就是手持货币以备投机。在凯恩斯看来，投机动机的货币需求是利率的减函数，也就是说，在利率高的情况下，持有货币的机会成本较高，人们更愿意持有其他资产，从而减少对货币的需求。反之，人们更愿意持有货币。而投机动机的货币需求量的变化则完全取决于对利率水平的预期。这样，投机动机的货币需求 T_s 就可以表示成：

$$T_s = -\beta_2(E)(i - \bar{i}) \tag{5.2.6}$$

其中，$\beta_2(E) > 0$，$\beta_2'(E) > 0$；$\bar{i}$ 为预期均衡利率水平；$(i - \bar{i})$ 为当前利率与预期均衡利率的差额(套利空间)；$\beta_2(E)$ 为货币的投机需求对利率差额 $(i - \bar{i})$ 的敏感程度。$\beta_2'(E) > 0$ 意味着，随着电子货币的发展，资产之间的转换成本降低，不同类型金融资产之间的相互转化更为容易，从而货币的投机需求对利率及利率差额的敏感程度提高。接下来

分别对三种情况进行讨论。

当前利率高于预期均衡利率$(i > \bar{i})$。这就意味着当前利率会下降，即债券价格会上升，考虑到未来债券价格的上升，人们会更多地持有债券进行投机。而股票以及其他形式的金融资产也会与债券的变动很类似，即在预期利率走低的情况下，可以预期金融资产的价格会上扬，于是增加金融资产的购买，总的货币需求会减少$(T_s < 0)$。

当$i < \bar{i}$时，与上述情况相反，人们预期利率会上升，即预期金融资产价格会下跌，从而抛售金融资产，总的货币需求增加$(T_s > 0)$。基于当前利率与预期均衡利率差额对于货币投机需求的上述影响，我们可以得出(5.2.6)式。于是，由货币的交易需求和投机需求，我们得到货币需求方程(即LM曲线)：

$$\frac{M}{P} = T_r + T_s = \beta_1(E)Y - \beta_2(E)(i - \bar{i})$$

$$\Rightarrow \beta_1(E)Y - \beta_2(E)(i - \bar{i}) - \frac{M}{P} = 0$$

$$\Rightarrow \beta_1(E)Y - \beta_2(E)i + \left[\beta_2(E)\,\bar{i} - \frac{M}{P}\right] = 0 \qquad (5.2.7)$$

3. 加入电子货币的 $IS\text{-}LM$ 模型

根据(5.2.4)式与(5.2.7)式，我们得到加入电子货币的 $IS\text{-}LM$ 模型：

$$\begin{cases} (1-c)Y + \alpha_1(E)i = 0 \\ \beta_1(E)Y - \beta_2(E)i + \left[\beta_2(E)\,\bar{i} - \frac{M}{P}\right] = 0 \end{cases} \qquad (5.2.8)$$

从(5.2.8)式可以看出，加入电子货币后的 $IS\text{-}LM$ 模型并没有脱离$i - Y$空间，它与传统的 $IS\text{-}LM$ 模型的不同只是系数中多了一个解释变量E。而正是这个表示电子货币的E进入了模型，才使传统的$IS\text{-}LM$模型发生了变化。

E 进入 $\alpha_1(E)$，表明电子货币对于实际投资的利率弹性的影响；E 进入 $\beta_1(E)$，表明电子货币对于交易效率的影响；而 E 进入 $\beta_2(E)$，则表明了电子货币对于金融投资（特别是货币投机）的利率弹性的影响。通过将电子货币这几方面的影响（实际影响还远不止这些）纳入模型，我们可以获得电子货币对于符号经济与实体经济互动的意义。

4. 新模型的分析及政策含义

为了得到曲线的斜率，将联立方程组（5.2.8）变形，可得到 IS、LM 曲线新的表达式：

$$\begin{cases} i = -\dfrac{1-c}{\alpha_1(E)}Y + \dfrac{\alpha_0}{\alpha_1(E)} \\[3mm] i = \dfrac{\beta_1(E)}{\beta_2(E)}Y + \left[\bar{i} - \dfrac{1}{\beta_2(E)}\dfrac{M}{P}\right] \end{cases}$$

其中，IS 曲线的斜率为 $-\dfrac{1-c}{\alpha_1(E)}$，$LM$ 曲线的斜率为 $\dfrac{\beta_1(E)}{\beta_2(E)}$。

接下来考察电子货币 E 带来曲线斜率的变化。由于 $\alpha_1'(E) < 0$，$0 < c < 1$，所以当 E 上升时，$\alpha_1(E)$ 下降，从而 IS 曲线斜率 $-\dfrac{1-c}{\alpha_1(E)}$ 的绝对值变大，则使向右下倾斜的 IS 曲线变得更为陡峭；由 $\alpha_1'(E) < 0$，$\beta_2'(E) > 0$ 可得，当 E 上升时，$\beta_1(E)$ 下降，$\beta_2(E)$ 上升，从而，LM 曲线斜率 $\dfrac{\beta_1(E)}{\beta_2(E)}$ 的绝对值变小，则向左上倾斜的 LM 曲线变得更为平坦。上述变化可以由图 5.2 来表示。

由图 5.2 可知，随着电子货币的发展和广泛应用，IS 曲线逐渐变为 $IS1$，LM 曲线变为 $LM1$。IS、LM 曲线斜率的这种变化，意味着不同经济政策会产生不同的效应。在其他条件不变的情况下，IS 曲线变得更为陡峭意味着货

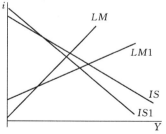

图 5.2　电子货币与 IS、LM 曲线斜率的变化

币政策效应减弱;而 LM 曲线变得更为平坦则意味着财政政策效应增强。这表明电子货币的存在会降低货币政策的有效性,从而对中央银行构成了巨大挑战。

首先,由于实际投资的利率弹性在电子货币的影响下会逐步减弱(反映在 IS 曲线变得陡峭),因此,中央银行通过调整利率来调控投资的货币政策效果就不会很明显。同时,由于金融投机(或投资)的利率弹性是随着电子货币的发展而增强的(反映在 LM 曲线变得平缓),因此,中央银行在把利率作为货币政策中介目标进行调控时,必须谨慎从事,因为利率的微小调整就可能引起金融市场的剧烈波动。

其次,上述分析是建立在货币当局能够对短期利率有效控制的基础上,而这一假设前提在电子货币的作用下会变得不那么可靠。因为中央银行对短期利率的调控能力依赖于它对银行储备(基础货币)供给的垄断权,即通过吞吐基础货币对利率产生影响。但随着电子货币的发展,电子货币发行主体的多元化以及各种类型电子货币的出现会对央行基础货币供应的垄断地位形成冲击(它们并不依赖于基础货币),从而削弱了中央银行依靠吞吐基础货币对利率的影响力。其次,随着电子货币的发展,它降低了中央银行所能调控的利率与市场上通行利率之间的关联性,即央行所力图达到的一个利率水平,并不一定马上就会被市场接受(Friedman,2000)。[15]这些显然都会影响到货币政策的有效性。

总之,由于中央银行调控利率能力的减弱,也减弱了利率政策对实际投资的效应,电子货币的存在也降低了以利率政策为核心的货币政策的有效性,而这都是由于 IS、LM 曲线斜率的变化造成的;相反,由于电子货币会增加金融市场波动对利率变动的敏感性,因此,中央银行在对利率进行调控时不得不变得小心谨慎(小的利率调整会引起大的市场波动),同时还要考虑金融市场的价格变化。

4. 结论及启示

由加入电子货币的 IS-LM 模型可以看出,电子货币从总体上降低了货币政策的有效性。随着电子货币的发展和广泛应用,IS 曲线变为 IS1,LM 曲线变为 LM1。IS、LM 曲线斜率的变化,意味着不同政策所产生的效应会有所不同。在其他条件不变的情况下,IS 曲线变得更为陡峭意味着货币政策效应减弱。这表明电子货币的存在对中央银行构成了巨大挑战。首先,由于实际投资的利率弹性在电子货币的影响下会逐步减弱(反映在 IS 曲线变得陡峭),从而中央银行通过调整利率来调控投资的货币政策效果就不会很明显;其次,由于中央银行对短期利率的有效控制是建立在它能对基础货币控制的基础上的,而电子货币的存在使货币发行主体的多元化的同时,也降低了中央银行控制基础货币的能力,从而使中央银行调控利率能力的减弱,也减弱了利率政策对实际投资的效应,以利率政策为核心的货币政策的有效性因为电子货币的存在而大打折扣。

对于电子货币快速发展并广泛使用的中国而言,电子货币有利有弊,它的存在已经给我国的货币政策造成了很大的影响,因此,中央银行在制定货币政策时应将电子货币造成的这种影响充分考虑在内,并充分发挥电子货币对货币政策的积极作用,做到扬长避短,也只有这样,才能提高货币政策的有效性,以及真正发挥电子货币对实体经济发展的促进作用。

三、电子货币条件下货币政策目标的选择

一般来说,中央银行选择货币政策中介目标有三个标准:可控性、可测性和相关性。可控性是指中央银行对中介目标的控制和调节能力;可测性是指中央银行能够准确迅速地获取中介目标相关数据资料

的能力;相关性是指中介目标影响货币政策最终目标的能力。电子货币对货币供应量和利率等货币政策中介目标的可控性、可测性和相关性都有着重大影响。

（一）货币电子化对货币供应量可控性、可测性和相关性的影响

首先,电子货币不断改变现金与交易性存款的比率,使货币乘数变得不稳定,虽然货币乘数的改变趋势是可以预期的,但其改变量的大小更多地取决于公众对现金的偏好和技术进步状况,这是中央银行不能完全预期和控制的。而只有当货币乘数基本稳定或中央银行能预期货币乘数的变动时,央行才能有效控制货币供应量,因此,电子货币正在削弱货币供应量的可控性。

其次,电子货币使各层次货币之间转换更为迅速,金融资产之间的替代性加大,各层次货币之间的界限也将更加模糊,在现实中,我们将越来越难以区分什么是 M1,什么是 M2,对它们的统计也变得非常困难,因此电子货币削弱了货币供应量的可测性。

最后,电子货币改变了货币流通速度,使货币流通速度趋于不稳定,进而使货币供应量对利率、物价水平和名义总收入的影响更加不确定,从而削弱了货币供应量的相关性。

（二）电子货币对利率可控性、可测性和相关性的影响

首先,电子货币提高了整个货币体系的效率,缩短了中央银行政策传导的时滞,市场参与者会对中央银行调整再贴现率等干预政策更敏感,从而增加了中央银行对利率的可控性。

其次,电子货币提高了整个货币体系的电子化水平,中央银行甚至公众都将能更容易得到各种利率资料,从而增强了利率的可测性。

最后,电子货币将使利率等价格信号性指标更有效率,质量更高,从而增强了利率的相关性。

(三)电子货币对货币政策中介目标选择的操作与控制的影响

传统的货币政策中介目标大体上可以分为两类:一是以 M1、M2 为代表的总量性目标;二是以利率为代表的价格信号性目标。任何一类都要求要具有较好的可测性、可控性和与最终目标之间的相关性。

电子货币的发展与广泛应用,正在使第一类中介目标的合理性和科学性日益下降。在可测性方面,如前所述,货币数量的计量与测算,正受到电子货币的分散发行、各种层次货币之间迅捷转换、金融资产之间的替代性加大、货币流通速度加快等方面的影响。在可控性方面,来自货币供给方面的变化,加上货币流通速度的不稳定和货币乘数的影响,使货币量的可控性面临着挑战。一般认为,只有在货币流通速度和货币乘数基本稳定或有规律的变化(可预测的)的情况下,才能确定一个与最终目标相一致的货币总量类中介目标,也才能加以控制。如果无法预测货币流通速度,即使中央银行掌握了足够的货币发行控制能力,也会导致货币政策最终目标出现较大的偏差。同样,货币乘数的不稳定,也有可能加大货币政策的偏离,并加大中央银行货币操作的难度。相反,由于价格信号是市场运行的结果,电子货币增强了市场的效率和竞争水平,提高了价格信号的质量。价格信号类中介目标,将会成为未来货币政策中介目标的主流选择。不过,它们与最终目标之间的关系,会有一些变化,仍需要加以研究。

电子货币与货币政策有效性研究

注　释

［ 1 ］Berentsen，A.，"Monetary Policy Implications of Digital Money," 1998，*Kyklos*，vol. 51，No. 1，pp. 89—117.

［ 2 ］"信用扩张"在本书中包含银行不仅从事借贷，还购买债券和股票。

［ 3 ］无论在个人的存款账户之间有多少转移，从一个宏观的角度，它仅仅是"转移"。如果银行部门不进行信用扩充，在存款的总量上是没有变化的。

［ 4 ］公开市场操作是中央银行在证券或外汇市场进行交易，增加或减少银行系统准备金数量的操作。公开市场操作是中央银行的三大货币政策工具之一，用以调节经济中的货币存量，以达到刺激或平抑经济发展的目的。

［ 5 ］例如，为了中和外来干扰在外汇交易市场上购买外汇。

［ 6 ］［ 7 ］BIS，"Risk Management for Electronic Banking and Electronic Money Activities," 1998，http：//www. bis. org/publ/bcbs35. pdf.

［ 8 ］劳埃德・B. 托马斯：《货币、银行与金融市场》，机械工业出版社 1999 年版。

［ 9 ］DeNeder landsche Bank，"Electronic Money，Currency Demand and the Seignorage Loss in the G10 Countries［R］," *DNS-Straff Reports*，1996，www. dnb. nl/dnb/pagina. jsp? pid＝tcm：8-19688-64&-activepage＝tcm：8-15429-64.

［10］张晓晶：《加入金融创新的 *IS-LM* 模型》，《经济研究》2002 年第 10 期。

［11］Taylor，John B.，1995，"The Monetary Transmission Mechanism：An Empirical Framework," *Journal of Economic Perspectives*，Fall 1995，9(4)，pp. 11—26.

［12］Bernanke，Ben，and Alan Blinder，1988，"Credit，Money and Aggregate Demand," *American Economic Review*，May，78，pp. 435—439.

［13］Meltzer，Allan H.，1995，"Monetary，Credit and(Other) Transmission Processes：A Monetarist Perspective," *Journal of Economic Perspectives*，Fall，9（4），pp. 49—72.

［14］Romer，David，2000，"Keynesian Macroeconomics without the LM Curve," *Journal of Economic Perspectives*，Vol. 14，No. 2，Spring 2000.

［15］Friedman，M. Benjamin，2000，"Monetary Policy," *NBER Working Paper* 8057.

第六章
电子货币的货币政策效应研究

　　货币政策效应是在实施货币政策过程中受多种因素影响共同作用的最终结果,是一种综合结果,因此,影响货币政策效应的因素是多方面的。其一,货币政策传导机制的影响。货币政策效应是与货币政策传导机制密不可分的,好的货币政策效应的产生有赖于完善的货币政策传导机制。其二,货币政策时滞的影响。货币政策实施以后何时开始发挥效力以及此一番货币政策实施下来大体需要多长时间,对评价某种货币政策的效应至关重要。其三,货币流通速度的影响。货币流通速度是决定货币需要量的重要因素,也是约束货币政策有效性的重要因素。其四,人们心理预期的影响。此外,尚有其他许多因素的影响,诸如货币市场的完善程度、经济周期、政治问题、行政管理问题等因素。

　　由此可见,货币政策的实施是一个受多种因素影响的复杂过程,这种复杂性直接影响到货币政策的效果。货币政策效果可以通过多种不同传递渠道来实现,可以受到各种各样的因素的影响。在不同的时期、不同的经济条件下,是采取紧缩性还是宽松性的主张与方法,会产生截然不同的效果;同样是实施紧缩货币的政策,时机与力度掌握的不同,效果也大不相同;机械地套用某种工具未必会得到预期满意的效果。

通常认为,影响货币政策效应的主要因素有:货币政策传导机制、货币政策的时滞、经济主体合理预期的抵消作用,货币流通速度的影响和其他经济政治因素的影响。由于篇幅的限制,在此主要讨论电子货币对前三个因素的影响。

一、电子货币、货币政策传导与货币政策有效性

货币政策的传导机制是指中央银行应用货币政策工具或手段影响中介目标进而对总体经济活动发挥作用的途径和过程的机能,是货币政策启动、操作和对实际经济活动发挥作用或影响力的过程。中央银行货币政策最终目标是通过货币政策传导机制来实现的,因此,货币政策传导机制是一个连锁的整体过程,也是一个复杂的过程。[1] 在电子货币条件下,电子货币对传统货币有着明显的替代效应,它不仅从根本上改变了货币的存在形式,而且也会对货币政策传导过程中的各个环节产生直接或间接的冲击,从而降低了货币政策的有效性。

(一)电子货币对中央银行货币控制能力的影响

由于中央银行是货币政策的制定者、实施者、控制者,它是货币政策传导的源头,电子货币对中央银行的影响也为明显,因此,在分析电子货币对货币政策传导机制的影响时首先从中央银行开始。从总体上看,电子货币对中央银行的影响主要体现在它削弱了中央银行的货币控制能力。

1. 电子货币对中央银行货币发行权及铸币税收入的影响

在传统的货币制度下,货币发行权是中央银行的特殊职能,它能够增加国家的铸币税收入。[2] 而在电子货币条件下,由于电子货币进入实体经济后,电子货币逐步取代了中央银行发行的货币,因而造成了中

央银行由发行无息负债所换取利息性的资产的收益即一般所称的"铸币税收入"将大幅减少。目前,由于电子货币的发展尚处于初期阶段,虽然很难说电子货币对铸币税的冲击究竟有多大,最近有金融专家通过不同的方式来估计电子货币的发展对中央银行铸币税收入的可能影响,在大多数国家,铸币税收入的减少大约占 GDP 的 0.1% 左右,但电子货币的快速发展必将使这一趋势无法逆转。[3] 对大多数国家而言,铸币税收入是中央银行弥补其政策操作成本的重要来源,即使电子货币对通货的取代是逐渐的,对于有庞大预算赤字的国家也会形成相当程度的压力。

从中央银行的资产负债表来看,主要负债项目是不支付利息的通货,而资产一方则由附有利息要求的各种债权组成,因此,中央银行可以从资产与负债的利息差中获利,这种利润是中央银行收入的主渠道之一,亦即"铸币税收入"。当电子货币的竞争性发行机制得以确立,随着电子货币被广泛的作为小额交易的支付工具,央行所发行的通货被明显取代,中央银行的"铸币税收入"将大幅减少,从而使其货币政策独立性受到影响。尤其对于发展中国家,由于其现金使用的范围广泛,管理成本较高,将会使这一问题更加严重(见表 6.1)。[4]

表 6.1 纸币与硬币的流通(1994 年)

国　　家	占 GDP 的百分比	占中央银行负债的百分比	占存款的百分比	存款占 GDP 的百分比
中　　国	16.1	41.4	58.8	28.3
美　　国	5.2	84.1	44.7	11.6
加 拿 大	3.5	86.7	78.9	4.4
日　　本	8.8	84.5	37.0	23.6
意 大 利	5.9	27.9	19.1	30.7
澳大利亚	4.4	54.5	30.3	13.6
英　　国	2.8	69.8	4.8	58.8

电子货币与货币政策有效性研究

国　　　家	占 GDP 的 百分比	占中央银行负 债的百分比	占存款的 百分比	存款占 GDP 的百分比
德　　国	6.8	63.4	42.0	16.2
印　　度	10.0	52.63	133.4	7.5
波　　兰	5.8	23.2	80.9	7.2
俄　罗　斯	5.6	23.8	105.8	5.3

资料来源：The "Red Book" and "Blue Book", published by the BIS and the EMI, International Financial Statistics.

目前，西方一些学者积极研究可行的测量方法，以推算电子货币流通条件下铸币税收入的损失数额（见表6.2）。而对大多数国家的中央银行而言，铸币税收入是弥补中央银行操作成本的重要财源（见表6.3）。如果出现电子货币对通货的大规模的替代，那么，中央银行的资产负债规模将严重萎缩，不能适时进行大规模的货币吞吐操作，减弱央行公开市场操作的时效性与灵活性。例如美国联邦储备体系1994年的总负债为4 126.06亿美元，其中有3 596.98亿美元通货，假设通货被完全取代，那么，美联储的资产负债总额会缩减87%（见表6.4）。

表6.2　主要国家电子货币发行导致铸币税收入的减少

国家　　　　　比例	电子货币导致铸币税收的减少占 GDP 的比例
美　　国	0.43
英　　国	0.28
日　　本	0.42
加　拿　大	0.31
德　　国	0.52
荷　　兰	0.46
意　大　利	0.65

资料来源：BIS, "Implications for Central Bank of the Development of Electronic Money," October, 1996.

表 6.3　主要国家铸币税收入与中央银行的支出

国　　　家	铸币税占 GDP 的百分比	央行操作支出占 GDP 的百分比
加 拿 大	0.31	0.03
法　　国	0.28	0.03
德　　国	0.52	0.07
意 大 利	0.65	0.06
日　　本	0.42	0.06
英　　国	0.28	0.03
美　　国	0.43	0.03
荷　　兰	0.46	0.06
瑞　　士	0.45	0.05
瑞　　典	0.48	0.04

资料来源："Electronic Money, Currency Demand and Seigniorage Loss in G-10 countries," De Nederlandsche Bank Staff Report, May, 1996.

表 6.4　中央银行总负债与通货之间的比例关系

国　　　家	总　负　债	通　　货	通货与负债比
美　　国	412 606 000	359 698 000	0.87
比 利 时	545 716 598	412 189 699	0.44
德　　国	354 447 470	266 659 000	0.70
法　　国	668 846 000	248 363 466	0.40

资料来源：Mondy's International Manujal.

2. 电子货币对商业银行存款结构的影响

在电子货币条件下,由于电子货币高流动性及实时交易的特点,在它替代现金和存款的同时,也使商业银行的存款,尤其是活期存款大幅度下降。由于目前世界上大多数国家的中央银行尚未对电子货币存款作出法定准备金要求,这就使得中央银行通过调整法定准备金率来控制商业银行的控制信贷规模的能力下降,同时商业银行的存款结构也发生了变化。从理论上说,由于电子货币不受中央银行法定准备金政策的限制,加之它自身高流动性的特点,它必然会放大商业银行存款货

电子货币与货币政策有效性研究

币创造的能力,加大中央银行对货币总量进行控制的难度,从而降低货币政策的有效性。

3. 电子货币对中央银行控制货币能力的影响

在电子货币条件下,中央银行不再是电子货币发行的唯一主体,也不能垄断货币发行权,甚至大多数国家的中央银行不发行电子货币,这就使中央银行散失(至少部分散失)货币发行权。电子货币的发行主要由商业银行、其他商业银行、非银行金融机构甚至是非金融机构发行,这就形成了货币创造主体的多元化趋势。在这样的情况下,中央银行要控制货币供应量就必须控制电子货币发行的数量,而要有效控制货币供应量就必须要垄断电子货币的发行权。但是,一方面,如果中央银行垄断货币发行权会导致本国电子货币发展水平因缺乏竞争而落后于其他国家,甚至被其他国家所控制,货币发行主权也会因此而散失;另一方面,中央银行要对电子货币的发行权进行垄断,就目前来看还存在很大的难度。这就会使中央银行处于两难的境地。一般来说,大多数国家的中央银行并不垄断本国的电子货币发行权。这样,电子货币的存在及其发行主体的多元化必然会降低中央银行控制货币发行的能力。

(二)电子货币对货币政策传导渠道的影响

从金融机构的资产和负债角度看,一般来说,货币政策传导主要有两个渠道,即货币渠道(包括利率途径、非货币资产价格途径、汇率途径等)和信贷渠道(包括银行贷款途径和资产负债表途径等)。[5] 在此,本书只从利率、资产负债表及银行贷款三个途径进行分析。

1. 电子货币对利率传导途径的影响

鉴于利率与货币需求和货币政策传导效果的紧密关系,故本书先从利率对货币需求的影响入手,进而分析利率对货币政策传导效果的影响。在此,笔者要引进鲍莫尔的平方根定律。该定律有这样的分析假定:一是假定保存财富的形式有现金和债券;二是经济主体将现金换成生息资产采用购买短期债券的形式,具有容易变现的特点;三是未来时间内所预见的交易支出量为 T,每次交换的现金额为 c,每次买卖证券的手续费为 b,市场利率为 i,x 为成本总额,现金余额为 M。据此假定,经济主体买卖证券的交易成本总额为 bT/C;两次兑换变现期间经济主体平均持有货币为 $c/2$;持有现金的机会成本为 $ci/2$。这样持有现金的成本总额为:

$$X = f(c) = BT/C + C \cdot i/2 \qquad (6.1.1)$$

这表明,经济主体持有现金的成本总额由两部分组成:其一为交易成本,是现金持有量的减函数;其二为机会成本,是持有现金量的增函数。现在的问题是,如何选择现金持有量才能使总成本最小。由(6.1.1)式得:

$$\frac{\mathrm{d}x}{\mathrm{d}c} = -\frac{bT}{c^2} + \frac{i}{2} = 0 \qquad (6.1.2)$$

即 $C = \sqrt{\dfrac{2bT}{i}}$,故最优的现金持有量即现金余额为:$M = \dfrac{C}{2} = \dfrac{1}{2\sqrt{\dfrac{2bT}{i}}}$。

这表明:经济主体的交易性货币需求并不与总支出(或总收入)成正比例变化,持有现金余额应有一个最优规模,这个规模和交易总量的平方根成正比。也就是说,当经济主体的交易量 T 和手续费 b 减少时,最优的现金余额就减少;而现金的交易余额与利率之间负相关,利率越低,现金需求余额越增加;反之则反是。

上述现金需求模型反映了现金与收益性资产(债券和股票)的关系。将此模型扩展为研究现金与银行存款或者 M1 与收益性资产的关系,可以得出一样的结果。[6]

电子货币出现以后,电子结算技术的运用使得人们进行资产转换的交易成本降低,这势必产生现金需求余额减少的结果,因为即使金融资产转换的佣金不变,电子货币的运用使获取现金的方式变得直接、便捷,从而减少获取现金的附加费用(如客户在家中通过网络访问自己的存款账户,进行资产转换,增加所持有的 IC 卡中保存的货币价值,节约了特意往返于证券公司、银行的精力和费用)。并且电子货币的运用也会增加经济主体对提取现金的预期方便度(如可随时通过 ATM 取款,不必考虑银行的作业时间等问题),这也会减少居民的货币需求余额。而电子货币在信用创造方面的作用,又使得对货币的需求处于不稳定状态,这就会导致利率波动。而利率的微小波动又会引致经济主体对未来预期的变更,从而导致货币需求的较大波动。这样金融当局在利用货币政策工具通过影响利率而实施货币政策时,会由于上面的反作用而使利率的传导作用减弱。

2. 电子货币对资产负债表途径的影响

资产负债表途径发挥作用的一个隐含的前提是,银行贷款是企业主要的(甚至是唯一的)资金来源,而这一前提被电子货币的出现改变了:电子货币加速了货币流通速度,各种金融资产之间的界限淡化的同时,它们之间的相互转化更为容易,这样,企业在借款时有了越来越多的选择余地,当企业遇到资金困难时,筹集资金的渠道更多样化了,而不再局限于向商业银行借款。即使是资产负债表状况不佳的企业,在办理相关手续后,也可以发行债券,投资者并不因这些债券的信用等级偏低而抛弃它们。事实上,在不少国家,专门对这类"垃圾债券"进行投资的投资者大有人在。因此,在企业获取资金的渠道日益增加的情况下,资产负债表途径的效用逐渐减弱。

3. 电子货币对银行贷款途径的影响

首先,电子货币的出现,拓宽了商业银行资金来源的渠道,使商业银行快速、便捷地远程融通资金成为可能,即使中央银行想对商业银行信用进行控制,由于商业银行可以到不受管制的欧洲货币市场借款,使得中央银行对商业银行的控制能力下降,其货币政策意图也未必能通过商业银行途径实现。其次,随着多种融资方式的出现,银行信用占社会总信用的比重持续下降,这也减弱了银行贷款途径的效果。

4. 电子货币对货币政策传导途径的影响

货币供给主体的扩大和多样化趋势,使商业银行和非银行金融机构共同在中央银行的下一个传导环节中发挥作用。金融市场的扩大、传导中经济变量的增加、经济变量之间相互关系的变化,使得货币政策的传导途径显现出多元化,即货币政策通过多条路径向最终目标施加影响。

(三)电子货币与货币政策传导时滞的不确定性

由于货币政策实施后,中间要经过金融机构这个导体作出反应才能最终作用于经济变量,其间有一个多环节的传导过程,每个环节又要受许多不确定因素的影响,因此,传导时滞本身就有不确定性。电子货币的产生和发展,对货币政策传导的整个过程,以及与之相关的各变量都会产生或多或少的影响,同时,电子货币也改变了金融机构和社会公众的行为,使货币需求和资产结构处于复杂多变的状态,从而使传导时滞更具有不确定性,使货币政策的传导在时间上难以把握,传导过程的易变性增强,为货币政策效果的判定带来了较大困难。

由此可见,电子货币通过对货币政策传导的影响,使得中央银行控制货币的能力大大降低,从而削弱了货币政策的有效性。由于货币政策最终目标并不直接处于中央银行控制之下,它必须依靠中介性指标的传导性作用,这些中介指标一般具有可测性、可控性和相关性的特点。电子货币的出现及其广泛运用,对货币政策传导的各个环节产生了巨大的冲击,其中介指标的测量和控制变得难以把握,货币政策的效应也就会变得不明显。因此,在电子货币条件下,笔者认为,中央银行应当采取以下几种应对策略来提高货币政策的有效性：

一是中央银行可考虑自己发行电子货币。如果中央银行发行电子货币，进而对电子货币的发行权进行垄断，会产生正反两方面的影响：一方面可以增加中央银行的铸币税收入，更好地控制货币量，提高货币政策传导的效果，增加货币政策有效性；但另一方面，中央银行控制电子货币的发行必然会在相当程度上限制竞争和降低创新，而不利于一国电子货币的发展，使本国的电子货币处于不利地位，甚至会被发展较好的外国货币所控制。二是中央银行应对电子货币收缴法定存款准备金。通过对电子货币作出准备金要求来限制商业银行存款货币创造能力，从而加强中央银行对货币控制的能力。三是中央银行可以发行新的负债（例如中央银行债券），以扩大中央银行资产规模。四是依赖表外交易，委托商业银行或者其他金融机构作为其代理机构，来临时配合央行实现最后贷款者的功能。上述第一种和第二种对策不仅可以扩大中央银行资产负债表的规模，同时还可增加中央银行的铸币税收入。此外，中央银行还可考虑为商业银行提供服务时收取一定的费用，来抵消铸币税收入的减少。

当然，由于电子货币的发行和运用尚处在初级阶段，并且电子货币对纸币的取代是一个渐进的历史过程，在此过程中尚且存在"双轨制"——电子货币与纸币的同时流通，其对中央银行的货币政策的冲击是逐次的、渐进的，中央银行尚有余地研讨新形势下的货币政策，故上述政策也可供参考。

二、货币政策时滞、微观经济主体预期与货币政策有效性

（一）电子货币、货币政策时滞与货币政策有效性

众所周知，当一国的宏观经济运行偏离了健康的运行轨道，该国货

币当局将根据当时的经济运行状况和未来的发展趋势,运用货币政策调控宏观经济以实现其预期的目标。但是,对一国货币当局而言,从货币政策制定、实施到最终发挥效果并非立竿见影,而是需要经过一系列的传导过程,这就必然涉及货币政策的效应时滞问题,研究和正确地判断货币政策的效应时滞对提高货币政策的有效性具有非常重要的意义。如果货币政策时滞的不确定性较强,就势必会增加货币当局进行宏观调控的风险,使宏观调控的操作时机很难把握,操作的难度加大。因此,货币政策效应时滞是影响货币政策有效性的一个不容忽视的重要因素。

货币政策时滞是指从中央银行制定货币政策直到货币政策取得预期效果之间的时间差。货币政策时滞包括内在时滞(inside lag)和外在时滞(outside lag)。货币政策时滞长短通常要受到以下两个因素的影响:第一,中央银行的独立性。中央银行是代表国家政府管理金融的特殊金融机构。作为国家货币政策的制定者和执行者,它必须具有相对的独立性和相当的权威性,只有这样,才能迅速有效地制定和执行货币政策,从而缩短货币政策效应的内在时滞。第二,货币政策传导机制的完善与否。货币政策传导机制是通过启动货币政策工具、调整中间变量、作用中间目标等各环节紧密相连,从而影响最终目标的有机过程。完善的货币政策传导机制应该是中央银行能够及时、灵活有效地使用和变换运用各种货币政策工具,来调节货币供应量及其流向,实现货币政策的最终目标。

在电子货币条件下,不论内在时滞还是外在时滞,电子货币都会对它们产生影响,并增大了货币政策时滞的不确定性,从而增加了中央银行制定和实施货币政策的难度,进而降低了货币政策的有效性。接下来,分别对电子货币给内在时滞和外在时滞带来的影响进行分析。

1. 电子货币对内在时滞的影响

货币政策的内在时滞是指从政策制定到货币当局采取行动的这段时间,它又可划分为两个阶段:从形势变化需要货币当局采取行动到货币当局认识到这种需要的时间差,称为"认识时滞";从货币当局认识到需要采取行动到实际采取性这段时间,称为"行动时滞"。虽然,整个内在时滞所需时间长度取决于中央银行收集资料研究情势及采取行动的效率,故完全可以由央行自身控制,但是电子货币对内在时滞的影响也是明显的:电子货币的普及将使得金融市场的运动变得更加复杂,资产价格更具易变性。这将大大增加中央银行对信息收集和经济形势发展预测的难度,影响货币当局采取行动的决心,并降低其制定的对策的效力,从而加大了中央银行的认识时滞和行动时滞。

2. 电子货币对外在时滞的影响

货币政策的外在时滞又称为"影响时滞",是指货币当局采取行动开始到对政策目标产生影响为止的这段时间差。外在时滞主要由客观的金融和经济情形决定,受经济结构及各主体行为因素影响较大,较少受央行控制,故其时间长度就难以掌握,所以外在时滞便成为货币政策有效性的主要问题。电子货币对外在时滞的影响也更为明显。电子货币的使用将使得货币乘数、货币供给等金融变量内生化,使得这些变量的变化不易为中央银行所控制,增加了这些变量的不稳定性,从而加大了外部时滞的不确定性,也给货币政策效果的判定带来了较大的困难。

(二)电子货币、微观经济主体预期与货币政策有效性

20 世纪 70 年代中期以来,以美国芝加哥大学卢卡斯教授为代表的合理预期学派提出了合理预期的观点。合理预期学派认为,由于人们对未来经济行情的变化已有周密的考虑和充分的思想准备,在货币政策公布的前后,他们会采取相应的措施,从而削弱、抵消货币政策的

预期效果。电子货币的应用主要通过改变人们持有货币的动机,从而对货币政策的效应产生影响。根据凯恩斯流动性偏好理论的观点,人们持有货币主要出于三种动机:交易动机、预防动机和投机动机,并由此建立了其货币需求函数。不难看出,凯恩斯的货币需求函数是建立在货币不同用途将存在某些确定界限这一假设基础上的。电子货币的出现,将使得现金与活期存款、定期存款、储蓄存款等不同货币形式之间的界限变得模糊以及它们之间的相互转换变得更为容易,人们出于流动性需求而持有通货的意愿将大大降低。

三、电子货币发展、货币流通速度变化与货币政策有效性

货币流通速度是货币理论中一个复杂的问题。一百多年来,西方学者对货币流通速度的研究可以说是贯穿了整个西方货币经济史,货币金融理论家对货币流通速度的稳定性一直争论不休,相关的理论研究及实证分析的文献也层出不穷。随着改革开放的不断深入和社会主义市场经济体制的逐步确立,我国货币流通速度呈现出不断变化的态势,这种变化对货币政策的制定和实施都会产生较大的影响。近年来,我国的经济学界许多学者也对中国的货币流通速度做了大量的实证和理论研究工作,提出各自的观点假说解释我国改革以来货币流通速度变化原因。而在国内外研究电子货币的文献中,普遍认为电子货币的存在必然会对货币流通速度产生影响,并且大多数学者认为电子货币将加快货币流通速度,但这些观点大多数基于理论层面分析的结果。纵观国内有关文献,我们发现深入系统讨论电子货币对货币流通速度影响的文献并不多见,实证分析则更为少见。因此,国内研究的这种现状为本书的研究预留了一定的空间。本书将选择相关的样本数据和指标对我国电子货币与货币流通速度的相关关系进行实证研究,以揭示

二者之间的内在联系,并以电子货币的视角分析影响我国货币流通速度的原因。

本节的研究共分为六个部分:一是文献综述;二是货币流通速度的计算和统计表述;三是对改革开放以来我国各层次货币流通速度的变化趋势进行分析;四是实证过程;五是对实证结果的分析;六是结论及政策建议。

(一)文献综述

关于对货币流通速度的研究,可以说是贯穿整个西方货币经济史,货币流通速度的稳定性一直以来为货币金融理论家所争论不休,理论研究及实证分析的文献层出不穷。随着西方经济货币理论的引入,我国的经济学界许多学者也对中国的货币流通速度做了大量的实证和理论研究工作,提出各自的观点假说解释我国改革以来货币流通速度变化原因。由于篇幅所限,不对各种观点进行述评,本书只将中西方影响货币流通速度的因素及其变化趋势中具有代表性的观点总结如下:(见表6.5、表6.6)。

表6.5 中西方影响货币流通速度的因素

国 外		国 内	
学派和姓名	影响因素	姓 名	影响因素
费 雪	个人心理、金融发达程度、人口密度	周 骏	货币流通速度为常数
庇 古	个人心理	林继肯	经济货币化
弗里德曼	收入、价格	黄 达	多种因素
马克思	多种因素	土广谦	制度因素
凯恩斯	利率	郑耀东	制度变迁、货币流通量、利率、财政赤字、国民收入、物价水平、经济周期

国　　外		国　　内	
学派和姓名	影响因素	姓　名	影响因素
后凯恩斯主义	个人支出变化	汪祖杰	金融深化
鲍莫尔、托宾	实际收入、金融创新	艾洪德	经济货币化程度、金融发达程度、利率和储蓄率
古尔德、尼尔森	随机	易　纲	货币化程度、金融资产结构单一
希克斯、克劳沃	支付成本	左孝顺	价格管制、被迫储蓄、货币化进程、企业的负债率高
弗里德曼、施瓦兹	金融深化	胡援成	货币化程度
米切尔	经济货币化程度	戴国强	经济货币化程度
戈德史密斯和爱德华·肖	金融发达程度	陈文林	存在多种不确定的影响因素

表6.6　中西方对货币流通速度未来变化规律的看法

国　　外		国　　内	
学派和姓名	未来变化规律	姓　名	未来变化规律
费　雪	平稳	周　骏	平稳
庇　古	减慢	林继肯	减慢
弗里德曼	不确定	黄　达	变动
马克思	不确定	王广谦	变动
凯恩斯	稳定	郑耀东	V 形
后凯恩斯主义	不确定	汪祖杰	变快
鲍莫尔、托宾	上升	艾洪德	减慢
古尔德、尼尔森	不确定	易　纲	减慢
希克斯、克劳沃	上升	左孝顺	减慢
弗里德曼、施瓦兹	不确定	胡援成	V 形
米切尔	上升	宋光辉	减慢
戈德史密斯和爱德华·肖	上升	郑先炳	变快

随着电子货币的产生和发展,国内外的专家学者就对电子货币给传统金融理论的挑战展开了深入研究,并取得了一些有价值的成果。从已有的文献来看,大多数学者在研究电子货币对货币政策或中央银行的影响时,或多或少涉及了它对货币流通速度的影响,认为电子货币的存在会对货币流通速度产生影响,并加快货币流通速度。然而,这些观点都只是理论推导的结果,很少有实证分析。不过可以断定,电子货币的存在及其自身具有的特点决定了它必然会对货币流通速度产生影响,至于这种影响程度有多大则是需要我们研究的问题。

欧洲中央银行(1988)在《电子货币报告》中,认为电子货币会加快货币流通速度[7];国际清算银行(BIS)对电子货币研究的一些报告在对各国电子货币的发展和应用情况进行介绍以及其风险和监管研究的同时,都不同程度地涉及了电子货币对货币流通速度影响的内容,并认为电子货币会加速货币流通速度。《电子货币调查》(*Survey of Electronic Money*,1996)[8]、《电子货币发展对中央银行的含义》(*Implications for Central Banks of the Development of Electronic Money*,BIS,1996 年 10 月)[9]、《电子银行和电子货币活动的风险管理》(*Risk Management for Electronic Banking and Electronic Money Activities*)(BCBS,1998 年 3 月)[10]、BIS 于 2000 年 5 月和 2001 年 11 月分别出版了题为《电子货币发展调查》(*Survey of Electronic Money Developments*)的两份报告[11][12]、之后又于 2004 年 4 月出版了《电子货币和互联网及移动支付发展的调查》(*Survey of Developments in Electronic Money and Internet and Mobile Payments*)此外,国外学者在对电子货币研究的相关文献中也认为电子货币会对货币流通速度产生影响。(Berentsen,Aleksander,Kyklos,1998),在论述了电子货币产品的特征,并提出电子货币的使用将对货币需求、供给及货币流通速度产生影响[13];贝雷特森(Berentsen,2002)讨论了电子货币对货币需求及其过程、货币流通速度、准备金需求、中央银行货币控制权及货币政策传导机制的影响[14]；多恩(Dorn，1996)认为，由于电子货币的存在及其对货币流通速度的影响，降低了中央银行控制基础货币的能力[15]；苏利文(Sullivan，2002)认为，随着电子货币的广泛使用，将限制中央银行货币供给的控制能力、使货币流通速度加快、铸币税收入减少、货币乘数发生变化等。[16]

从国内来看，王鲁滨(1999)在分析电子货币对货币需求的影响时认为，电子货币替代了通货使通货减少，从而加快了货币流通速度。[17] 尹龙(2000)在分析电子货币对货币政策中介目标可控性方面的影响时认为，根据传统的货币理论，货币的流通速度基本稳定或有规律的变化，即是可预测的。在此基础上，才能确定一个与最终目标相一致的中介目标的控制规模和程度。电子货币将使这一理论前提不再成立，它对货币流通速度的影响是随机游走的，导致短期货币流通速度难以预测或预测的准确性受到严重影响。[18] 董昕、周海(2001)在分析电子货币对货币需求时认为，电子货币的替代作用使流通中的现金减少，加快了货币的流通速度，也使利用现金进行交易的次数减少，如果支付数字化现金脱离银行账目，货币政策的关键因素——对中央银行的货币需求量将减少。[19] 陈雨露、边卫红(2002)将电子货币引入费雪方程式，分析了电子货币对货币流通速度影响，认为当电子货币逐步取代通货，尤其是在线电子货币的普及和发展。比特形态的电子货币以光和电作为物质载体，以接近于光速的极限在因特网上高速流通，具有很强的随机性，这导致短期货币流通速度难以预测或预测的准确性受到影响，费雪交易方程式有待进一步考验。[20] 杨路明、陈鸿燕(2002)在分析电子货币对货币政策中介目标可测性和可控性影响时认为，电子货币的发展，正在使中介目标的合理性和科学性日益下降。在可测性方面，货币数量的计算与测量，正受到电子货币的分散发行、各种层次货币之间迅捷转换、金融资产之间的替代性加大、货币流通速度加快等各方面的影响。在可控制方面，来自货币供给方面的变化，加上货币流通速度的不稳定和货币乘数的影响，使货币量的可控性面临着挑战。[21]蒲成毅（2002）结合中国货币供应的实际，探讨了数字现金对货币供应和货币流通速度的影响，认为货币流通速度在初期（以 V0 为主）将随 M0 趋向减少而呈下降的态势，而在后期 E、VE 都将趋向增大，M1 的总量却将因其流动速度的极快以及向 M0 转化的总趋势，将导致其形态留存时间极短而总量趋向降低，则货币流通速度（以 VE 为主）将转而呈上升趋势，即货币流通速度变化特征呈 V 字形。[22]张红、陈洁（2003）认为电子货币加快了货币流通速度，使在市场经济条件下的利率成为影响货币流通速度的非唯一因素。[23]唐平（2005）认为，电子货币的广泛使用，使不同货币需求动机间的边界变得不再明显，且货币的平均流通速度不断加快。[24]

此外，国内外的一些学者在分析货币流通速度的影响因素时，虽然没有把电子货币作为一个影响因素进行分析，但在这些分析中却蕴含了电子货币对货币流通速度的影响。艾洪德、范南（2002）在对中国货币流通速度影响因素进行统计分析时，得出金融发达程度是影响中国货币流通速度的主因素之一。[25]梁大鹏、齐中英（2004）采用金融相关率和金融创新度指标对我国 1978—1998 年间三个层次货币的流通速度进行回归来研究我国金融创新与货币流通速度之间的关系，结果显示出我国的金融创新与 M0 和 M1 的流通速度正相关，但是与 M2 的流通速度负相关。[26]

由此可见，国内外学者在对货币流通速度的影响因素进行分析时，都不同程度地涉及了电子货币对货币流通速度的影响。但从总体上看，大多数学者对电子货币对货币流通速度的影响仅仅停留在理论分析层面上，并认为电子货币会加速货币流通速度，从而加大了中央银行控制基础货币的难度。在对影响货币流通速度的因素进行实证研究时,也很少考虑到电子货币对货币流通速度影响,更没有把电子货币看作影响货币流通速度的因素纳入模型中,因此对电子货币与货币流通速度相关性的实证研究相对缺乏。为了更好、更直接地揭示电子货币对货币流通速度影响的程度和作用机制,本书在现有研究成果的基础上,运用线性回归的方法建立起我国电子货币与货币流通速度之间的稳定关系,试图从电子货币的角度来解释我国货币流通速度长期持续下降的原因,进而提出相应的政策建议。

(二) 货币流通速度的计算及统计表述

1. 货币流通速度的统计表述

货币流通速度建立起了一国货币供给与国内生产总值之间的联系,是经济中的关键变量。货币流通速度与货币需求密切相关。货币流通速度会对货币政策执行产生关键和明显的影响。根据货币数量论的观点,货币流通速度是一个相对固定的量(即为常数),所以货币需求就取决于名义国民收入。货币流通速度的影响因素包括制度因素、交易技术、利率、预期通货膨胀率、收入水平、金融创新等。因此,货币流通速度不仅取决于制度、交易技术等因素,还取决于货币需求的动机。

根据著名的欧文·费雪交易方程式,可以得出货币存量的表达式:

$$M_0 \times V_0 = P \times Y \qquad (6.3.1)$$

其中,M_0 表示货币数量,V_0 表示货币流通速度,P 表示物价水平,Y 表示社会商品交易总额。

由式(6.3.1)可知,货币数量 M_0 与货币流通速度 V_0 的乘积等于名义 GDP,即 $P \times Y$。假如中央银行能够预先知道 V_0 和 Y,就能够通过发行适度的货币存量 M_0 来达到控制物价水平 P 的目的。但是,要实现这一目标必须满足两个前提条件:首先,货币的流通速度必须是可测的和稳定的,也就是说货币流通速度 V_0 是一个常数;其次,中央银行必须能决定货币存量。

现在的问题是,货币流通速度 V_0 真的是一个常数吗? 从(6.3.1)式可以看出,要使 V_0 成为一个常数,M_0 必须和 PY 成固定的比例。如果货币仅仅是一种交易媒介,人们持有货币仅仅是为了用它来进行交易,这种假定是有可能成立的。因为我们可以设想,随着一个人名义收入的增加,他为了交易而持有的货币余额可能成比例地增加。但货币同时还是一种财富持有形式,这就意味着人们可能出于多种原因而想要持有货币,同时人们这种持有货币的愿望还会受到多种因素的影响(如利率就是这些因素中非常重要的一个)。因此,当某些因素发生变化而名义收入并没有变化时,人们仍可能在货币和其他财富持有形式之间进行调整,这种货币需求就不可能是名义收入的一个固定比例,从而货币流通速度 V_0 也不可能是一个常数。

另外,从交易方程式中可以看出,货币流通速度和货币需求实际上是一个问题的两个方面。如果货币需求是稳定的、可测的,那么,货币流通速度也便是稳定的、可以预测的。但众多经验研究表明,由于货币流通速度是比较直观的,容易得到(即等于名义国民收入除以平均货币存量),所以往往反过来用于说明前两个问题。从发达国家的货币流通速度数据中大致可以看出这样一个规律,那就是在经济繁荣时,货币流通速度上升;在经济萧条时,货币流通速度要么是增长率放慢,要么是绝对地下降。也就是说,货币流通速度往往是顺周期变动的。

20 世纪 90 年代以来,电子货币的出现及快速发展,通货和存款货币逐步被电子货币所取代,于是公式(6.3.1)变为:

$$M_0' \times V_0 + E \times V_E = P \times Y \qquad (6.3.2)$$

其中，M_0' 表示未被完全取代的通货（纸币和硬币），E 表示电子货币的数量，V_E 表示电子货币的流通速度。

在电子货币发展的初期，流通中的现金将不断被电子货币所取代，因而 M_0' 的趋势将是逐渐减少，随着流通中 M_0' 使用数量的减少，V_0 也将随之趋于下降，因此，在电子货币应用的初期阶段，货币流通速度（以 V_0 为主）将呈下降的态势。

而与此同时，E 和 V_E 都将趋向增大。并且，广泛应用电子货币时代到来后，M_0' 的总量却将因其流动速度的极快以及向 E 转化的总趋势，将导致其形态留存时间极短而总量趋向降低，而且，其成份将是以更单一纯正的电子货币形式存在，由于以比特形态存在的电子货币以光电作为物质载体，在网络中是以接近于光速高速流通的，因此，那时的货币流通速度（以 V_0 为主）将是上升的。

此外，随着电子商务的兴起和电子货币的普及应用，日常生活中的中、小额零售购买支付方式都将采用电子货币。从这个角度来看，货币流通速度根据流通中商品交易总额指标来计算，应该能比较真实地反映电子货币流通速度的变化趋势。货币流通速度根据商品交易总额指标选择的不同，有两种计算方法：一是用社会商品零售总额计算，比较适合计算 M_0 的货币流通速度 V_0；另一种是用 GNP 和 GDP 计算。国际上一般是采用后者。

根据对世界上其他国家货币流通速度历史变化的研究表明，一般都呈现出这样的规律，即在经济金融一体化与全球化背景下的金融创新浪潮中，市场化程度高的欧美国家的货币流通速度变化特征都呈 V 字形。也就是说，货币流通速度首先随着货币化的不断深入而下降，达到一定程度后又随着金融创新和经济稳定化程度的提高而上升。因为很难对货币流通速度作出准确的预测，货币政策的实际效果也就难以预料，货币需求理论的实用性受到了严重的挑战。因此，在电子货币条件下,重新研究货币流通速度问题,恢复货币需求函数的稳定性,仍然是个紧迫的理论和实践课题。

2. 货币流通速度的计算

货币流通速度在实际计算过程中,由于计算基准不同,分别可以产生多个概念,比如以商品交易总额为基准,对应的是货币的交易流通速度;以国民收入为基准,得到的是货币的收入流通速度。依次类推,可以分别得到货币的国民生产总值流通速度、货币的国内生产总值流通速度、货币的永久收入流通速度、货币的最优流通速度、货币的最终销售流通速度、货币的中间交换流通速度等等,其中使用比较多的是货币的交易流通速度和收入流通速度。[27]我国理论界目前对货币流通性和货币流通速度看法并不完全一致。宋海林(1999)认为,货币流通速度可用货币流通量与社会商品零售额之比来表示。而更为普遍的看法,如黄达(1984)[28];林继肯(1985)[29];易纲(1996)[30];郑耀东(1998)[31];左孝顺(1999)[32];梁大鹏(2004)[33];赵留彦(2005),则是以费雪的交易方程式为基础来反映货币流通速度。[34]然而,由于计算数据开采和经济解释差别不大的原因,往往不需要分别计算。因此,本书在计算过程中也只采取了其中一个速度指标,即货币的 GDP 流通速度来代替整个货币流通速度的指标,只不过在研究过程中将其在 M0、M1、M2 三个层次上分别展开。

在计算货币流通速度的公式上,当前我国学术界一般采取的都是经典的费雪方程式 $MV = PY$,如黄达、林继肯、易纲、张杰、唐齐鸣等做的工作,但也有一些学者对其进行了一定细分或修正,如宋光辉就将货币流通速度分成货币的交易流通速度、货币的收入流通速度、货币的经济流通速度二个方面来讨论,但其分析出发点还是以经典的费雪方程式为基础。

因此本书在讨论这个问题时,也以 $MV = PY$ 作为基本公式。其中，M 表示一定时期内流通中的货币平均量，V 表示货币流通速度，P 为交易中各类商品的平均价格，Y 为各种商品的交易量，用不变价的 GDP 表示。在费雪方程式 $MV = PY$，由于 $PY = \text{GDP 名义}$，我们得出 $MV = \text{GDP 名义}$，从而有 $V = \text{GDP}/M$。在本书的讨论中，为了进一步说明问题，货币流通速度是按照三个层次分别计算，其中 $V_0 = \text{GDP}/M0$，$V_1 = \text{GDP}/M1$，$V_2 = \text{GDP}/M2$，在这里，M0 为流通中货币量，仅包括现金；M1 为狭义的货币量，包括 M0 和活期存款；M2 为较广义的货币量，包括 M1 和储蓄存款与定期存款之和。具体的计算结果如表 6.7 所示。

表 6.7　中国货币流通速度计算简表　　单位：亿元

年份	M0	M1	M2	GDP	V_0	V_1	V_2
1978	212	1 004.2	1 159.1	3 624.1	17.09	3.61	3.13
1979	267.7	1 255.5	1 458.1	4 038.2	15.08	3.22	2.77
1980	346.2	1 560.4	1 842.9	4 517.8	13.05	2.90	2.45
1981	396.3	1 831.9	2 186.1	4 862.4	12.27	2.65	2.22
1982	439.1	2 142.5	2 589.8	5 297.7	12.06	2.47	2.05
1983	529.8	2 502.4	3 075	5 934.5	11.20	2.37	1.93
1984	792.1	3 369.7	4 146.3	7 171	9.05	2.13	1.73
1985	987.8	3 862.5	4 884.3	8 964.4	9.08	2.32	1.84
1986	1 218.4	4 790.1	6 261.6	10 202.2	8.37	2.13	1.63
1987	1 454.5	5 596.9	7 664.5	11 962.5	8.22	2.14	1.56
1988	2 134	6 629.7	9 288.9	14 928.3	7.00	2.25	1.61
1989	2 344	7 185.1	10 919.9	16 909.2	7.21	2.35	1.55
1990	2 644.4	6 950.7	15 293.4	18 547.9	7.01	2.67	1.21
1991	3 177.8	8 633.3	19 349.9	21 617.8	6.80	2.50	1.12
1992	4 336	11 731.5	25 402.2	26 638.1	6.14	2.27	1.05
1993	5 864.7	16 280.4	34 879.8	34 634.4	5.91	2.13	0.99
1994	7 288.6	20 540.7	46 923.5	46 759.4	6.42	2.28	1.00
1995	7 885.3	23 987.1	60 750.5	58 478.1	7.42	2.44	0.96
1996	8 802	28 514.8	76 094.9	67 884.6	7.71	2.38	0.89
1997	10 177.6	34 826.3	90 995.3	74 462.6	7.32	2.14	0.82
1998	11 204.2	38 953.7	104 498.5	78 345.2	6.99	2.01	0.75
1999	13 456.1	45 837	119 898	82 067.5	6.10	1.79	0.68

年度	M0	M1	M2	GDP	V0	V1	V2
2000	14 653	53 147	134 610	89 468.1	6.11	1.68	0.66
2001	15 688.8	59 871.6	158 301.9	97 314.8	6.20	1.63	0.61
2002	17 278	70 881.8	185 007	105 172.3	6.09	1.48	0.57
2003	19 746	84 118.6	221 222.8	117 251.9	5.94	1.39	0.53
2004	21 468.3	95 970.8	253 207.7	136 515.0	6.36	1.42	0.53
2005	24 031.7	107 278.6	298 755.5	184 739.1	7.69	1.72	0.62
2006	27 072.6	126 028.1	345 577.9	211 808.0	7.82	1.68	0.61

数据来源:根据历年《中国统计年鉴》和《中国金融统计年鉴》计算而得。

（三）电子货币与货币流通速度的变化趋势分析

1. 我国的货币流通速度总体变化趋势

为了便于分析,将各货币层次货币流通速度的结果计算如下(见表6.8)。

表6.8 改革以来中国货币流通速度计算表 单位:次/年

年份	V0	V1	V2	年份	V0	V1	V2
1978	17.09	3.61	3.13	1993	5.91	2.13	0.99
1979	15.08	3.22	2.77	1994	6.42	2.28	1.00
1980	13.05	2.90	2.45	1995	7.42	2.44	0.96
1981	12.27	2.65	2.22	1996	7.71	2.38	0.89
1982	12.06	2.47	2.05	1997	7.32	2.14	0.82
1983	11.20	2.37	1.93	1998	6.99	2.01	0.75
1984	9.05	2.13	1.73	1999	6.10	1.79	0.68
1985	9.08	2.32	1.84	2000	6.11	1.68	0.66
1986	8.37	2.13	1.63	2001	6.20	1.63	0.61
1987	8.22	2.14	1.56	2002	6.09	1.48	0.57
1988	7.00	2.25	1.61	2003	5.94	1.39	0.53
1989	7.21	2.35	1.55	2004	6.36	1.42	0.53
1990	7.01	2.67	1.21	2005	7.69	1.72	0.62
1991	6.80	2.50	1.12	2006	7.82	1.68	0.61
1992	6.14	2.27	1.05				

数据来源:根据历年《中国统计年鉴》和《中国金融统计年鉴》计算而得。

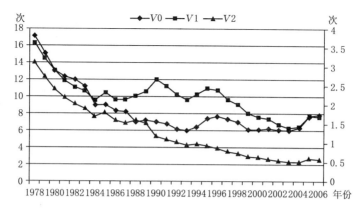

图 6.1　中国货币流通速度变化总体趋势

从西方发达国家的货币流通速度变化趋势来看,大多数国家的货币流通速度大体呈现出 V 形趋势。例如,美国在 1869 年至 1996 年的 126 年间,货币流通速度 V1 及 V2 大体呈现出 V 形趋势。其间又可分为两个阶段,第一阶段是从 1869 年至 1946 年间,美国的货币流通速度呈长期下降趋势,而在 1946 年以后则呈现长期上升趋势。博顿和琼纳 (Michael Bordo and Lars Jonung,1987)通过对很多国家近一百多年来的货币流通速度变化情况进行考察,发现几乎所有国家的货币流通速度变化趋势均是先长期下降然后再持续上升,从长期来看,呈现出"V"形的变化趋势。美国、加拿大、意大利、日本和英国于 1946 年左右同时达到货币流通速度的最低点,而瑞典、丹麦、挪威和德国的货币流通速度达到最低点的时间则要早 20 年左右。

在我国,从表 6.6 和图 6.1 可看出,改革开放 28 年来,我国的三项指标在大多数年份里均呈下降趋势。从下降的幅度来看,货币流通速度 V0 的下降幅度是最大的,而货币流通速度 V1 和 V2 在 1979 年至今的下降幅度并不大,并且呈现一定的波动走势,比较而言,V1 的波动幅度要更大些。同时从图形上还可以看出,我国的货币流通速度的各年间下降幅度不相等。

2. 不同层次货币流通速度变化趋势分析

(1) V0 的变化趋势分析。

从表 6.6 中的 V0 栏和图 6.2 可看出,从总体变化趋势上看,我国的货币流通速度 V0 变化幅度最大,货币流通速度从 1978 年的 17.09 次下降到 2006 年的 7.82 次,年均下降 0.33 次,总体上呈现出下降的趋势。进一步观察我们可以发现,V0 的变化趋势可分为三个阶段:第一阶段(1978 年至 1987 年),在此阶段是货币流通速度 V0 下降幅度最快的时期,V0 从 1978 年 17.09 次下降到 1987 年的 8.22,年均下降 0.81 次;第二阶段(1988 年至 1997 年),在这 10 年间,货币流通速度 V0 维持在 7 次左右,并在有的年份出现小幅波动,比如 1993 年达到了历年的最低点,之后又小幅回升,但并没有触底反弹,也不影响货币流通速度 V0 长期下降的趋势;第三阶段(1998 年至 2006 年),在此阶段货币流通速度 V0 基本维持在 6 次左右,呈现出低速徘徊和起稳的趋势。然而,这种长期下降趋势中的个别年份出现小幅波动并不影响货币流通速度 V0 的长期下降趋势。

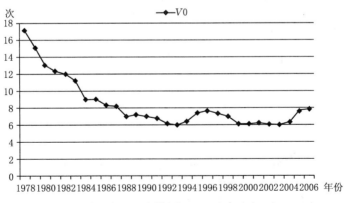

图 6.2　中国 V0 的货币流通速度变化趋势

(2) V1 的变化趋势分析。

从表 6.6 中的 V1 栏和图 6.3 可看出,与 V0 相比,我国货币流通速度 V1 的降幅并没有 V0 大,但总体上还是呈现出长期下降的趋势,货币流通速度 V1 从 1978 年的 3.61 次下降到 2006 年 1.68 次,年均下降 0.08 次。其间有的年份也出现了波动,比如在 1990 年和 1995 年,货币流通速度 V1 分别达到 2.67 次和 2.44 次,在图中表现为"双峰",但也不影响货币流通速度 V1 的长期下降趋势。而值得注意的是,从 1999 年至 2006 年货币流通速度 V1 呈现出持续下降趋势,并且这种趋势越来越明显,下降的速度也比 V0 要快。

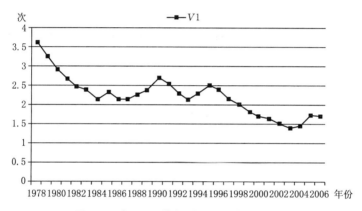

图 6.3　中国 V1 的货币流通速度变化趋势

(3) V2 的变化趋势分析。

从表 6.6 中的 V2 栏和图 6.4 可看出,货币流通速度 V2 的变化趋

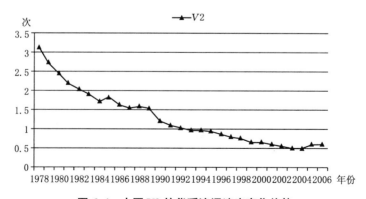

图 6.4　中国 V2 的货币流通速度变化趋势

电子货币与货币政策有效性研究

势与 V1 相似,与 V0 相比,它的降幅并不大,总体上也是呈现出长期下降的趋势,货币流通速度 V2 从 1978 年的 3.13 次下降到 2006 年 0.61次,年均下降 0.1 次。但与 V0 和 V1 相比,目前 V2 的货币流通速度是最慢的。其间基本上没有出现类似 V1 那样的较大的波动,也不像 V0那样具有明显的阶段性变化的特征,并且在最近几年还呈现出稳定的持续下降的趋势。

总之,从改革开放以来,虽然我国货币流通速度的变化趋势在不同货币层次上表现出不同的变化趋势,并具有较为明显的阶段性特征,但从总体上看,货币流通速度呈现出长期持续下降的趋势。从目前的情况看,虽然各货币层次货币流通速度的下降幅度有所减缓,但还未见底,货币流通速度要触底反弹还会维持一段时期。

(四)实证过程

1. 数据、指标与模型

上述分析可知,由于我国从 1978 年至今各层次货币流通速度的变化的总体趋势都是下降,为了比较电子货币与各层次货币流通速度的变化趋势,本书选择近 17 年(1990—2006 年)的银行卡年末存款余额与银行卡交易总额的变化趋势与同期的各层次货币流通速度变化趋势进行比较分析,以揭示电子货币与各层次货币流通速度变化之间的关系。我国电子货币发展与货币流通速度的计算如表 6.9 所示。

从表 6.9、图 6.5 及图 6.7 可看出,1990 年以来我国年末电子货币存款余额及交易量总额稳步快速上升,说明我国这一时期电子货币发展的速度非常快。年末存款余额从 1990 年的 54.6 亿元增加到 2006年的 23 398.7 亿元,比 1990 年增加了 483 倍,年均增长率在 40%左右;年电子货币交易总额从 1990 年的 987.43 亿元快速上升到 2006 年的 705 754.9 亿元,17 年间增加了 714.74 倍,年均增长率达 36%。但

表 6.9　中国电子货币发展与货币流通速度计算表

单位:亿元

年份	电子货币(E)	电子货币交易总额(EP)	社会商品零售总额 S	E/M1	EP/S	V0(次/年)	V1(次/年)	V2(次/年)
1990	54.6	987.43	8 300.1	0.007 2	0.119	7.01	2.67	1.21
1991	76.9	2 178.09	9 415.6	0.009 2	0.231 3	6.8	2.5	1.12
1992	122.4	3 024.83	10 993.7	0.010 4	0.275 1	6.14	2.27	1.05
1993	193.8	4 178.12	12 462.1	0.011 9	0.335 3	5.91	2.13	0.99
1994	275.9	5 204	16 264.7	0.013 4	0.32	6.42	2.28	1
1995	432.1	9 612	20 620	0.018	0.466 1	7.42	2.44	0.96
1996	559.3	10 377.3	24 774.1	0.019 6	0.418 9	7.71	2.38	0.89
1997	718.5	12 965.27	27 298.9	0.020 6	0.474 9	7.32	2.14	0.82
1998	984.1	13 201.83	29 152.5	0.025 3	0.452 9	6.99	2.01	0.75
1999	1 247.7	18 738.57	31 134.7	0.027 2	0.601 9	6.1	1.79	0.68
2000	2 909.2	45 300	34 152.6	0.054 7	1.326 4	6.11	1.68	0.66
2001	4 520.2	84 279.5	37 595.2	0.075 5	2.241 8	6.2	1.63	0.61
2002	7 034.3	115 601.8	42 027.1	0.099 2	2.750 6	6.09	1.48	0.57
2003	11 387.4	179 827.96	45 842	0.135 4	3.922 8	5.94	1.39	0.53
2004	15 299.5	264 500	54 449.4	0.159 4	4.857 7	6.36	1.42	0.53
2005	20 556.3	470 000	67 176.6	0.191 6	6.996 5	7.69	1.72	0.62
2006	26 398.7	705 754.9	76 410.0	0.209 5	9.236 4	7.82	1.68	0.61

数据来源:根据历年《中国金融统计年鉴》、《中国统计年鉴》计算而得。

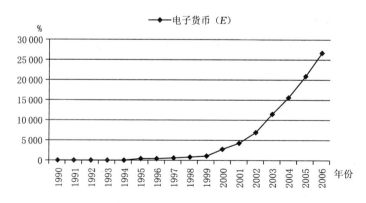

图 6.5　中国电子货币年末存款余额变化趋势

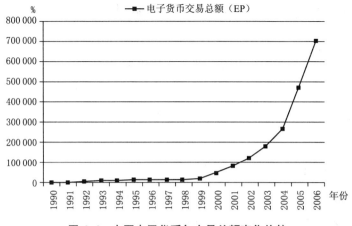

图 6.6　中国电子货币年交易总额变化趋势

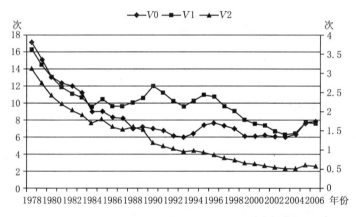

图 6.7　中国各货币层次货币流通速度变化趋势

从总体上看,电子货币快速发展的同时,货币流通速度却呈现出长期持续下降的趋势,它们之间是一种明显的负相关关系,这与国内外学者的研究结论相反,在他们看来,电子货币的产生和发展会加快货币流通速度。但从不同层次货币流通速度的变化趋势来看,它们又各具特点。

(1) 样本数据选择。

选择数据时考虑到国内外数据搜集过程中月度数据和季度数据的找寻难度,本书计量模型采用的是年度指标,因而为了保证模型的准确

227

性和科学性,变量个数选取就不能太多,同时不能出现指标间的复共线性。

考虑到我国从进入 20 世纪 90 年代以来,特别是 1994 年开始实施"金卡"工程以后,电子货币得到了广泛使用和迅速发展,它对我国的经济金融的影响也开始显现,因此本书选取 1990 年至 2006 年的年度数据作为样本数据。

(2)变量选择。

同时将不同层次的货币流通速度作为被解释变量,以电子货币年末存款余额占狭义货币量 M1 的比重(E1)和电子货币年交易量占年末社会商品零售总额的比重(E2)作为解释变量建立线性回归模型。选择电子货币年末存款余额占狭义货币量 M1 的比重(E1)的理由在于:就当前我国电子货币发展的情况看,电子货币还处于发展的初期阶段,它主要取代的是流通中的现金和活期存款(M1),并通过这种替代作用来改变货币结构,进而影响货币流通速度;而选择电子货币年交易量占年末社会商品零售总额的比重(E2)的原因是:在电子货币发展的初期阶段,电子货币主要用于小额支付,它的作用主要是取代传统的现金支付和部分小额的转账支付,它对货币流通速度的影响可通过电子货币的交易量在社会商品零售总额中的比重表现出来。模型中的数据如表6.10 所示。

表 6.10　模型中的数据

年份	E1	E2	V0	V1	V2
1990	0.007 2	0.119	7.01	2.67	1.21
1991	0.009 2	0.231 3	6.80	2.5	1.12
1992	0.010 4	0.275 1	6.14	2.27	1.05
1993	0.011 9	0.335 3	5.91	2.13	0.99
1994	0.013 4	0.32	6.42	2.28	1.00
1995	0.018	0.466 1	7.42	2.44	0.96

年份	E1	E2	V0	V1	V2
1996	0.019 6	0.418 9	7.71	2.38	0.89
1997	0.020 6	0.474 9	7.32	2.14	0.82
1998	0.025 3	0.452 9	6.99	2.01	0.75
1999	0.027 2	0.601 9	6.10	1.79	0.68
2000	0.054 7	1.326 4	6.11	1.68	0.66
2001	0.075 5	2.241 8	6.20	1.63	0.61
2002	0.099 2	2.750 6	6.09	1.48	0.57
2003	0.135 4	3.922 8	5.94	1.39	0.53
2004	0.159 4	4.857 7	6.36	1.42	0.53
2005	0.191 6	6.996 5	7.69	1.72	0.62
2006	0.209 5	9.236 4	7.82	1.68	0.61

（3）回归模型的建立及估计。

根据以上分析,本书采用 OLS 方法以电子货币年末存款余额占狭义货币量 M1 的比重($E1$)和电子货币年交易量占年社会商品零售总额的比重($E2$)共同对 1990 年到 2006 年间我国 M0、M1 和 M2 的货币流通速度 $V0$、$V1$ 和 $V2$ 进行回归,取得了线性回归函数,得到以下回归结果:

$$V0_t = 7.821 - 1.854E1_t + 1.611E2_t \qquad (6.3.3)$$
$$(27.524) \quad (-2.537) \quad (-2.811)$$

$$R^2 = 0.902 \quad 调整 R^2 = 0.883 \quad S.E = 0.795$$
$$F = 20.445 \quad D.W. = 0.971$$

$$V1_t = 2.541 - 38.725E1_t + 1.126E2_t \qquad (6.3.4)$$
$$(25.723) \quad (-2.794) \quad (2.365)$$

$$R^2 = 0.862 \quad 调整 R^2 = 0.803 \quad S.E = 0.207$$
$$F = 27.945 \quad D.W. = 1.304$$

$$V2_t = 1.099 - 26.587E1_t + 0.799E2_t \qquad (6.3.5)$$

$$(21.325)\ (-3.708)\quad (3.214)$$

$$R^2 = 0.836 \quad 调整\ R^2 = 0.807 \quad S.E = 0.112$$

$$F = 26.469 \quad D.W. = 1.581$$

（五）对实证结果的分析

统计检验显示，各模型都通过了 $D.W.$ 和 F 检验，表明模型设计合理。$E1$ 和 $E2$ 对 M0、M1 和 M2 的货币流通速度 $V0$、$V1$ 和 $V2$ 的显著性均通过 T 检验，说明这两个指标对货币流通速度有较好的解释作用，各模型对 M0、M1 和 M2 的货币流通速度 $V0$、$V1$ 和 $V2$ 的拟合优度分别达到 0.883、0.803 和 0.807，整体解释效果较好。

各回归模型中电子货币年末存款余额占狭义货币量 M1 的比重（$E1$）的系数为负，说明该指标的提高会降低货币流通速度，它与货币流通速度呈负相关关系，这与大多数学者认为电子货币会加快货币流通速度的研究结论相反，不过，它恰好符合我国电子货币发展的阶段特征，对我国货币流通速度长期下降的趋势有较好的解释作用；各模型中的电子货币年末交易量占年末社会商品零售总额的比重（$E2$）的系数为正，说明该指标的提高会提高货币流通速度，但由于它的系数较小，对提高货币流通速度的作用不会太明显。从总体上看，电子货币降低货币流通速度的作用要明显的强于提高货币流通速度的作用，两种作用的结果最终导致货币流通速度下降。

从上述实证分析结果可知，电子货币对货币流通速度的影响是显著的。然而，进一步分析便可以发现，电子货币对传统货币的替代有两个明显的效应；二是替代加速效应；二是替代转化效应。两个效应的存在对货币结构和货币流通速度的影响作用是不同的，它们发挥作用的强弱决定了货币流通的速度。所谓电子货币的替代加速效应,是指电子货币对传统货币的替代会加快货币流通速度;而电子货币的替代转化效应,是指电子货币对传统货币替代的同时加快了不同层次货币形态之间相互转化的速度。

从电子货币的替代加速效应来看,由于电子货币具有虚拟性、高流动性、无时空限制的特点,因此,一旦它取代了流通中的货币,它将加快货币流通速度。上述各模型中的电子货币年末交易量占年末社会商品零售总额的比重($E2$)的系数为正,可说明电子货币在商品交易中的广泛使用,将使电子货币交易量在社会商品零售总额中的比重逐年增加,并加快了货币流通速度;从电子货币的替代转化效应来看,由于电子货币对传统货币的取代会对传统货币定义产生深刻地影响,使层次划分的前提条件不复存在,这样,流动性的高低就不再是划分货币层次的依据(详见相关章节的论述)。电子货币的存在可以使不同层次的货币实现快速、低成本的相互转化,这就意味着持有较高层次形态的货币并不会降低货币的流动性。加之,一般来说,较高层次的货币形态将会给货币持有者带来更高的收益,在这样的情况下,人们持有较高层次的货币不但不会降低货币的流动性,反而还会为货币持有者带来更多的收益,因此,一旦电子货币替代传统的货币,被电子货币替代的那部分货币就会转化为较高层次的货币形态,而使传统意义上的低处于层次货币形态的货币数量减少,处于高层次货币形态的数量增加,同时也加大了高层次货币的"相对稳定性",这就会使货币流通速度的整体水平下降。从上述模型中的电子货币年末存款余额占狭义货币量 M1 的比重($E1$)的系数为负可说明,在我国电子货币发展的初期阶段,电子货币对 M1 的替代作用要明显强于对 M2 的替代作用,电子货币对 M1 的替代不但没有加快货币流通速度,反而降低了货币流通速度,并且这种作用是非常明显的,这就是电子货币替代转化效应作用的结果。

然而,需要说明的是,模型中电子货币年末存款余额占狭义货币量 M1 的比重($E1$)的系数为负,而电子货币年末交易量占年末社会商品零售总额的比重($E2$)的系数为正,前者降低了货币流通速度,是电子货币替代转化效应作用的结果,而后者提高了货币流通速度,它又是电子货币替代加速效应作用的结果。虽然,在影响货币流通速度的因素中,来自电子货币正反两方面的影响,也就是说在这些因素中有加快货币流通速度的因素,也有降低货币流通速度的因素,但并不影响模型对货币流通速度长期下降的解释力,相反它更好地反映了我国电子货币发展初期阶段的特征。本书认为,我国货币流通速度的长期持续下降的原因在于:一方面,电子货币的替代加速效应加快了货币流通速度;另一方面,电子货币的替代转化效应降低了货币流通速度,在二者的相互作用下,由于我国电子货币还处于发展的初期阶段,电子货币的替代加速效应明显小于替代转化效应,因此,二者相互作用导致了货币流通速度的下降。

(六) 结论及政策建议

(1) 实证结果表明,我国电子货币对传统货币的替代存在着两个明显的替代效应:一是替代加速效应;二是替代转化效应。两个效应都会不同程度地影响我国的货币流通速度,由于电子货币的替代转化效应明显强于替代加速效应,因此它从整体上降低了我国的货币流通速度。但应该说,在目前中国货币流通速度不断下降的这种趋势中同时也存在着加速货币流通速度的诱因,只不过是减慢的作用更为明显。

(2) 我国电子货币的发展具有明显的阶段性特征,说明我国电子货币还相对滞后。从短期来看,由于我国电子货币的发展还处于初期阶段,电子货币在加速了狭义货币流通速度的同时,也加速了高流动性货币向低流动性货币转化的速度,由于后一种作用较前一种作用明显,因此,在两种力量的共同作用下,我国总体的货币流通速度持续下降,从而使我国近年来的货币流通速度形成了一个持续下降地通道,但还未见底,这与西方国家的情况极为相似。然而,货币流通速度的下降并非是永无止境的,至于这种下降的趋势将延续多长时间取则决于多种因素。从长期来看,随着电子货币的发展,它将加速我国的货币流通速度,并使货币流通速度呈现出先下降后上升的趋势,即货币流通速度变化特征呈 V 字形。因此,加快电子货币的发展是提高我国货币流通速度的一个重要措施。

(3) 中央银行在选择货币供应量作为货币政策中介目标时必需要考虑电子货币对货币流通速度的影响,只有这样,才能提高中央银行控制货币供应量的能力,进而提高货币政策的有效性。根据费雪的交易方程式 $MV = PY$ 可知,货币政策效用的大小并非某些人误解的 M 存量,而是 MV 总值。也就是说,货币流通速度是影响货币政策的一个重要因素,它完全可以决定货币政策的有效性。在执行货币政策时,只关注货币供应量而忽视流通速度的做法有所不妥,因为当一国货币流通速度下降导致经济萎缩时,错误地运用主要是增加货币供应量的货币政策去应对,这必然会导致货币流通速度进一步下降,使货币供应量进一步超经济增长,同时也会加大中国经济运行面临潜在累积的通货膨胀压力。因此,在电子货币条件下,中央银行应充分考虑电子货币对货币流通速度的影响,货币政策的重点应是在保持货币供应量稳定的情况下,通过改变外生变量来调整货币流通速度,这对缓解我国的通货膨胀压力有一定的作用。

注　释

[1] James Tobin, "Commercial Banks and Creators of Money," *Banking and Monetary*

Studies. 1963，pp. 408—419.

［2］BIS，"Implications for Central Banks of the Development of Electronic Money［R］，" Basle，1996，p. 33，http://www. eldis. org/static/DOC2027. htm.

［3］黎冬、符文佳:《浅析电子货币对货币政策效应的冲击》,《中央财经大学学报》2001年第5期。

［4］陈雨露、边卫红:《电子货币发展与中央银行面临的风险分析》,《国际金融研究》2002年第1期。

［5］周光友、邱长溶:《货币政策传导机制的争论及启示》,《财经科学》2005年第2期。

［6］杨星、彭先展:《金融创新的货币政策效应分析》,《财贸经济》2000年第4期。

［7］European Central Bank，"Report on Electronic Money，"1998，www. ecb. int/pub/pdf/other/emoneyen. pdf.

［8］BIS，"Survey of Electronic Money，" BIS and The Group of Computer Experts，1996.

［9］BIS，"Implications for Central Banks of the Development of Electronic Money［R］，" Basle，1996，p. 33.

［10］BIS，"Risk Management for Electronic Banking and Electronic Money Activities ［R］，" 1998.

［11］BIS，"Survey of Electronic Money Developments［R］，" BIS，2000.

［12］BIS，"Survey of Electronic Money Developments［R］，" BIS，2001.

［13］Berentsen，A. ，"Monetary Policy Implications of Digital Money，" 1998，*Kyklos* ［J］，vol. 51，No. 1，pp. 89—117.

［14］Berentsen，A. ，"Monetary Policy Implications of Digital Money，" 1998，*Kyklos* ［J］，vol. 51，No. 1，pp. 89—117.

［15］James A. Dorn(ed.)，*The Future of Money in the Information Age*，1996.

［16］Susan M. Sulliva，"Electronic Money and Its Impact on Central Banking and Monetary Policy，" 2002，www. hamilton. deu/academics/econ/workpap/04-01. pdf.

［17］王鲁滨:《电子货币与金融风险防范》,《金融研究》1999年第10期。

［18］尹龙:《电子货币对中央银行的影响》,《金融研究》2000年第4期。

［19］董昕、周海:《网络货币对中央银行的挑战》,《经济理论与经济管理》2001年第7期。

［20］陈雨露:《电子货币发展与中央银行面临的风险分析》,《国际金融研究》2002年第1期。

［21］杨路明、陈鸿燕:《电子货币对中央银行货币改革的影响及对策》,《财经问题研究》2002年第8期。

电子货币与货币政策有效性研究

[22] 蒲成毅:《数字现金对货币供应与货币流通速度的影响》,《金融研究》2002 年第 5 期。

[23] 张红、陈洁:《电子货币发展给宏观调控带来的新挑战》,《财贸经济》2003 年第 8 期。

[24] 唐平:《电子货币对货币供给与需求的影响分析》,《河南金融管理干部学院学报》2005 年第 1 期。

[25] 艾洪德、范南:《中国货币流通速度影响因素的经验分析》,《世界经济》2002 年第 8 期。

[26] 梁大鹏、齐中英:《金融创新对货币流通速度的影响研究》,《经济科学》2004 年第 2 期。

[27] 范南:《由越多越少的货币谈起——我国的货币流通速度研究》,东北财经大学硕士学位论文(2002)。

[28] 黄达:《财政信贷综合平衡导论》,中国金融出版社 1984 年版。

[29] 林继肯:《货币需要量预测的若干问题》,《经济研究》1985 年第 8 期。

[30] 易纲:《中国金融资产结构分析及政策建议》,《经济研究》1996 年第 12 期。

[31] 郑耀东:《论通货膨胀的货币流速效应》,《中国社会科学》1998 年第 3 期。

[32] 左孝顺:《货币流通速度的变化:中国的例证(1978～1997)》,《金融研究》1999 年第 6 期。

[33] 梁大鹏、齐中英:《金融创新对货币流通速度的影响研究》,《经济科学》2004 年第 2 期。

[34] 赵留彦、王一鸣:《中国货币流通速度下降的影响因素:一个新的分析视角》,《中国社会科学》2005 年第 4 期。

第六章 电子货币的货币政策效应研究

第七章
结论及进一步研究的方向

本书将电子货币引入货币供应机制理论的分析框架,采用理论与实证相结合的分析方法较系统深入地研究了电子货币对货币定义、货币结构、基础货币、货币乘数、货币流通速度的影响,揭示了电子货币与它们之间的相互关系和内在机理,初步得出了以下基本结论,并指出了进一步研究的方向。

一、本书的基本结论

(1)电子货币对传统货币的替代不仅给传统的划分货币层次的理论前提带来了前所未有的挑战,而且使货币供给结构发生了明显的变化。一是由于电子货币具有的高流动性、低转化成本以及虚拟性的特点,它的存在使不同金融资产之间存在流动性差异这一传统的划分货币层次的前提逐步消失,各种金融资产之间差异日益缩小,并且各层次货币之间可以实现快速和低成本的相互转化,这样,电子货币的存在淡化了各层次货币之间的界限。这不仅加大了现行货币计量方法的统计误差,而且随着不受时空限制的网络金融交易数量的增加,货币计量的误差还会进一步被放大,从而加大了货币计量和货币层次的划分的难度。二是实证研究发现,电子货币对现金和银行活期存款的替代作用非常明显,电子货币与现金之间呈此消彼长的关系,这就意味着电子货币对传统货币的替代不仅改变了货币的存在形态,而且还会改变货币的供给结构。

(2)随着电子货币的不断发展和普遍使用,它对货币需求的稳定性产生了较大的影响:电子货币使货币需求的目标变量及函数中各个决定变量发生改变;它还通过对微观主体货币需求动机、货币流通速度等的影响来影响货币需求的稳定性。实证结果表明:中国货币需求函数具有四方面特点,它们分别是高收入弹性,低利率弹性,收入弹性呈现下降趋势、利率弹性呈现上升趋势和短期 M1 货币需求函数的稳定性较差。而这些特点都不同程度地受到电子货币的影响,货币需求稳定性的下降必然会降低货币政策有效性,这一切都对货币政策的制定形成了新的挑战。因此,我们在分析货币需求的影响因素时应把电子货币对货币需求稳定性的影响充分考虑在内,也只有这样才能提高货币政策的有效性。

(3)电子货币加大了中央银行控制基础货币的难度。首先,电子货币对法定存款准备金率的影响集中体现在对中央银行储备供给能力的影响上,它会导致中央银行在进行公开市场业务操作时,由于没有足够的流动资产而无法实现它的预期目标。在传统经济中,商业银行为了在最大程度上及时补充自身资金的需要,商业银行会在中央银行保留一定数量的超额准备金,但在电子货币条件下,电子货币的高流动性与低转化成本的特点增强了商业银行快速低成本地获取资金的能力,这时商业银行也就没有必要保留大量的超额准备金,电子货币的存在会相应的减少超额准备金。此外,电子货币会降低社会公众的流动性偏好,随着社会公众对现金偏好的减弱,商业银行保留的超额准备金也相应减少。因此,随着电子货币的不断发展,商业银行的超额准备金呈下降趋势。其次,电子货币降低了中央银行对现金的控制能力。通过实证研究发现,电子货币的发行替代了流通中的现金,使社会公众对现金的需求减少,这不仅会使中央银行的货币发行权受到挑战,而且还会减少中央银行的铸币税收入,从而降低了中央银行对基础货币的控制能力。最后,电子货币改变了传统中央银行控制基础货币的渠道。电子货币一方面大大拓宽了商业银行资金来源的渠道,另一方面也可使商业银行不受时空限制的快速、低成本地借入资金,从而加强了商业银行的融资能力,这就使得商业银行向中央银行借款的意愿进一步下降,中央银行调节基础货币的渠道也因此减少,在这样的情况下,中央银行只能通过在公开市场买卖证券的手段来控制基础货币。

(4)电子货币增强了货币乘数的内生性,使货币乘数变得不稳定。首先,通过对改革开放以来各层次货币乘数及电子货币变化趋势的分析发现,电子货币与货币乘数之间有着显著的相关关系。实证检验结果表明,电子货币是影响我国货币乘数的一个重要因素,随着电子货币的快速发展货币乘数呈不断上升的趋势。其次,通过对电子货币对货币乘数影响因素的分析,认为电子货币使得影响货币乘数的因素变得更加复杂。一是中央银行或货币当局并不是影响货币供给的唯一因素,电子货币的分散发行使基础货币供给由外生性向内生性方向转化;二是对持有现金、存款还是电子货币这些持币行为的影响不完全取决于社会公众,它还会受到电子货币发行主体服务水平和电子货币便利性的影响,从而影响到通货比率;三是不同类型电子货币以及现金替代型的电子货币与存款替代型的电子货币之间的相互转化也会对现金比率和准备金比率产生影响,从而影响货币乘数。因此,电子货币会使货币乘数变得极其不稳定,从而使货币供给内生化趋势越来越明显。

(5)通过实证分析,本书认为电子货币对货币流通速度有着明显的影响。进一步分析发现,电子货币在对传统货币替代时存在两个明显的替代效应:一是替代加速效应,即电子货币对传统货币替代的同时加速了货币流通速度;二是替代转化效应,即电子货币对传统货币替代的同时,不仅加快了不同货币层次之间的转化速度,而且通过电子货币的这种作用使传统货币由流动性较低的货币层次转化为流动性较高的货币层次,使传统货币具有"相对稳定性",从而降低了货币流通速度。然而,在电子货币不同的发展阶段,这两个效应的作用并不相同,在电子货币发展的初期阶段,电子货币对传统货币的替代作用不太明显,并且替代的对象主要是流动性较强的现金和银行活期存款等,这时电子货币的替代加速效应较替代转化效应更为明显。而在电子货币发展到一定阶段后,由于电子货币对传统货币的全面替代,此时电子货币的替代转化效应明显强于替代加速效应。通过对我国电子货币与货币流通速度的实证分析发现,我国电子货币对传统货币的取代同时受到替代加速效应和替代转化效应的影响,但由于替代转化效应的作用明显强于替代加速效应的作用,因此,电子货币并没有加快我国的货币流通速度,反而导致了货币流通速度的下降,这与大多数学者认为电子货币会加快货币流通速度的研究结论相反。而本书的研究结论不仅可以说明我国电子货币发展的阶段特征,也可以从电子货币的角度来解释改革开放以来我国货币流通速度长期下降的原因。

二、进一步研究的方向

虽然,西方的金融组织和国内外专家学者对电子货币的研究已经取得了丰富的研究成果,本书也在此基础上对电子货币与货币定义、货币结构、基础货币、货币乘数、货币流通速度之间的相互关系进行了实证分析,并得出了几点重要的结论,但是,电子货币对传统货币金融理论的影响是广泛而深入的,并且这种影响随着电子货币的不断发展而加深,因此本书的研究对于博大精深的货币金融理论来说是远远不够的。就目前电子货币发展的情况来看,它的发展还处于初期阶段,它对货币政策的影响还十分有限,但它代表着货币的未来,未来的货币政策必然会受到电子货币的冲击,对电子货币及其对传统金融理论影响的研究就显得具有非常重要的理论意义和现实意义。本书认为,今后研究的方向主要有以下几个方面:

一是电子货币与一国货币发行权问题。电子货币的产生和发展对传统通货的替代使货币发行主体多样化的同时,也对中央银行的货币发行权带来了挑战。为此,今后研究的重点应是中央银行如何控制货币发行权,中央银行是否应该垄断电子货币发行权,中央银行如何规范电子货币发行主体的行为等。

二是电子货币全球一体化带来的金融风险问题。由于电子货币具有高流动性、低成本和虚拟性的特点,并且大多数电子货币是通过网络媒介实现其支付或流通的,电子货币可以通过互联网在全球范围内流动,电子货币的全球一体化是一种必然趋势,由此所带来的风险也是在所难免的,并且这种风险具有很强的传递性,它的危害要比传统货币时代要大得多,因此,防范和化解电子货币全球一体化所带来的风险刻不容缓,今后研究的主要方向应是如何构建电子货币风险防范体系和国际协作机制,加强国际合作,提高电子货币跟踪监控技术,防范和化解电子货币带来的风险。

三是电子货币条件下货币政策工具和中介目标选择的问题。如何正确选择货币政策工具和中介目标是中央银行能否达到预期货币政策最终目标的关键,限于篇幅,本书很少涉及此问题。在电子货币条件下如何科学合理地选择货币政策工具和货币政策中介目标是中央银行在制定和实施货币政策时的一个重要环节,电子货币的存在使影响货币政策工具和中介目标的因素更加复杂,从而加大了中央银行选择货币政策工具和中介目标的难度,因此,它是今后研究的一个重点和难点。具体来说主要有:传统货币政策工具和货币政策中介目标在电子货币条件下的适用性及改进,新的货币政策工具和中介目标的开发和应用,新货币政策目标体系的建立以及如何提高货币政策目标的可控性、可测性和相关性等。

参考文献

Akhavein, Jalal, W. Scott Frame, and Lawrence J. White, "The Diffusion of Financial Innovation: An Examination of the Adoption of Small Business Credit Scoring by Large Banklng Organizations," Federal Reserve Bank of Atlanta, 2001, Working Paper 2001-9.

Aleksander Berentsen, "Monetary Policy Implications of Digital Money," 1998, *International Review of Social*, http://ideas. repec. org/a/bla/kyklos/v51y1998i1p. 89—117. html.

Benjamin M. Friedman, "The Future of Monetary Policy: the Central Bank as Army with only a Signal Corps?" NBER Working Paper 7420, http://www. nber. org/papers/w7420, p. 6.

Berentsen, A. , "Monetary Policy Implications of Digital Money," 1998, *Kyklos*, vol. 51, No. 1, pp. 89—117.

Berk, J. M. , "Central Banking and Financial Innovation, A Survey of the Modern Literature," 2002, *Banca Nazionale Quarterly Review*, No. 222, September, pp. 263—297.

Bernanke, Ben, and Alan Blinder, 1988, "Credit, Money and Aggregate Demand," *American Economic Review*, May, 78, pp. 435—439.

Biagio Bossone, "Do Banks Have a Future? —A Study on Banking and Finance as We Move Into the Third Millennium," 2001, *Journal of Banking & Finance*[J], 25(2001), pp. 2239—2276.

BIS, *Electronic Money*, 1997, www. bis. org/publ/gten01. pdf.

BIS, "Implications for Central Banks of the Development of Electronic Money[R]," Basle, 1996, http://www. eldis. org/static/DOC2027. htm.

BIS, "International Banking and Financial Market Developments [R]," 1996, www. bis. org/publ/r_qt0006. pdf.

BIS, "Risk Management for Electronic Banking and Electronic Money Activities[R]," 1998, http://www. bis. org/publ/bcbs35. pdf.

BIS, "Survey of Electronic Money Developments[R]," 2001, www. bis. org/publ/cpss48. pdf.

BIS, "Survey of Developments in Electronic Money and Internet and Mobile Payments[R]," 2004,www. bis. org/publ/cpss62. pdf.

BIS, "Survey of Electronic Money Developments[R]," 2000, www. bis. org/publ/cpss38. pdf.

BIS, "Survey of Electronic Money[R]," BIS and The Group of Computer Experts, 1996, www. bis. org/publ/cpss18. pdf.

Boeschoten, Hebbink, "Electronic Money, Currency Demand and the Seignorage Loss in the G10 Countries[R]," 1996, www. dnb. nl/dnb/pagina. jsp? pid.

C. Sardoni, "Money in the Time of Internet: Electronic Money and its Effects," 2002, www. ecb. int/pub/pdf/other/emoneyen. pdf.

Charles Freedman, "Monetary Policy Implementation: Past, Present and Future—Will the Advent of Electronic Money Lead to the

Demise of Central Banking Survive the Monetary Policy," 2000, www. worldbank. org/research/interest/confs/upcoming/papersjuly11/ freedman. pdf.

Christopher Fogelstrom, Ann L. Owen,"Monetary Policy Implications of Electronic Currency: An Empirical Analysis," 2004, Hamilton College, Working Paper, www. academics. hamilton. edu/ economics/home/workpap/04_01. pdf.

Claudia Costa Storti and Paul De Grauwe, "Electronic Money and the Optimal Size of Monetary Unions," 2002, www. econ. kuleuven. be.

DeNederlandsche Bank, "Electronic Money, Currency Demand and the Seignorage Loss in the G10 Countries[R]," DNS-Straff Reports. 1996, www. dnb. nl/dnb/pagina. jsp? pid = tcm: 8-19688-64&activepage=tcm:8-15429-64.

James A. Dorn. (ed.), *The Future of Money in the Information Age*, 1996, www. ebookpars. com/ebooks/futureofmoney. pdf.

"European Central Bank Report on Electronic Money[R]," 1998, www. ecb. int/pub/pdf/other/emoneyen. pdf.

Freedman, C. , "Monetary policy implementation: past, present and future-will electronic money lead to the eventual demise of central banking?" 2000, *International Finance*[J], pp. 211—227.

Friedman, B. M. , "Decoupling at the Margin: the Threat to MonetaryPolicy from the Electronic Revolution in Banking," 2000, *International Finance*[J] , 3:2, pp. 261—272.

Friedman, B. M. , "The Future of Monetary Policy: The Central Bank as an Army with only a Signal Corps?" 1999, *International Fi-*

电子货币与货币政策有效性研究

nance[J]. 2:3, pp. 321—338.

Friedman, M. Benjamin, 2000, "Monetary Policy", NBER Working Paper 8057. G-10, "Electronic Money, Currency Demand and Seigniorage Loss in G-10 Countries[R]," De Nederlandsche Bank Staff Report, May, 1996.

James Tobin, "Commercial Banks and Creators of Money," *Banking and Monetary Studies*, 1963, pp. 408—419.

John Hawkins, "Electronic Finance and Monetary Policy[R]," 2002, Papers, No. 7, www. bis. org/publ/bispap07k. pdf.

Joilson Dias, "Digital Money: Review of literature and Simulation of Welfare Improvement of This Technological Advance," 2001, Department of Economics State University of Maringa, Brazit, www. in3. dem. ist. utl. pt/downloads/cur2000/papers/S18P04. PDF.

King, Mervyn, "Challenges for Monetary Policy: New and Old," 1999, *Bank of England Quarterly Bulletin*[J], 39:397—415.

Meltzer, Allan H. , 1995, "Monetary, Credit and (Other) Transmission Processes: A Monetarist Perspective," *Journal of Economic Perspectives Fall*, 9(4), pp. 49—72.

Nathalie Janson, "The Development of Electronic Money: Toward the Emergence of Free-Banking? " 2003, www. mises. org/asc/2003/asc9janson. pdf.

Ramon Marimon, Juan Pablo Nicolini and Pedro Teles, "Electronic Money: Sustaining Low Inflation?" 1998, http://ideas. repec. org/p/fth/euroec/98-15. html.

Romer, David, 2000, "Keynesian Macroeconomics without the LM Curve", *Journal of Economic Perspectives*, Vol. 14, No. 2,

Spring 2000.

Setsuya Sato and John Hawkins, "Electronic Finance: an Overview of the Issues," 2001, BIS Paper No. 7, www. bis. org/publ/bispap07a. pdf.

Solomon. E. H. , *Virtual Money*, Oxford University Press, 1997.

Supriya Singh, "Electronic Money: Understanding its Use to Increase the Electiveness of Policy," 1999, *Telecommunications Policy* [J], 23 (1999):753—773.

Susan M. Sulliva, "Electronic Money and Its Impact on Central Banking and Monetary Policy," 2002, www. hamilton. edu/academics/Econ/workpap/04_01. pdf.

Taylor, John B. , 1995, "The Monetary Transmission Mechanism: An Empirical Framework," *Journal of Economic Perspectives*, Fall 1995, 9(4), pp. 11—26.

The Committee on Payment, "Settlement Systems and the Group of Ten Countries. Security of Electronic Money[R]," 1996, www. bis. org/publ/cpss18. pdf.

Woodford, M, "Financial Market Efficiency and the Effectiveness of Monetary Policy," 2002, *Economic Policy Review*[J], Federal Reserve Bank of New York, vol. 8 No. 1, pp. 85—94.

Woodford, M, "Monetary Policy in a World without Money", 2000, *International Finance*[J], 2:3, pp. 29—60.

Woodford, M. , "Monetary Policy in the Information Economy," 2001, *Economic Policy for the Information Economy* [J], Kansas City: Federal Reserve Bank of Kansas City, pp. 297—370.

Y. V. Reddy, "Report of the Working Group on Electronic Money[R],"2002，Reserve Bank of India，Mumbai. www. ecb. int/pub/pdf/other/emoneyen. pdf.

Yuksel Gormez，"Electronic Money Free Banking and Some Implications for Central Banking，"2003，The Central Bank of the Republic of Turkey，Research Department March 2003（First Draft：September 2000），www. tcmb. gov. tr/research/discus/dpaper63. pdf.

艾洪德、范南：《中国货币流通速度影响因素的经验分析》，《世界经济》2002 年第 8 期。

陈野华：《西方货币金融学说的新发展》，西南财经大学出版社2001 年版。

陈雨露、边卫红：《电子货币发展与中央银行面临的风险分析》，《国际金融研究》2002 年第 1 期。

谢平、尹龙：《网络经济下的金融理论与金融治理》，《经济研究》2001 年第 4 期。

褚俊虹等：《货币职能分离及其在电子货币环境下的表现》，《财经研究》2003 年第 8 期。

戴国强：《货币银行学》，上海财经大学出版社 2001 年版。

董昕、周海：《网络货币对中央银行的挑战》，《经济理论与经济管理》2001 年第 7 期。

范南：《由越多越少的货币谈起——我国的货币流通速度研究》，东北财经大学硕士学位论文（2002）。

方阳娥、张慕濒：《理论有效性与实施有效性：西方货币政策有效性理论述评》，《经济评论》2006 年第 2 期。

冯晴：《论中国银行卡市场金融创新》，《国际金融研究》2003 年第5 期。

韩留卿：《电子货币对中央银行货币政策影响研究》，《河南金融管理干部学院学报》2004 年第 5 期。

胡海鸥等:《当代货币金融理论》,复旦大学出版社 2001 年版。

黄达:《财政信贷综合平衡导论》,中国金融出版社 1984 年版。

黄达:《金融学(精编版)》,中国人民大学出版社 2004 年版。

黄达主编:《金融学》,中国人民大学出版社 2004 年版。

黄秋如、张小青:《西方货币政策有效性理论述评》,《广西社会科学》2004 年第 1 期。

黄晓艳等:《电子现金与货币总量的关联分析及其模型研究》,《预测》2005 年第 5 期。

黄燕君、陈鑫云:《电子货币:需求、影响和中央银行角色转换》,《浙江大学学报(人文社会科学版)》2006 年第 6 期。

江晴、陈净直:《电子支付系统对货币乘数范式的冲击》,《世界经济》2001 年第 10 期。

靳超、冷燕华:《电子化货币、电子货币与货币供给》,《上海金融》2004 年第 9 期。

劳埃德·B. 托马斯:《货币、银行与金融市场》,机械工业出版社 1999 年版。

黎冬、符文佳:《浅析电子货币对货币政策效应的冲击》,《中央财经大学学报》2001 年第 5 期。

李成、刘社芳:《电子货币带来的制度挑战和思考》,《上海金融》2004 年第 6 期。

李羽:《虚拟货币的发展与货币理论和政策的重构》,《世界经济》2003 年第 8 期。

梁大鹏、齐中英:《金融创新对货币流通速度的影响研究》,《经济科学》2004 年第 2 期。

梁立俊:《商业银行电子货币发行影响央行货币发行权的会计分

析》,《上海金融》2006 年第 11 期。

林继肯:《货币需要量预测的若干问题》,《经济研究》1985 年第 8 期。

刘向明、李玉山:《电子货币的发展对宏观金融调控的影响及其对策》,《宁夏大学学报(人文社科版)》2006 年第 3 期。

门洪亮:《电子货币供给机制分析》,《华东经济管理》2007 年第 2 期。

米尔顿·弗里德曼等:《货币数量论研究》,中国社会科学出版社 2001 年版。

(美)米什金:《货币金融学》,中国人民大学出版社 1998 年版。

蒲成毅:《数字现金对货币供应与货币流通速度的影响》,《金融研究》2002 年第 5 期。

唐平:《电子货币对货币供给与需求的影响分析》,《河南金融管理干部学院学报》2005 年第 1 期。

唐平:《电子货币对货币政策的影响研究》,《上海金融》2006 年第 7 期。

王剑:《电子货币的发行主体与监管策略研究》,《上海金融学院学报》2006 年第 3 期。

王鲁滨:《电子货币与金融风险防范》,《金融研究》1999 年第 10 期。

王倩、纪玉山:《电子货币对货币供应量的冲击及应对策略》,《经济社会体制比较》2005 年第 4 期。

王倩:《马克思主义视角的电子货币属性和职能分析》,《当代经济研究》2005 年第 9 期。

吴以雯:《网络金融》,电子工业出版社 2003 年版。

谢平、尹龙:《网络经济下的金融理论与金融治理》,《经济研究》2001 年第 4 期。

谢平、廖强:《当代西方货币政策有效性理论述评》,《金融研究》1998 年第 4 期。

杨路明、陈鸿燕:《电子货币对中央银行货币改革的影响及对策》,《财经问题研究》2002年第8期。

杨文灏、张鹏:《电子货币对传统货币领域挑战与对策研究》,《金融纵横》2004年第8期。

杨星、彭先展:《金融创新的货币政策效应分析》,《财贸经济》2000年第4期。

易纲:《中国金融资产结构分析及政策建议》,《经济研究》1996年第12期。

尹龙:《网络银行与电子货币—网络金融理论初探》,西南财经大学博士论文,2002年。

尹龙:《电子货币对中央银行的影响》,《金融研究》2000年第4期。

尹龙:《网络金融理论初论:网络银行与电子货币的发展及其影响》,西南财经大学出版社2003年版。

詹斌:《我国电子货币发展的金融风险及对策》,《安徽建筑工业学院学报(自然科学版)》2005年第6期。

翟晨曦:《金融创新环境下的货币供求研究》,中南大学硕士论文,2003年11月。

张红、陈洁:《电子货币发展给宏观调控带来的新挑战》,《财贸经济》2003年第8期。

张晓晶:《加入金融创新的IS-LM模型》,《经济研究》2002年第10期。

章晶:《论电子货币对央行货币乘数的影响》,《中南民族大学学报(人文社会科学版)》2005年第5期。

赵家敏:《电子货币》,广东经济出版社1999年版。

赵家敏:《论电子货币对货币政策的影响》,《国际金融研究》2000年第11期。

赵留彦、王一鸣:《中国货币流通速度下降的影响因素:一个新的分析视角》,《中国社会科学》2005 年第 4 期。

赵奕:《电子货币及其对货币政策的影响》,广西大学硕士论文,2004 年 5 月。

郑耀东:《论通货膨胀的货币流速效应》,《中国社会科学》1998 年第 3 期。

周光友:《电子货币发展对货币流通速度的影响》,《经济学(季刊)》2006 年第 4 期。

周光友、邱长溶:《货币政策传导机制的争论及启示》,《财经科学》2005 年第 2 期。

周光友、邱长溶:《电子货币与基础货币的可控性研究》,《学习论坛》2005 年第 7 期。

周光友:《电子货币、货币创造与货币政策有效性》,《郑州航空工业管理学院学报》2005 年第 3 期。

周光友:《电子货币的货币乘数效应:基于中国的实证分析》,《统计研究》2007 年第 2 期。

周光友:《电子货币发展、货币乘数变动与货币政策有效性》,《经济科学》2007 年第 1 期。

周光友:《电子货币发展对货币政策传导机制的影响》,《工业技术经济》2006 年第 11 期。

周光友:《电子货币视角下货币流通速度下降原因的实证分析》,《财经理论与实践》2007 年第 1 期。

周光友:《电子货币的替代效应与货币供给的相关性研究》,《数量经济技术经济研究》2009 年第 3 期。

周光友、张炳达:《电子货币的替代效应与交易性货币供给:基于中国数据的实证分析》,《当代财经》2009 年第 3 期。

周光友:《电子货币对货币政策传导机制影响的实证研究》,学林出版社 2008 年版。

左孝顺:《货币流通速度的变化:中国的例证(1978~1997)》,《金融研究》1999 年第 6 期。

图书在版编目(CIP)数据

电子货币与货币政策有效性研究/周光友著. —上海：
上海人民出版社,2009
ISBN 978-7-208-08646-3

Ⅰ.电… Ⅱ.周… Ⅲ.电子货币-货币政策-研究
Ⅳ. F830.46

中国版本图书馆 CIP 数据核字(2009)第 104624 号

责任编辑　刘林心

电子货币与货币政策有效性研究
周光友　著
世 纪 出 版 集 团
上海人民出版社出版
(200001　上海福建中路 193 号　www.ewen.cc)
世纪出版集团发行中心发行
上海商务联西印刷有限公司印刷
开本 635×965　1/16　印张 16.25　插页 4　字数 192,000
2009 年 8 月第 1 版　2009 年 8 月第 1 次印刷
ISBN 978-7-208-08646-3/F·1869
定价 28.00 元

马克思主义研究 哲学社会科学研究 第二十一辑 （2009年8月）

马克思主义国际关系理论研究 曹泳鑫 著

詹姆逊文化理论探析 张艳芬 著

哲学描述论引论 王天思 著

玄应和慧琳《一切经音义》研究 徐时仪 著

百年演绎：中国博览会事业的嬗变 乔兆红 著

商业贿赂犯罪研究 卢勤忠 著

超越与同一：欧盟的集体认同研究 李明明 著

后冷战时代的日台关系 吴寄南 著

石油投资与贸易措施的国际法规制 叶玉 著

李嘉图经济理论研究 陈其人 著

中国企业国际竞争力研究：基于公司治理视角 杨蓉 著

中国管理层收购——财富创造还是财富转移 何光辉 著

"清流"研究 王维江 著

中国古代小说叙事三维论 黄霖 著

唱片与近代上海社会生活 葛涛 著

博士文库 第十一辑 （2009年8月）

法兰克福学派的意识形态批判及其存在论视域 叶晓璐 著

正义与德性：哈耶克与休谟的正义理论比较研究 夏纪森 著

理解情境：走近幼儿的伦理视界 古秀蓉 著

我国城乡社会救助系统建设研究 曹艳春 著

地权变动与社会重构——苏南土地改革研究 张一平 著

政治地理视角下的省界变迁——以民国时期安徽省为例 徐建平 著

东汉石刻砖陶等民俗性文字资料词汇研究 吕志峰 著

日本企业的技术创新模式及在华研发活动研究 王承云 著

跨国公司子公司之间的知识转移研究 张晓燕 著

东亚金融合作制度设计和效应研究 郑海青 著

电子货币与货币政策有效性研究 周光友 著

公共性与市场性的悖离与融合——中国古代水运制度思想的经济考察 郭旸 著

村庄里的闲话——意义、功能和权力 薛亚利 著